红楼精读

【增订版】

温皓然◎著

九州出版社 JIUZHOUPRESS | 全国百佳图书出版单位

图书在版编目(CIP)数据

红楼梦续/温皓然著 . —增订本. —北京:九州出版社, 2012. 6

ISBN 978 -7 -5108 -1441 -9

Ⅰ. ①红… Ⅱ. ①温… Ⅲ. ①章回小说 - 中国 - 当代 Ⅳ. ①I247. 4

中国版本图书馆 CIP 数据核字(2012)第 071959 号

红楼梦续

作　　者　温皓然　著
出版发行　九州出版社
出 版 人　徐尚定
地　　址　北京市西城区阜外大街甲 35 号(100037)
发行电话　(010)68992190/2/3/5/6
网　　址　www. jiuzhoupress. com
电子信箱　jiuzhou@ jiuzhoupress. com
印　　刷　北京毅峰迅捷印刷有限公司
开　　本　710 毫米 ×1000 毫米　16 开
印　　张　15. 5
字　　数　248 千字
版　　次　2012 年 6 月第 1 版
印　　次　2012 年 6 月第 1 次印刷
书　　号　ISBN 978 -7 -5108 -1441 -9
定　　价　28. 00 元

目录

目录

附　录

序

红楼梦续的文化意义

孔庆东

遍览古今中外小说史，《红楼梦》的续书现象堪称一绝，亦可质言之为“续书之最”。就学术而言，这本是一个传统课题，在红学内部，也并不新鲜。无奈江山代有才人出，一波未平一波起。21 世纪刚刚进入第二个十年，坊间便接连推出《红楼梦》续作。① 笔者已经在博客及若干讲座中略作评点，本文则借温皓然《红楼梦续》问世之际，对整体上的“红楼梦续”现象做一梳理概括，试图在前人整理的材料之上，归纳出一点“文化意义”，或许对今后的续书走向，略有裨益。

为文艺佳作“续貂”，对文人而言，大概是一种不可抗拒的诱惑。明知有“狗尾”之嫌，却前仆后继，义无反顾。好比万里长城，早已失去了军事意义，却历代都要补修，旨在“文化意义”也。因而古典名著几乎都有续作，有的续作本身独立成一部佳作名作，有的则一续再续，

① 2011 年北京大学自主招生面试题，便有一道为“如何看待《红楼梦》的续书现象”。

"子子孙孙无穷匮也"。蔓延至今，影视作品倘若叫座讨好，往往便被趁热打铁，蜂拥拍摄"之二"系列，以致时人戏称当下为"二时代"。与这些续作相比，《红楼梦》的续书，不啻一场千秋大梦，续得宏伟壮观，繁花似锦。以笔者所见，二百多年来的红楼梦续，具有三大特点。

第一个特点是，续作产生早。甚至在《红楼梦》原书尚未正式付梓问世的时候，就已经有了续作。红楼梦的问世过程，纷纭复杂，而其中就包括着原稿与续稿的纠葛。《红楼梦》的诸多版本差异，不仅是文字的不同，更有作者的真伪问题，许多"红学家"，皓首穷经，苦苦纠缠的便是这类难题。鲁迅在《中国小说的历史的变迁》第六讲"清小说之四派及其末流"中说："《红楼梦》也未得做完，只有八十回。后来程伟元所刻的，增至一百二十回，虽说是从各处搜集的，但实则其友高鹗所续成，并不是原本。"① 此话代表了五四时期学界对《红楼梦》续书的一般看法。笔者大学期间修古代文学史，就听老师讲过，有学者认为，《红楼梦》的全部初稿，已于1754年前写完，而且有人读到过全稿并予以传抄，但现在我们能够看到的14种原稿传抄本，均只有前80回。从1754年到1792年的近40年，我们无法知晓那个时段的准确阅读情况。如果"脂砚斋"和"畸笏叟"确有其人的话，他们与作者的关系，究竟是共同创作，还是参与创作，抑或有所续作，可能都是需要反复研究的课题。爱新觉罗·裕瑞说："自《红楼梦》抄本此书起，至程伟元、高鹗刻续成部，前后三十余年，恒纸贵京都，雅俗共赏，遂浸淫增为诸'续部'六种，及传奇、盲词等等杂作，莫不依傍此书创始之善也"②。这意味着《红楼梦》原稿传播的过程，已经伴随着续作的传播。其中有八部比较著名，笔者各取其书名一字，命名为："后续重复，补展幻影"，即《后红楼梦》、《续红楼梦》、《绮楼重梦》（即《红楼续梦》和《续红楼梦新编》）、《红楼复梦》、《红楼梦补》、《红楼展梦》、《红楼幻梦》、《红楼梦影》。

---

① 《鲁迅全集》第九卷，人民文学出版社，2005年版，347页。

② 《枣窗闲笔》，文学古籍刊行社，1957年版。

而影响最大的，无疑是程伟元、高鹗的120回刻印本。从1792年至今，虽屡经学者讨伐，但深入人心，二百多年来几成定本。有的续书，如《红楼圆梦》、《绮楼重梦》、《红楼外传》，其实是从这个120回本续写下去的。直到20世纪30年代，考证派红学家胡适、俞平伯、顾颉刚等人指出后40回是高鹗的伪作，并非曹雪芹亲笔。但高鹗反而因此得享盛名，他的"半部红楼梦"，连毛泽东也认为是有价值的。人民文学出版社的《红楼梦》作者署名，从1982年始，一直是"曹雪芹著，高鹗续"。直到2008年7月，才受红学界新说的影响，改为"曹雪芹著，无名氏续，程伟元、高鹗整理"。笔者2008年底，到海峡卫视谈《红楼梦》的海外翻译和误读问题，蒙红学家杜春耕先生馈赠一部，对杜春耕先生所谈"《红楼梦》是开放性的小说"，深表赞同。无论高鹗是否参与了续作，无论这个"无名氏"究竟是什么人，也无论这个续本有多少谬误偏差，《红楼梦》的阅读史一直伴随着"续作史"，原作与续作，如同一弯明月与满天星斗，同时出现在夜空，交相辉映，成为文学史上的奇观。

第二个特点是，续作数量多。据各种统计，被确认为续作的就已超过120种。至于非正式的对后续情节的构想猜测，还有甚多。据天津师大教授、红学家赵建忠的《红楼梦续书研究》[①] 等论著，清代以降迄至民国并延伸到现当代的《红楼梦》续书竟逾百种！赵教授将"续红"作品经过分梳归纳，分为8种类型，即"程高本续衍类"、"改写、增订、汇编类"、"借题类"、"外传类"、"补佚类"、"旧时真本类"、"引见书目类"和"短篇续书"。赵建忠认为，这些五花八门"续红"作品的诞生，固然是原著巨大影响下的产物，但也与源远流长的续书文化传统以及我们民族崇尚"圆满"的文化心理密切相关。

许多红学发烧友，也进入了红楼梦续书研究领域，在网上轻易就可查到几十种红楼梦续作，如：《红楼圆梦》、《红楼补梦》、《新续红楼

① 天津古籍出版社，1997年版。

梦》、《补红楼梦》、《绘图金陵十二钗后传》、《继又云所见抄本红楼梦》、《端方藏抄本红楼梦》、《三六桥藏本红楼梦》、《陈弢庵所见旧时真本红楼梦》、《戴崭真本红楼梦》、《红楼后梦》、《红楼重梦》、《红楼再梦》、《红楼翻梦》、《红楼残梦》、《红楼余梦》、《红楼真梦 》、《红楼梦醒》、《新红楼梦》、《增红楼梦》、《增补红楼梦》、《疑红楼梦》、《疑疑红楼梦》、《大红楼梦》、《蜃楼情梦》、《红楼梦传奇》、《红楼梦新补》、《红楼梦别本》、《再续红楼梦》、《三续红楼梦》、《红楼三梦》、《红楼四梦》、《幻梦奇缘》、《新石头记》、《石头补记》、《木石缘》、《宝黛因缘》、《太虚幻境》、《鬼红楼》、《风月梦》……有些红学发烧友可能搞不清这些续作彼此的关系，或许互有重复讹谬，但研究这些续书，已经成为红学迷的乐趣之一。①

以上是现代之前的续作，近数十年间，又一次涌起续写红楼梦的热潮，如张之 1984 年版的《红楼梦新补》30 回，是笔者平生阅读的第一部红楼梦续书，当时与同学刘仕斌各持一本，非常兴奋。而北京大学重新续写的《红楼梦》后 40 回，成为 1987 年版电视剧《红楼梦》后半部的蓝本。1990 年周玉清出版《红楼梦新续》39 回，1994 年都钟秀出版《红楼梦遗事》，2007 年胡楠出版《梦续红楼》，值得注意的是，这 3 位续写者均为女性，她们的创作可以成为女性主义文学批评家的鹄的。直到 2011 年，又有一男一女两位作家的续作诞生，男士为著名作家刘心武，女士为 70 后实力派作家温皓然。②

除了以小说方式进行续作外，戏曲、话剧、影视、弹词、评书、大鼓、快书、相声等也不仅仅是移植改编《红楼梦》原作，一般都参考了程高本，另行发挥、另起炉灶的也所在皆是。晚清就有《红楼梦传奇》剧本多种流传，如孔昭虔《葬花》、万荣恩《醒石缘》、吴香倩《绛衡

① 红学馆，是中国最具权威性与影响力的红楼梦学术研究类门户网站，被称为“中国红学第一门户网站”。但其他一些红学网站也都声称自己的权威性。

② 另有台州 76 岁老人柯元华先生于 2011 年 4 月在中国文联出版社出版《红楼再梦》，80 回，58 万字，系讲述红楼梦人物的后代的故事。

秋》、陈钟麟《红楼梦传奇》、石韫玉《红楼梦传奇》、吴镐《红楼梦散套》、谭光沽《红楼梦曲》、许鸿磐《三钗梦北曲》、朱凤森《十二钗传奇》、《潇湘怨》、《怡红乐》、《红楼梦》等。1927年上海复旦影片公司第一次将《红楼梦》搬上银幕。后来王文娟版的越剧《红楼梦》已经成为经典。近年多种戏曲改编《红楼梦》，还有交响乐、芭蕾舞和两个版本的电视剧。天津相声《黛玉走四方》则是借林黛玉之口来表达对日本军国主义的批判。红楼梦的续作之多，已经达到了随时随地进入中国人日常生活的程度，既可以“恶搞”，也可以“善意的调侃”，这在人类文学史上，恐怕是唯一的。

第三个特点是续作学术化。《红楼梦》的续作越来越受到学术研究的影响，有时候就是学术观点的一种艺术表达。对于续作的研究，从清代就开始了。清代有一部专论《红楼梦》续书的著作，是爱新觉罗·裕瑞写的《枣窗闲笔》。裕瑞在其中的《〈后红楼梦〉书后》指出《红楼梦》难续的原因是：“殊不知雪芹原因托写其家事，感慨不胜，呕心始成此书。原非局外旁观人也。若局外人徒以他人甘苦浇已块垒，泛泛之言，必不恳切逼真如其书者。”[①] 其他如姚燮的《读红楼梦纲领》、吴克歧的《忏玉楼丛书提要》、解庵居士的《悟石轩石头记集评》等，都有涉及续书的内容，今天看来，皆具备一定的学术性。

王旭川《清代〈红楼梦〉续书的三种模式》云：“自从《红楼梦》在一七九一年由程伟元正式刊刻出版以后，其续书也就大量出现，成为我国小说史上的一大景观。《红楼梦》续书虽数量众多，但其叙事的模式基本上只有三种，这就是以林黛玉命运的重新安排为依据的三种模式。它们是：死而复生的模式；死后转生、托生的模式和三界互通的模式。三种不同情节模式的形成及选择与续书所表达的对《红楼梦》的人物评价的密切关系；三种续事模式与这一时期对小说文法重视也有密切的联系；而且三种叙事模式也体现了清代中后期文人的社会生活观与审

① 余英时：《红楼梦的两个世界》，上海社会科学院出版社，2002年版，152页。

美态度。”①

真正现代学术意义上的对红楼梦续的研究，应该始于王国维的《红楼梦评论》。王国维以德国古典美学的眼光，针对《红楼梦》续书的价值取向评论道：

> 吾国人之精神，世间的也，乐天的也，故代表其精神之戏曲小说，无往而不着此乐天之色彩：始于悲者终于欢，始于离者终于合，始于困者终于亨；非是而欲餍阅者之心，难矣……有《水浒传》矣，曷为而又有《荡寇志》？有《桃花扇》矣，曷为而又有《南桃花扇》？有《红楼梦》矣，彼《红楼复梦》、《补红楼梦》、《续红楼梦》者，曷为而作也……故吾国之文学中，其具厌世解脱之精神者，仅有《桃花扇》与《红楼梦》耳……故《桃花扇》，政治的也，国民的也，历史的也；《红楼梦》，哲学的也，宇宙的也，文学的也。此《红楼梦》之所以大背于吾国人之精神，而其价值亦即存于此。彼《南桃花扇》、《红楼复梦》等，正代表吾国人乐天之精神者也。②

到五四时期，学界对红楼梦续现象有了进一步的认识。鲁迅的《中国小说史略》，针对《红楼梦》续书的思想艺术性指出：

> 续《红楼梦》八十回本者，尚不止一高鹗……此他续作，纷纭尚多，如《后红楼梦》、《红楼后梦》、《续红楼梦》、《红楼复梦》、《红楼梦补》、《红楼补梦》、《红楼重梦》、《红楼再梦》、《红楼幻梦》、《红楼圆梦》、《增补红楼》、《鬼红楼》、《红楼梦影》等等。大率承高鹗续书而更补其缺陷，结以“团圆”；甚或谓作者本以为书中无一好人，因而钻刺吹求，大加笔伪。但据本书自说，则仅乃

① 《红楼梦学刊》，2000 年第 4 期。
② 《静庵文集》，辽宁教育出版社，1997 年版。

如实抒写，绝无讳饰，独于自身，深所忏悔，此固常情所嘉，故《红楼梦》至今为人爱重，然亦常情所怪，故复有人不满，奋起而补订圆满之。此足见人之度量相去之远，亦遭雪芹之所以不可及也。①

到了新世纪，近来的续作者，一般已经不能绕过先对红学进行一番研究。刘心武的续作就是代表。赵建忠先生针对刘心武的续红楼梦指出：

按照当下红学已积淀的文献和初步成果，如果想把《红楼梦》续好，至少有几方面是不能绕行的：第一，《红楼梦》本身内容尤其是第五回判词要深入理解；第二，古本脂评系列的批语应研究透辟；第三，清人有关红学的文献要进行认真梳理和研究。从刘心武以往的“秦学”著述看，他对这些红学史料也并非置若罔闻，但颇多曲解，如果还是按照解读秦可卿的探佚思路去续《红楼梦》，这倒是令人担忧的。因为红学探佚如果不节制，就会走向误区，容易与索隐合流。曾经有人根据“太极图”以及所谓对称理论或原著108回说推导出了80回后情节，但主观臆测成分太多。时下颇盛的网络红学实际上已经走向一种猜谜游戏。当然，如果刘心武仅仅是凭个人兴致去续写红楼，以一个作家身份抒写自家怀抱，借红楼之酒浇自己块垒，则另当别论。②

那么，如此汪洋恣肆的红楼梦续现象，在当今具有什么文化意义呢？我们可以从最新的一部续作——温皓然的《红楼梦续》谈起，或许可以管中窥豹。温皓然的续作号称以佛学续红楼梦，其实温皓然自幼浸润于红楼梦的氛围中，这是作者自己的一个梦，既是她的文学之梦，也

① 《鲁迅全集》第九卷，人民文学出版社，2005年版，245页–246页。

② 《中国艺术报》，2011年3月8日。

是她的人生之梦。在技法上、语言上、情节安排上，旁人可以提出种种商榷的意见，但温续自成一梦，是人所共见的。

温皓然的续作，充满了梦幻色彩。如同王国维《人间词话》所说的："有我之境，以我观物，故物皆着我之色彩。"作者吸纳了很多红学研究成果和专家的观点，无论索引派、考证派、审美派，在温续中皆有所染指。但最终，这是作者在圆自己的一个梦。作为比较多产的实力派70后作家，温皓然著有长篇小说《缘分的天空》、《花魂鸟魂》、《凤兮凰兮》、《般若飘香》、《箜篌引》、《陪嫁山庄》、《凤鸣台》，另有散文《写在春天的文字》、《我的文学因缘》，诗歌《秋声小赋》、《蝉鸣心更幽》、《滴水观音》、《达摩面壁图》、《画堂春我们叫它词牌名》等，笔者曾誉之为"天津小龙女"。文坛称之为"逆创作潮流的代表作家，后现代古典主义文学流派的奠基人之一。"风花雪月，是作者抗拒这个坚硬冰冷的时代的"大观园"。闫立飞先生的文章《在玄思与镜像之间——温皓然的长篇小说〈箜篌引〉》评论道：

> 从文体上可以看出，《箜篌引》刻意在对中国古典小说尤其是《红楼梦》的追求中表达了一种仿"古典主义"的倾向。小说中，从人物的塑造、对话的设计、矛盾与冲突的展示到故事的概括、描述和氛围的烘托，无不深深浸染着《红楼梦》式的特点。"当代版《红楼梦》"一说亦源于此。《红楼梦》作为中国古典小说的颠峰之作，已经成为中国小说的一个"伟大的传统"，其后出现的所有伟大的小说作家都可以被纳入到这一传统之中。年轻才女作家温皓然对《红楼梦》的仿拟，除了显示出其非凡的胆识和才气之外，也表现了回归传统的良好愿望。从她的小说中，人们看到了似曾相识的人物与行动，并感受着古典的情景熏染的氛围，因此，从某种程度上说，温皓然在现代的镜像中创造了新的"太虚幻境"和幻想的"大观园"。无须考证其现实性特征，单单这样的繁复纷纭、色彩绚

丽的“想象的花园”就足以让人感叹其工程的浩大和运思的奇异。①

其实，温皓然早就在“另类续写《红楼梦》”了。表面上看，温皓然似乎企图名列《红楼梦》续书家族的谱系，而实际上，温皓然还是“戴着锁链跳舞”。锁链是不得不戴的，关键在于跳舞。她跟刘心武的区别在于，刘心武太把那条锁链当回事，没有放开自己的创作才华。笔者翻阅刘心武的续红楼梦，感觉跟他写的《钟鼓楼》和《立体交叉桥》乃至《如意》都相去甚远。刘心武自己也有所认识，并未期许过高。而翻阅温皓然的续书初稿，则感觉还是在读她的《箜篌引》或者《花魂鸟魂》系列。简言之，刘心武在学问上花了太多的心血，但并没有得到学术界的大面积认可，自家的创作优势也损失不少，唯一可以欣慰的是因为先在“百家讲坛”上播散过火种，所以市场效应甚佳，这也是得益于当今高涨的传统文化热潮。而温皓然，对于红学，只是当成一个“门槛”。而所谓“门槛”，过去了就是个“门”，过不去才是个“槛”。其实，读者真的在乎《红楼梦》的续书必须百分之百还原曹雪芹的“原意”吗？非也。正像历史小说，只要不违背已有的历史记载即可，作者大可在历史叙述的缝隙中纵横驰骋，大展身手，读者要看的正是这种“螺蛳壳里做道场”的功夫。而续书也一样，读者要看的，是续写者如何花样翻新，如何展示“自己的红楼自己的梦”。新世纪的红楼梦续，要求于作者的是，既不违背已有的主流红学研究成果，又能够续出时代意义，续出主体精神。从这个视角来看，温皓然的续作，显然代表了一种崭新的转折，笔者概括为：“立足红学，忠实内心，施展才艺，面向时代”。这不仅是新世纪红楼梦续书的文化意义，也对其他类似的续写现象和“二现象”具有丰富的启迪。

---

① 《农村新闻与文化》，2008 年第一期。

第八十一回

甄英莲魂断返故乡　贾宝玉情伤归旧地

话说迎春怀悲作辞归去之后，邢夫人全不在意，不过是情面塞责而已。倒是王夫人抚养了一场，委实感伤，因偷在房中洒泪悲叹一回。一时愁闷无聊，便起身往薛姨妈处说话去了。谁知薛姨妈这里亦是悲风惨雾，原来香菱的血痨之症，已病入膏肓。此时已然奄奄欲绝，眼前忽明忽暗的不能认人了。大夫说，不过就是熬时辰了。薛姨妈慌手忙脚的，惟有垂泪。一面又骂薛蟠。薛蟠却因近日和金桂连番赌气，躲出门去多少天不曾回来了。薛姨妈因拉着宝钗的手，一行数落，一行流泪。同喜、同贵、莺儿、臻儿，并一班婆子侍立在一旁，无不悲伤泪下。宝钗当下早把薛姨妈劝进里屋去了，又恐他太过伤心，嘱小丫头子们好生服侍，又悄悄的命臻儿等赶早收拾好香菱的衣物，以免临时慌乱，便也忙跟进去安慰他母亲去了。王夫人这里走进门来，见众人一派悲啼，深为骇异。

一时薛姨妈见了他，越发哽哽咽咽起来，半日，拭着泪说："好好的香菱丫头，就这么不中用了！"王夫人惊的半晌无言，忙问是什么病，又问薛蟠。薛姨妈才和他说了几句话，只听见金桂那边屋子里又是打人骂狗，又是杀鸡掀房的轰轰乱嚷起来。王夫人一向耳闻金桂骄霸豪横，但究竟怎么个厉害，倒也不详知。因不免安慰了薛姨妈一会子，亲自移身前来。

这金桂正因薛蟠一去数日不归，把他撇的孤孤零零，成日里怨声沸天，只不绝口的乱骂："缺德短命无行薄情的，禽兽不如！皇天断不佑你！"更兼宝蟾成了薛蟠之妾后，意气又不比从前，以至于敢跟自己顶嘴犯舌，渐次又要成精作耗的挟制起他来，自己这里不痛快，才骂一句，那宝蟾便能跳在半天里大嚎大喊；把他怄的性起，刚伸手要打，宝蟾便撞翻桌椅，寻死跳井的泼天大闹，半点不让。又见宝钗母女连日因香菱之病，百般请医调治，心里眼里全然没他，着实又气又恨，早已四处凑成一股胡愁海恨。不期今日听闻香菱命在垂危，合家上下的婆子、丫鬟，尽皆跑去宝钗母女面前忙着献勤儿去了，直把他气得闷昏昏无处发泄。好容易在院子里寻见两个婆子，忙一口喝住，命他们速速杀鸡宰鸭，烹羊戕猪，又值宝蟾进来回话，那知两个都没好气，当下犯颜嘶嚷起来。金桂恨得牙痒，正欲借着机会，拿宝蟾作醒酒汤儿，痛出恶气，竟一眼看见几个丫鬟簇拥着王夫人走进来，少不得另换上一副颜面出来，飞去接住，款款的请过安，行罢礼，殷殷勤勤叙了寒温。宝蟾便趁着机会走开了。王夫人见他眉眼水秀，举止得度，身上瑟瑟珠翠，上下灿烂芳馥。心内十分骇异。迟疑了半日，方问："我才刚在宝丫头的房里，听见这边屋子里乱哄哄的，不知出了什么情况，所以白过来看看。"

金桂一听如此说，不由叹气哀声，愁着眉说："这让我如何说给姨妈听呢?"因倾心吐胆，叙了一回。口内全是自怨自错。王夫人越发诧异。半日，那金桂低着眉，垂了头，欲言不语几次，眼中忽然扑簌簌滚下泪来，换了副腔调道："皆因我年轻，向来总是妇人的见识，只一味痴心想要拢住姑爷的心，当初虽说还在新婚，只因他心上喜欢，我想也没多想就把陪房丫头给他收了房。在我的本意，原是可以多一个人彼此合心合意的谏劝姑爷，谨慎世务，保养身子，才算不失大礼。谁知宝蟾这丫头偏最是好胜要强的，自认为是我的陪房丫头，不把别人放在眼里也是有的。起先，我只当是先前有人使魇魔法，治的我生了一场大病，他和香菱两个混赖，因而不睦。谁知竟是宝蟾这丫头太促狭，处处嫌恨香菱，得着机会就在姑爷跟前掐尖要强，煽风点火。我们姑爷那人姨妈您还不知道？最是一个喜新弃旧的，耳朵根子又软，有一次听了宝蟾的歹话，把个香菱拉过来，不分青红皂白打了个半死。我实在看不过，才骂了宝蟾两句，他就寻死撞墙的大闹起来了，吵嚷的上上下下，合府亲戚们无人不知，无人不笑，我们姑爷还把他护在里头。我实在气不过，才和姑爷分辩了几句，就让我婆婆赶过来迎头痛骂了一顿，说我吃醋捻酸容不得人。"

说着，又止不住满眼滚泪道："我是争也不能争，辩也无可辩，直弄的左也是错，右也是错。打那以后我就长了记性，再也不敢替香菱说话，也不敢再管他的事了。谁知，才刚清静了几天，今天又忽然的听见说他不好了，我这心里又痛又急，又不敢哭。这不，才忙乱着给他烧香祷告了一阵子，刚说要过去看看，宝蟾就在那里跳脚乱嚷，说'他是现世现报'。又说他和香菱两个当日打赌，谁给我下的魇魔法，谁就现世现报得暴病身亡。又说，香菱现在要应誓死了，我们应该还他清白。我实在气不过，说人都要死了，你还只管在这里说这些没人心的话，到底想怎么样呢？因而和他两个又怄了一场气。现在，他看着合家上下都在为香菱的事忙，他心里早浸了一缸醋在内了，他没地方发泄，就在那里杀鸡打狗的胡闹起来了。我说也不是，劝也不是，骂又不好，央告也不好。"说着，呜呜咽咽的捧住王夫人衣袖，泪如滚瓜一般："并不是孩儿怯懦无能，连个丫头也挟制不住。只因为姑爷不谅苦衷，偏不给人争气，如果我也不肯忍气，只管家翻宅乱的闹起来，让亲戚们看见了，这还成个什么人家了？我又何尝不知道，就是这么一味忍让，恶名声也早已经让人给四处传播出去了。可这又有什么法儿呢，投生为女人，还有什么别的路走？就是再苦再屈，也少不得忍耐着。只要能换得合家安乐、夫妻同心一意的过日子，我个人就算再苦再冤也是值得的。谁知偏又不能称意，越是顺从，越是作小服低，竟越是让姑爷捏住了软肋，越是逞得一个屋里人处处窃威弄福，蹬鼻子上脸的，只管把我百般作践荼毒起来，混账的名儿，倒让我背着。我反倒里外不是人，成了一个罪魁了。真正叫人有冤无处诉！今儿，幸得姨妈过来，就请姨妈到底教导教导孩儿，遇见这么不知好歹的人，可到底让人该如何是好？孩儿一向听说姨妈屋里的赵姨奶奶糊涂，不知好歹，姨妈大德大贤，多少番都不曾理论，他们得了意，竟越发上来了！不是孩儿今天在这里说句造次的话，我想那赵姨奶奶纵使再怎么心呆意毒，也还不至于敢明目张胆要姨妈的强。可姨妈再看看我这屋子里，真正没法子住下去了！就请姨妈今儿千万给孩儿支个招，好歹疼疼我这从小没了爹，举眼无亲的人，不然，孩儿可真是再没有活路了！"

王夫人见他哭的哽咽难抬，也不免滴下泪来。半日，说道："原来是这样。我的儿，我都知道了，你受委屈了！但不知蟠儿那不长进的东西这一向那里去了？真是越大越不知道好歹，是该告诉他姨父，好好教训一顿才是了。"这里，玉钏忙将金桂扶起，落座。金桂抹着泪正要答言，恰值宝蟾又紫涨着脸进来取东西。金桂就问他："大爷这一向出门，到底是到那里去了，你应该是知道的了？"宝蟾正因刚才无故挨骂受气，现在薛姨妈又打发人来让他取了东西立刻送过去，一肚子邪火无处可泄，这时不免冷笑着说："我可那里知道呢，他在奶奶跟前还不说，谁会知道他的踪影？"说着，找了东西，头也不回的去了。

金桂这里气得干噎，一时又滴下泪来。因向王夫人说："姨妈现在可是亲眼看见了的，我但凡是个有半点气性手段的，岂能容一个陪房丫头这么踩着我头的？不过他们实在闹的太不象了，我被逼的没法了，才不得不拿出奶奶的身份来镇唬一阵子，不然，矮墙浅屋的，让亲戚们知道能不笑话么？不知道的，只说这屋子里也没主子，也没奴才，也没大也没小，成了混账世界了。饶这么着，恶名声还飞的满天都是，上上下下里里外外的亲戚们没有一个不说我利害吃醋的。幸而今天姨妈是亲眼看见的，以后还求姨妈，在众人面前替孩儿好言方便方便才是。"

王夫人长叹一口气，不免安慰他几句，又值宝钗不放心金桂的为人，亲自同人来寻，方扶着玉钏等人一起去了。

且说宝玉连日来无时不惦念着芳官、四儿几个，因趁乱得便带着焙茗悄悄前往踏看了几次，奈何来去匆匆，总是不能尽表心怀。好在这几日迎春归省，又有官媒婆来求说探春之事，彼时又有六宫都太监夏守忠来降旨，原来元春已身怀龙脉，圣上龙颜大悦，大加赏赐。又恩准内眷亲丁进宫探视。一时府中内外，洋洋喜气摆案祭天，言笑鼎沸人进人出。看不尽玉女调金鼎，天妃捧玉盘；杯凝红琥珀，袖拂碧琅玕。贾母王夫人遂妆扮整齐，带领尤氏等人，一起乘了大轿，入宫谢恩去了。宝玉便得空溜出后门，和焙茗两个各自跨着一匹马，一路向着水月庵蹚了过去。彼时寒冬腊月天气，朔风凛凛，二人直跑得衣飞带扬。一路穿花枝巷，行逗蜂街，绕桃叶渡，度垂虹亭，过村居野渡，草庵茅舍，放眼已是湖山相接，渔舟点点。岸上，一位须鬓皓然的老者，手扶拄杖，那边一队人，簇拥着一个纱帽蟒袍，簪花披红的官员，急急叩拜下去；旁边一间草舍，蠨蛸满室，斜卧湖畔，门前几株槎枒老树，一个浓眉黑鬓，乌衣短褐的汉子和一个麻头豁唇，歪腿烂脚的老婆不住的进进出出；山河之间扼喉而起，重楼垒垛，几十对石刻柱子上翻滚的云龙、朝凤的百鸟、闹梅的喜鹊、牧羊的苏武、过海的八仙、战蚩尤的黄帝，转眼都丢在了身后。忽然一阵怪风，吹的满天云翻雾滚，一个衣衫褴褛的奇士，挥霍骂天，仆然倒毙街头，身旁只一条癞狗相伴。一阵惊雷过后，又是水澄珠莹，云散天明了。

几经曲折盘旋，总算来至水月庵前。焙茗不肖吩咐，立时翻身欠脚蹬在马背上，抚墙扳脊，探头向内张望进去。宝玉那里也早已下马，立在下面替他拉着缰绳，一面仰头只管催问："可看见了么？他可在那里面没有？"见焙茗摇头，不觉又连连顿足叹起气来。焙茗在上面说："二爷别急，应该快出来了，前几回都是这会子出来的。"一语未竟，又笑的拍手道："来了，来了！"便压低嗓门向里面直喊"芳官"。水月庵外院南北皆是大房墙，院内冷风飕飕，空空落落，芳官这时头戴一顶青黑色破旧毡帽，穿一件灰不隆冬、逛逛荡荡的海青夹袍，悲悲切切的拖了一把大扫帚，走出来打扫着满院子的残雪落叶。焙茗看了，口内一叠声叹道："哎，把个玻璃美人儿，愣是撮弄成一个扫雪的囚奴了！"一面又向里直喊"芳官"。宝玉在下面听了，登时流下泪来，忙问："他可好？在那里做什么？怎么就成了一个扫雪的囚奴了？他们为难他了吗？"焙茗叹着气说："拿着把比他人还高的大扫帚，在那里扫雪呢。还是只管不答理。"宝玉眼前立时闪现出他穿着玉色红青酡绒三色缎子斗的水田小夹袄，束着柳绿汗巾，散着水红撒花夹裤裤腿，在怡红院里唱《赏花时》的情景来，因拭泪道："你就说我来看他了。"焙茗听说，便又向内低声喊："芳官，宝二爷来了，来看你，就在墙外边儿呢！二爷让问你在这儿可过的惯，有人难为你吗？"芳官怔然一惊，满眼滚下泪来。待要如何，无奈又想起王夫人那日撵他们的情景儿来，登时又心灰肠冷了。因只管充耳不闻，悲悲泣泣的垂了头，继续打扫落叶。扫帚在一块已经扫过的地方，来回划动着，那眼泪，好似淮洪一般倾出。宝玉这里忍耐不住，因对着高墙，含泪向里低喊道："芳官，你千万将就忍耐些日子，等太太气消了，我去求老太太，再接你回去！"芳官听见，一缕柔肠几乎牵断。宝玉在外哽咽着又道："我知道你心里委屈，都是我带累的你，害的你上天无路，入地无门！你好歹先挨过这几天。"芳官听见，再也支持不住，轰然一声，瘫坐在地上放声大哭起来。焙茗看着，也不觉跟着流下泪来。这时，只见智通带着几个女尼从内院走出，一眼看见高墙外面立着人，因合掌念了一声佛，道："那不是荣国府里的……"焙茗吓的急忙抽身缩头，"噗"的伏在马上，道："二爷不好，有人看见我了，快走！"宝玉听说，忙也拭泪上马，两腿一夹坐骑，主仆两个一溜烟儿，望着那乱林深处不分好歹钻了进去。

且说二人风驰电掣进了城，仍从后门进去，忙忙来至怡红院中。只见袭人、麝月一齐迎出来说："二爷，前头都找翻了天了！二爷快去罢。"宝玉听说，忙就袭人手里接过衣服换上，却一眼看见几个小丫头子在里面收书卷画，四五个老婆子在外间，乱窜窜的搬挪桌椅。又见秋纹、碧痕等人面上皆有悲戚之色，因问袭人："这是做什么，这些人这都是怎么了?"袭人等这时皆已闻知香菱消息，因不敢告诉他，只得用别事掩饰说："太太的吩咐，让二爷这两天务必搬出园子去住，现在到处找你，想必也是为了这事。"宝玉听了这话，顿时如在雪窑冰窖一般。直呆了半天，才在袭人的连番催促下，翻身往王夫人处走去。

且说王夫人自回家来不见了宝玉，心中着实不乐。又因贾母日间见了元春，遂生出一个锦上添花、喜上加喜的念头来，因一回家就要跟贾政商议，只等元春诞下皇子，顺势就把宝玉的亲事也一并定下来。又说要一个亲上加亲的，打小一块儿厮混过来的，脾气性格合的来，模样又要周正的。王夫人不由愁上心来，少不得又勾起那些口舌浸润之谮的故事来。遂萌生令宝玉即刻搬出大观园之念，因向贾母回明："宝玉既要议亲，还是应该先从园子里搬出来住着才是。"贾母亦觉有理，当下应准了。王夫人因当即着人吩咐下去。又因诸事悬心，接接连连，总是一事未完，又添数事。虽说是喜得皇外孙，天地恩厚如此，可谓造化之极，可一旦想起在宫中见到吴贵妃、周贵人等人的眼色、行事，又着实令他担忧不已。这里才下眉头，不免又伤叹迎春遇人不淑，一时又愁探春。才放下宝玉，又想着薛姨妈那边迭迭生事，婆媳不和，各说各理；夫妻反目，如狼羊一处；主仆成仇，似猫鼠相憎。又想着宝钗夹在其间左右为难，着实可怜。及见了宝玉，又见他呆呆怔怔，落魄寡语，大不似从前，心里早又疼起来，因叫他身旁坐下，问："你又为什么这样呆呆的?今儿你大姐大喜，你不好生在家里待着，又干什么去了?你二姐姐今儿回去，你怎么也不去送送?"宝玉只应说："北静王爷着人来请，就过去了。不过照旧是去会谈会谈。王爷恐我犹是未定之性，因嘉恩让我时常过去，为的是就近聆听教导。"言毕，又问元春。王夫人不觉的便又洋洋喜气盈腮起来，因长篇大套说了一番。又道："我的儿，你也该给我争口气才是!眼看就要当舅舅的人了。俗话说'养儿象外舅'，你也该好好振作一番，将来给你外甥做个榜样才是。"正说着，见周瑞家的喘吁吁走进来回事，又是亲朋如何来贺，又是众人要如何设席摆宴。王夫人听到一半，便打断道："你且去回凤丫头罢，我这里还有事呢。"周瑞家的听说，便自去回凤姐不提。

宝玉这里见他去了，方说："昨儿听见二姐姐那种光景，我心里实在感伤。虽不敢告诉老太太，却这两夜只是睡不着。"说着，又是怅然叹息。半日，又说："依我的意思，竟不该让那孙家的人再接了二姐姐回去的。太太倒是想想，二姐姐那么软弱的一个人，偏偏遇见这样没人心的东西，一点儿不知道女儿家的苦处，他如何禁得住这样委屈？天长日久，如何了得？"王夫人亦叹息道："我的儿，你那里知道，这也是没法儿的事。可是俗话说的'万般皆是命，半点不由人'，何况他一个已经嫁出去的女儿，叫我能怎么样呢？"宝玉便不肯再说，只是默然。忽然想起那日在书上看到的一篇话来："大凡风月之情，皆系彼此孽障所牵。俏女慕村夫，世间固然不少，癞汉配花妻者尤多，所谓'孽障牵魔……'"因而心下大痛，不住慨叹：这世界上究竟有多少清白的女儿，都被那些腌臜浊物玷污了去，细想来实堪一大哭！又忿忿的想："但不知那些女孩儿家的父母兄弟都干什么去了，竟忍心白白看着自己的骨肉手足被人糟蹋玷污，而无动于衷，实在可杀！"却不想，今日，自己的姐妹竟也落到这般境地，即便如他贾府这般门第，竟也只好听之任之。因不免愤然道："凡为夫妻之缘，恩深义重，结誓悠远。凡为夫妇之因，前世三生结缘，始配今生夫妇，若结缘不合，比是怨家，故来相对。妻则一言数口，夫则反目生嫌，既以二心不同，难归一意，何不趁早令其各还本道，解怨释结，一别两宽呢？我昨儿夜里倒得了一个主意：索性咱们回明了老太太，把二姐姐接回来，还叫他紫菱洲住着，仍旧我们姐妹弟兄们一块儿，省得受那孙家混账行子的气。太太不见那时，二姐姐在园子里住着，何等清净自在？常言说'福地福人居'，在一个地方原本住的好好的，为什么又非得搬来换去的空耗人力，辜负风水？那时，就算他们孙家再如何派人来接，咱们硬不叫他去。由他们接一百回，咱们留一百回，只说是老太太的主意。这岂不好？二姐姐从此也可脱罪了！”

王夫人听了，又好笑，又好恼，心想：“只说他如今长大了，那知竟还是这般小孩子的心性。”因说道：“才刚说你，你就又发了呆气了，混说的是什么！大凡嫁出去的女儿，就是人家的人了，那里由的娘家要怎样就怎样呢？纵要管，也不过调解一阵子就罢了。这原是家务事，就是告诉老太太去又如何呢？没的倒白白让老人家跟着生气操心。至于说什么‘结缘’也好，‘结誓’也罢，最终还都要看他自己的命，碰的好就好，碰的不好也就没法儿。那里个个都象你大姐做娘娘呢。况且他们不过年轻的夫妻，各人有各人的脾气，斗牙斗齿，也是万万人之常情。等大家彼此都摸着了脾气儿，再生养了儿女，自然也就好了。世人都是这么过来的。一会儿你到了老太太那边，断不许说起半个字，我知道了是不依的。再则，老太太已经吩咐下来，让你这两天务必搬出园子来，仍旧原处住着。我已经着人给你在这边收拾了。快去看老太太罢，不要只管在这里混说，仔细明儿问你。”一席话说的宝玉再也无言可申，因起身告辞，无精打采的出来。

一时来至贾母门外，满眼只见瑞雾迷珠箔，祥烟绕画栏。屏开云母莹，帘卷水晶寒。一层层琼楼贝阙，散宝花，喷真香，声奏玄歌雅乐，舞蹈霓裳翩跹。廊前檐下看不尽花簇簇你朝我贺，乱哄哄人进人出。里边摆酒排宴，走斝传觞，觥筹交错；优伶作态，舞姬弄姿，唱唱舞舞，锦瑟频弹；看不尽那魑魅魍魉，率舞盘旋，马面牛头，神鬼乱出。宝玉见热闹到这般不堪的地步，不过到贾母跟前略应了一下卯，虽贾母十分留他，他却懒心无肠，得空便又翻身溜了出来。

回到园中，竟愈发落魄失魂。呆了一阵，自言自语半日，又洒了一回泪。一时只见梅畦竹径之间，满眼悲凉之雾，树上花瓣均已离枝坠落。枝干虬屈槎枒，多已断折劈皴。曲径通幽处石隙下，一汪寒水孤波徘徊。沁芳亭上，烟霞尽绝，花草摇落。蘅芜院内，门窗掩闭，冷寂萧然。蓼溆一带，更是凄清寥落，了无人迹……不觉愈看愈悲，竟凄然四顾，不能举步。直怅然了三五顿饭时，千思万想，总不知如何是好。索性一径往潇湘馆里去了。进得院来，满眼只见凤尾虬屈，竹叶末端翻仰而上，屈伏之中枝掀叶举，似有幽意隐隐。方略略的回转过来一些。忽然架上鹦鹉嗖的一翅飞起来，直叫：“紫鹃，快打帘子，二爷来了！”看时，紫鹃已掀帘笑欣欣的走了出来。宝玉边进门边问：“林妹妹呢？”紫鹃说：“到宝姑娘那边去了。”见宝玉发了一回愣，便犹豫着说：“香菱姑娘不好了。才刚大奶奶、三姑娘过来，约着一起看他去了。二爷想必还不知道消息？”宝玉听见，如雷一震，翻身就往外走。

原来香菱挨到晚间，终于无幸，双目瞪视，一灵缥缈，竟溘然而逝了。一时大观园内众姐妹十之六七都知道了消息，无人不感伤难过，无奈时逢如此大喜之日，外面谁也不敢露出，唯有暗地里悄悄洒泪而已。宝玉赶到时，他已装裹停当，被移到下边一间空屋子里去了。宝玉见他只一块惨白罗帕遮面，那身量，越发枯小到让人不忍谛视，又见他手边还放着那本《断肠集》。不觉益发心痛神驰，因两手握拳，伏在灵前心如刀戳一般，痛哭一场。薛姨妈这时已和家下众人到贾母处庆贺元春之喜去了，家里只剩下几个七老八孤的婆子，虽加上宝钗、黛玉、李纨、探春等，也不过影影绰绰几个人，形景委实凄凉。众人恐宝玉在此逗留不妥，好容易劝解出去。路上犹凄恻沸郁，忧思百结。不住追思香菱生前的点点滴滴，感叹人世万缘恍如幻泡一般。一时又呆呆的望住黛玉，他与香菱乃有师徒之谊，自比别人更添一层伤悼之情。因见他此时犹痛泪两行，涔涔流溢，越发显的颦颦如梨花带雨，娇愁似临风仙蕊一般。兼又想到原本好端端的一切，现在都变了：晴雯死了，五儿死了，现在香菱也死了。司棋、入画、四儿撵出去了，芳官、藕官、蕊官他们出家了，宝姐姐从园子里搬出去了，二姐姐嫁了个混账不堪的东西，琴姑娘、岫烟姐姐说话也有了人家，也要去了，如今，自己也要从这园子里搬出去了，真真是物是人非！不觉越想越痛，越思越悲，几不知人世几何。

谁知一时，又有焙茗慌里慌张的跑来告诉，说四儿死了。遂颠三倒四、乱纷纷的说了一通。又说彩霞也死了，真正可叹！

原来四儿自那日撵了出去，竟被强配给一个蠢烂无度的小厮，一味贪杯纵欲，不顾家计。四儿鲜花嫩柳一般，如何经得住他摧残折磨？自过门，无一日不哭闹斗气的。终因不堪忍受，昨天夜里大哭了一场，竟喝了砒霜。那彩霞更是因久闻来旺之子的恶名，况和贾环有旧，对自己的婚事百般不情愿，一味苦求父母。奈何来旺家仗着凤姐的势力，强作成了这门亲事。彩霞的父母只顾外面有脸，又兼让彩礼聘金迷住了心窍，那里还顾彩霞死活。彩霞几次托他妹子去求赵姨娘和贾环，皆无力回天。彩霞连日来真是彻骨冰凉，因想着自己当日和贾环一处，是何等甜言蜜语，海誓山盟，如今他竟这般冷漠无情。因又想到，生为女儿，一生嫁错了人，可谓来日茫茫，终身为患。因覆去翻来，彻夜难眠。谁料今天在花轿里，就自己抹死了。

宝玉闻言，轰然一声，竟如万箭攒心一般。又要去悼四儿，又要去哭彩霞，一时回环踝躞，众苦交煎。竟先自病倒了。王夫人闻知宝玉生病，索性连日将他移出园来调养，不知宝玉病情如何，下回分解。

第八十二回

喻仙机帝都降祥瑞　显奇能公府展妙才

话说宝玉病倒，王夫人十分心焦。忙着人带太医进来把脉下药。幸而太医说并无大碍，乃是急火攻心，兼小感风寒，吃几剂药自然就好了。于是灯下开了药方，作辞而去。王夫人这里才略略的放下心来，因命众人小心调理汤药，再不许有任何差池。家下奶娘、丫鬟如得圣谕，无不倾心竭力效犬马之劳。一时间，砂罐鼎沸，药香盈室。将及两月，果然调转过来。竟越显得面如皓月犹皎，色若春花还洁。宝玉病体既已恢复，就耐不得层层禁约，一心只想往外趱。又因数事悬心，又要去探芳官，又要去望司棋，又要去送香菱，又要去悼四儿和彩霞，无奈王夫人早有严命，半年之内，不许他见丧事孝服。他虽急的不行，也只得忍耐。虽背地里仍百般设法打听，众人总也不敢将深情底里相告，不过敷敷衍衍，意意思思的就走开了。宝玉除了挑灯自叹，对月伤悲，也别无他法可施。因趁着王夫人进宫之际，索性整日黏在潇湘馆里。遇上黛玉精神好时，世上其他的一切，他便都视有如无一般；倘或黛玉生病，他又恨不能一死相替。晚间回来，仍旧和丫头们作戏耍笑一番，也就罢了。那王夫人每次进宫回来，一时甚好，一时甚烦，不知什么缘故。直至元春如期诞下皇子，他心中一块石头才总算落地。回来逢人就赞，说自己的皇外孙“一天一个样儿，银盆似的一张脸，见了人就赶着笑，别提多招人疼了。真正是个‘隋侯之珠’。”又说他“小小的人儿，就知道动静尊严。真有‘百龙之智’。”引的众人都恨不得立刻一见才好。

这时，香菱的后事早已操持完毕，棺柩暂寄于铁槛寺，单等日后一并带回薛家原籍。出殡那天，彤云密布，惨雾重浸，朔风凛凛号空，大雪纷纷盖地。薛蟠闻知消息，虽惶惶赶回来，尽力洒了几滴痛泪，无奈暗地里窥见金桂眼立，深恐犯他之威，少不得咬牙作罢。未等一时三刻，仍旧一阵风的去了。在外面依旧是斗狗观花，会酒聚赌，无恶不作。金桂见婆婆竟将香菱待以媳妇之礼，自是忿忿不已。奈何总不得寻隙，也只得咬牙作罢，另谋机会。

这日，宝玉又闻得四儿、彩霞亦在漫天白雪淅淅潇潇，飘飘荡荡之日各归其穴，乃独自悲戚、怅悼了一阵子，也就无法了。

展眼又是新年，这个新年却比以往不同。从大年三十，一场瑞雪便纷纷洒洒，如剪玉飞绵一般滚滚而至，直到元宵节，依旧飘飘荡荡不止。出门一看，真是：千家房舍如银砌，万里江山似玉团一般。

这日，荣宁两处人丁都齐集欢庆。忽又闻夏太府前来降旨。贾赦贾政忙命人摆了香案，接了旨。便又急急更衣入朝去了。约摸几个时辰工夫，使人飞马回来相报，原来竟是一桩弥天大喜：元妃之子竑瞻，因深得圣上宠爱，元妃母凭子贵，被晋了皇贵妃。一时又有贾琏等探了消息回来，说：“原是娘娘之子抓周时，竟一把捏住了一方飞彩晶莹的印玺。圣上见了大喜过望，因平日即在人前赞不绝口，称为‘宁馨儿’，又说是‘朕之第一子’。即见了这般情景，便认定是天意。又忽闻都城上空云气飘浮，低映端门，庆云彩雾，南北通连。出去看时，却是空中群鹤如云似雾，翩跹而至。或玄如阆风，或缟如素女，或皎似珊瑚，或纹成玳瑁，或炯如银睛，或辉煌如星，飞鸣于宫殿上空，盘旋不去。引的皇城宫人纷纷翘首驻足，行路百姓个个叩首伏拜。群鹤竟环旋蹈舞，长鸣如诉，经时不散，后排阵迤逦向西北方向飞去。圣上见此情景龙颜大悦，认为是天意前来帝都告瑞，于是表彰效天。遂连日拟旨把咱家娘娘晋了皇贵妃！”贾母等闻言，不等再说，便都喜气扬眉，按品大妆起来。一时，带领着家里有品的太太夫人们，乘了大轿，瑞彩济济的入朝谢恩去了。贾珍贾蓉等人亦换了朝服，一路奉侍前往。

一路之上，欢声拥道，户户焚香，家家结彩。看不尽人流如潮，听不完鼓腹含哺之说。一时来至紫禁城，只见太和殿犹如杲日丽天，夺众景之耀，恰似须弥横海，落群峰之高；殿门外横陈两架二十四丈高的灯轮，万盏花灯齐燃，宛若琉璃金光明世界一般。宫娥彩女分列一百二十队，照映如百花焕发，妙舞翩跹，遗钿坠舄，灿烂芳馥于路。辅相大臣，宫城内外，象马车乘，珍宝伏藏。金鼎、铜鹤、日晷、嘉量，炳然齐现，重重交映，若帝网之垂珠。汉白玉台基栏杆下，喷珠吐玉，影映芙蓉。殿前双龙戏珠御路石，其珠为吉祥如意珠，双龙下面的山海图案，象征江山永固。殿内九龙金漆宝座、八景銮舆，安置在金色台基之上，并置于六根盘龙金柱之间。藻井正中的蟠龙口中倒垂下一个大圆球，谓之“轩辕镜”，乃辟邪之宝。中和殿、保和殿，高不可仰，深不可窥。两侧辅以文华殿、武英殿，北襟乾清宫、交泰殿、坤宁宫三宫及东西六宫，一层层深阁琼楼，珠宫贝阙，恍若蓬莱仙境，疑似瀛洲圣苑；看不尽那皇家气派，云起长空；说不尽这帝王妙有，万福具足。及见了圣上，其如何威严具足，玄歌妙乐、九光宝盖，怎样拥护；元老功臣、文武百官恁地罗列环绕；众人如何谢恩，如何热闹，自不必烦述。

众人欢欣鼓舞自不必备述，独贾琏之得意畅然更比别人不同：每日迎来送往，广赴大宴，神采飞扬，笑逐颜开，好似得了活龙一般。原来竟是秋桐也有了身孕。现在那贾琏真是春风得意马蹄轻，俨然坐拥半壁江山一般。

且说宝玉近日因在贾珍的射圃结识了卫若兰，于是便常常过去与他相聚。这卫若兰生的巍峨端方，眉分八彩，目若青莲；萧萧肃肃中威仪伏藏，言语谈笑间神足生威。头上戴凤翅兜鍪紫金冠，穿一件三色镶龙穿花箭袖，腰间束一条闪龙黄金带，外罩着黄金玲珑甲，足蹬乌云皂靴。又有一根五彩丝攒花宫绦，系着一块文采辉煌的金麒麟。因是甲第星罗，金钉朱户的世袭公子，家中兄弟亦多身居要职者，更有他的祖母乃当朝太后的娘家人，加上他本人“盛才美貌”，又射的一手好箭，因而声名籍盛，世谓“一世龙门”。宝玉既与他一见如故，便无话不谈。因见他腰间也佩着麒麟，看着十分眼熟，便擎在掌上，默默的出了一回神。一时又有薛蟠并着多少高头骏马、衣冠华丽的富家儿郎，纷纷攘攘的赶来射了一回箭，只听得孪铃叮当，众仆前呼后拥大吆小喝的打罢前站，便是嗤嗤的箭，响声不绝。卫若兰在旁觑眼观望，不觉微微含笑。宝玉巡声看过去，见那些射出去的箭，少有上垛的，乱纷纷落了一地。众人射的无趣，便都围上来，再四恳求卫若兰一展身手。卫若兰被局不过，便走下阶去，立身站定，拈弓搭箭，飕飕的一连发出去多少枝。竟是箭箭上垛，无一虚发。众人看的目眩神迷，喝彩不绝；摇旗的摇个不住，擂鼓的擂的手酸。一时射毕，薛蟠并一班子弟上来，团团围住，百般殷留，纷抢着要作今天晚饭之主。

一时传酒排宴，薛蟠因见卫若兰和宝玉只顾高谈阔讲，又是什么“诗钟”，又是什么“兴味”的，便笑道：“你们提起诗来，我倒想起来，前儿我在冯世兄那里，见他和沈世兄一帮子人，又是烧香，又是穿钱缀线的，说是比赛。我仔细听了听，那沈世兄居然说什么‘少小离家老二回’，起先我还当是自己听错了，又问了一遍，他们都大笑着说‘高’呢！明明连我都知道的句子，他们还说差呢，也不知比的什么赛。”宝玉听说，心下疑惑，想了一时，不觉笑道：“后来，他是不是接着又说了‘老大嫁作商人妇’？”薛蟠瞪着眼道：“你怎么知道的？你又没去。”宝玉和卫若兰相对一笑，宝玉道：“他们那是竞作‘诗钟’呢。”薛蟠扬着脸，摇头道：“谁知他‘始终’‘结果’的，我只见一个个酸溜溜的，满嘴里尽是些胡言乱道，还能有什么始终结果。”宝玉便笑着告诉了一回。薛蟠似懂非懂，眨着眼道：“既这么有趣，那你们何妨就作起来，让我们大家也跟着高乐高乐！”宝玉被局不过，只得含笑向卫若兰说道：

二岳寻仙不辞远

卫若兰便含笑对道：

三山半落青天外

众人听罢，有的轰然叫好，有的呆若木鸡。薛蟠起身道：“始终也没听明白，结果也不知好坏，竟不是把我们都当成傻子捉弄起来了罢！”宝玉因向他悄声说道：“这种游戏就是‘诗钟’其中的一种，规则就是在古人的作品中任选一句出来，可略作修改，然后用另外一句来接作答，可曲解原意。比如我才说的那句，原诗应是李太白的‘五岳寻仙不辞远’，这里把‘五岳’改成‘二岳’，这里就隐含了问题，为什么是二岳，那三岳到那里去了呢？当然可以接‘三山半落青天外’，盖‘岳’即‘山’之意。这个游戏考的就是竞诗者的反应能力，和对古人作品的熟悉程度。”薛蟠摇头咂嘴半日，拧着眉毛正要说话，却见贾蔷笑欣欣捧上一个盘子来，里面盛着四个纸团，摆在卫若兰的面前，请他抓阄。卫若兰不免看着宝玉一笑，知是众人欲试其才。便伸手将四个字团全部抓出，展开看时，见上面分别写着：蝴蝶、菊花、螃蟹、美人。卫若兰低头略一沉吟，乃道：

物化未忘篱下色①
横行犹服掌中轻

① 此诗钟为文怀沙先生原创。

宝玉听了，几乎绝倒。与众人轰然称叹不已。薛蟠虽不知究竟好在何处，却因心慕卫若兰的人品，少不得也跟着激赏一番。而后又问着宝玉道："可是你们说的，凡天上地下毫不相干的万事万物都可随便放在一起的，果真无论说了什么出来，都能对得上？既这样，可就怨不得我了！我可要说出一物来了！"说着，满饮杯中酒，又问着众人："这世上，最该千刀万剐的祸害说一个出来。"贾蔷道："秦桧。"薛蟠便笑指着自己的裤裆说："我的也不难，我就出'秦桧'和'男根'，这个也能对上来么？"众人听了，纷纷摇头笑骂。薛蟠那里管众人，只笑嘻嘻的看着卫若兰。

卫若兰饮了一杯酒，沉吟片刻，道：

举国尽为吃亏者
大家都是受益人

众人又是一番轰然称叹，薛蟠越发来了兴头，挨挨擦擦的坐过去，只管询问"究竟怎么一个受益法？"宝玉见他闹的不象，赶忙用别话岔开。因想起上次在卫府门前看到的一桩奇事来，便问卫若兰："上回在尊府街前，看见浩浩荡荡一队人马经过，为首那人骑着高头骏马，金装玉琢，起初我还以为是个新郎倌，可怎么一路哭着过去了？后面跟着的人不但不劝，反照旧一路敲锣打鼓、张伞结盖的去了？回来后，我想了好一阵子，终究还是没能想明白，若说是一支娶亲队伍，世上那里有新郎倌哭成那个样子的道理？若说是哭丧，就更不象了。好哥哥，你广闻博见，还请你告诉告诉我深情底里。"卫若兰笑道："若说起这件事来，也确实令人可叹！那哭的人倒是平常，奇就奇在他哭的那人，说起此人来，竟可称的上是当今世上有一无二的奇女子了！此人名叫秦之媔，虽然出身寒微，却才情殊众，色冠一方。因此常引的一些膏粱纨绔子弟慕名前去探访，谁知竟万万人都不能入他眼。"席中众人听了，轰然笑道："才貌并重的女子自然骄傲些！"卫若兰道："这是一层原因，另一层则因秦之媔的祖父在世时，就已给他定了亲。谁知那家公子虽颇有志气才名，无奈相貌十分丑陋，难以堪配。”宝玉听了，不由直皱眉头。贾珍笑道：“自古‘蠢妇配才郎，俏女慕村夫’者也多，所谓‘孽障牵魔，原不在才貌之论’”。薛蟠嘻嘻的问道：“但不知是怎么一个丑法？”卫若兰点着头，又说：“都说是‘头凹脸阔，豁牙露鼻。色如削瓜，旁行踽偻，又癞又疥’。又纷纷说，若晚间走出来，那就是个辟邪的活门神——唬死罗刹，吓死恶鬼！”

席上众人轰然喷了酒饭，也有倒仰了的。卫若兰又道：“奇就奇在这秦之媔本人，虽然听说男方容貌奇丑，竟毫无退悔之心。谁知众多慕名者中，有一个豪霸，”刚说到这里，席上众人一起把眼睛盯住薛蟠，轰笑起来。薛蟠嘿嘿笑道：“世上这霸那霸的也太多，大家不要起哄，还是听卫老弟说正经故事。”卫若兰心中机警，虽并不知薛蟠的诨号，却已知“豪霸”二字犯了他的讳。因改了称呼，道：“此人百般设计，势在必得。知秦父好赌，便一味助其金银，又常在一旁怂恿，只让其日夜放胆豪赌。在此人之本心，无非是要讨得未来老岳丈欢心，成其好事。不料事与愿违，婚期一到，这秦之媔还是让那丑郎君给抬了过去。这人盛怒之下，狠狠设下一个圈套，把秦父陷入大狱，竟判了死罪。还要荼毒他全家。秦之媔的兄弟们听见消息，只顾自己先逃了个无影无踪。那时，秦之媔的夫婿又因家中生计问题远在他乡，秦之媔眼见老父命在旦夕，只有自己到府衙鸣冤。无奈当地官府都惧怕这家的势力，都不肯受理。被逼无奈之下，秦之媔一路上京，寻到都察院，滚了钉板，才告了御状。”众人都骇然惊叹：“那不相当于已先死了九分？”宝玉早已豁然离座。薛蟠咬指伸舌的叹息道：“那还不得皮开肉绽啊！可怜，可怜！”

卫若兰说：“若不如此，他父亲的冤案如何得以洗清？听说最后还是在当今圣上的亲自过问下，才得以昭雪的。为了骨肉亲情，不惜舍弃自己的身家性命，多少男子尚且做不到，一个弱女子却做到了。因此我称其‘当今世上有一无二的奇女子’，当不为过。”众人轰然赞道：“果然奇女子，果然有一无二!”卫若兰又说：“我更佩服的是他才貌既冠，却静而能安，不慕繁华；更能于荣华富贵面前德色不改，威武生死之间不变其志，所以才能等到日后的齐天洪福。”众人听如此说，更加有了精神。薛蟠溜圆了两只眼，问道：“齐天洪福？这么说，难不成后来皇帝老爷也看上了他，选他当娘娘去了?”众人听了，有的哄笑，有的摇头。卫若兰说：“也是他自己的缘分造定。听说他未嫁之前，是见不得生人面的，但凡有陌生男子到过他家，他都要令人从里到外冲洗几番，说是被熏坏了气味。谁知后来嫁了个倾天绝地的丑汉，他倒如鱼似水、一心一计的和那人过起了日子。众人无不惋叹，纷纷说‘这么个举世无双的美人，竟撮弄给这样一个丑汉，真正造化弄人!’谁知秦之媥真正是锦心绣口，巨眼英豪，乃说‘他虽外镶粗糲，内里却是光芒万丈!’”众人不觉又是一番哄笑。贾珍乜斜着眼睛说：“外人自然只看见外相，内里的事情，自然难知道的了。”宝玉怅然索趣，唯有暗暗叹息。薛蟠在一旁急不可耐的问：“好兄弟，你只管快说，他后来到底等到了什么样的齐天洪福?”

卫若兰说：“都只为审案的都察院左都御使为他的一片孝心所感，一面令他在府内养伤，一面着人通知那丑郎君前来接人。谁知那日天缘凑巧，那丑郎君来至左都御使府中，竟与忠顺老王爷不期而遇。众人以为这位丑面郎君是谁？原来竟是当年忠顺老王爷落难时节，流落在外面的至亲骨肉。谁知王爷后来一直寻了多少年都没有音信，那日方算父子团圆。”众人齐叹：“原来如此！真正奇人奇命也!”卫若兰又说：“谁知秦父自出狱回家，不上十天半月，竟病殁了。留下了官府判罚冤狱的三百两银子。秦之媥夫妻听见消息连夜赶回家中奔丧。因二人依旧是平常打扮，他的两个兄弟那里知道个中消息？因怕他们趁机回来分夺家产，夹七夹八说了许多难听的话，又暗地里唆使人前来索逋，说是他父亲生前欠下许多赌债。秦之媥送父下葬之后，对他的两个兄弟说‘为人可正而不足，不可邪而有余。大丈夫贵在自立，自己挣出来的，方是真体面!’遂拂袖而回。后来知他们生计艰难，到底又让人给置办了房产、田地，只是再不与他们见面。他两个兄弟后来知道了实情，也都追悔莫及。宝兄刚才所问的那‘骑着高头骏马，一路哭着过去’的人，正是他其中的一个兄弟。因那日娶亲，无奈请了多少回，秦之嫗夫妇总不肯过去，因此那新郎倌只有一路哭上门去求请了。”

众人听罢，不觉又是一番颂扬慨叹。谁知那邢大舅圆睁着双目，一手指天，喉咙里“哏哏”响了两声，竟一头哭死在了席上。众人多慌了，忙七手八脚将他灌醒。纷纷道：“这也奇了，老舅平时不是这样酒风。今天是怎么了?”因扶着立了起来。邢大舅这里才睁开眼，便又捶胸顿足的大哭起来，哭的满嘴鼻涕白沫横流。众人都劝他不住。薛蟠拍着手道：“这不是疯了么，好端端的，何苦来?大节下的，你家又不曾死了人，纵输了银子也不犯这么嚎啕法儿!”邢大舅全然不顾，只管自己哭个不住，直哭的怄上酒来，把胆汁都吐在了地上。卫若兰见了，心中十分不过意，直说：“这都是我的不是了，一个故事惹的老舅这样烦恼。”众人早手忙脚乱的将邢大舅抬出席去，替他抹胸捶背，舞了半日，方渐渐的住了。犹自索鼻涕，弹眼泪，身颤气咽道：“同样是天生地养，同样是姐姐弟兄，那里看人去！那里说理去！别说是象人家为了老子兄弟不顾性命，滚钉板，忍辱负重了，就是把拿了我们的吐个三毫半厘的出来，也不至于把人憋屈到这步田地！昧了良心把我们的霸了去，倒反落的一家子上上下下全来投奔他，沾他的光来了，真正叫人有冤无处诉！我但凡是个有气性的，我就一头碰死在你贾府门前了!”贾琏贾珍贾蓉一听这话，脸都变了。贾珍见不是事，忙向众人赔礼散了席。卫若兰与宝玉便一起告辞出来，宝玉因问他是否与忠顺王府有交情。卫若兰说：“家父与忠顺王爷向有往来。”宝玉闻言大喜，乃就放还琪官之事深深拜托了一番。卫若兰笑道：“既是宝兄所托之事，自当尽力。”遂上马告辞，不提。

且说宝玉回来换了衣服，乃一径往潇湘馆来看望黛玉。正值凤姐、李纨、宝钗、湘云、宝琴、探春、惜春、李纹、李绮等都在，大家一处说笑。见了他，都笑着说：“正说要请你去呢，就来了！”宝玉忙问：“是谁又有了好诗，还是又听了什么好戏来？”史湘云道：“成日里的那些戏文，动辄‘貌比潘安，才超子建’的，还不够厌烦呢，能有什么好的。世间真正何曾有过那样的男子？纵然有，想必也要八百年才出一个。自然是，”那知，话未说完，就被宝玉打断道：“话可不是这么说，若论这世上‘风华绝代，明慧若神’的人物，我今天可就真见到了一个。”遂把卫若兰如何形容出众，盛才不凡，说了一遍。众人都笑了。湘云大笑道：“那里找这说书的去！”宝玉见他分明不信，便说：“我才从珍大哥哥那里别了他回来，薛大哥、琏二哥他们也都见了，怎么是说书？不信，回来只管差人去问。因他声名籍盛，世谓‘一世龙门’，如果我说谎，自然容易见分晓。”凤姐听见如此说，便起身笑道：“宝兄弟不是扯谎，这倒是有的。前儿我也听见你琏二哥哥说过什么‘一世龙门’的话，还听见说，那人也挂着只金灿灿的大麒麟呢！可是这人不是？”宝玉笑的拍手道：“正是此人。”湘云便低了头，不再吱声。黛玉便笑着问道：“不知他是不是也咬舌呢？”宝玉见问，一时解不来，只回头看他。黛玉笑道：“他要是也咬舌，也把‘二’叫‘爱’，赶着你叫‘爱哥哥’，就更对景了！”众人知他打趣湘云，轰然大笑起来。湘云红了脸，啐着说：“真正狗嘴里吐不出象牙来！”遂过去要抓黛玉，宝玉吓的忙伸手护在里头，笑劝道：“好妹妹，不敢这么着狠顽，你林姐姐身上才刚好了，禁不住。”湘云扳着手啐道：“你就知道护着他！今天我再不饶他！”说着，隔着宝玉，两只手又雨点般来抓黛玉。众人笑个不了。忙上前把他们分开。

正乱着，忽见周瑞家的来请凤姐，口称：“有事急等奶奶家去处理。”凤姐起身欲去，又翻身回来，笑谢了一回李纹姐妹相赠的芎药汤，方去了。湘云听见，便笑着说：“好俊的汤名，为什么独偏了他去，也该赠我们大家一些喝喝才是！”李纨笑道：“真正傻丫头，汤药也是混喝的？”众人方知是药，都笑了。正值紫鹃给宝玉端茶上来，宝玉因见茶色较以往不同，喝了一口，味道迥异。正要问是什么茶，黛玉在旁含笑道："我因见纹姐姐和绮妹妹平素极少吃茶，因问原因，才知，原来那些平日里嗜茶无忌者，竟是天天服食'毒橄榄'耳！因此也学着他们以槐角、柏叶，煮汤代茗了。不知这两宗美品，你却以为如何？"宝玉闻言，喜之不尽，连又啜了两口，乃道："也曾见《本草》上记载：常以槐角、柏叶，煮汤代茗，有滋阴明目，补脑延年之功效。盖槐为虚星之精，角禀纯阴之质；柏性后凋而耐久，乃坚凝多寿之木。故扁鹊有明目乌发之方，葛洪有益气延年之剂；麝食之而体香，毛女食之而体轻；又有八旬老翁常服，须发皆黑，夜观细字，即其明效。种种益处，不胜枚举，只是大家都不曾试过。难怪纹姐姐和绮妹妹皓质若仙，眉目如画。此即明验。既如此，从今以后，我们大家也都该效仿起来才是！凭他什么好茶，也再不吃了，只以这槐角、柏叶代饮何如？"宝钗摇头笑道："真要如此，你也忒胶柱鼓瑟，刻舟求剑了！凡事只要不过度贪嗜也就罢了，岂不闻'梨益齿而损脾，枣益脾而损齿'，难道因此，人人都要'食梨则嚼而不咽，不能伤我之脾；食枣则吞而不嚼，不能伤我之齿'不成？"众人听了，不觉轰然大笑。

宝玉也不在意，满心喜悦的道："趁着今儿人齐，我们何不竞作'诗钟'，以完畅聚？"一语未了，湘云第一个拍手称妙。一时众人各自拟题，或一或二，或三或四，写罢齐交与李纨。李纨逐一抄毕，限定钟格，折成纸团，散于盘内。拈题开始，雪雁缀钱于缕，焚香寸许，承以铜盘。众人纷向盘内拈阄，各自冥想。一时香焚缕断，钱落盘鸣，李纨叫停。看时：

蝉·萤（凤顶格）　潇湘妃子

蝉声断续悲残月

萤焰高低照暮空

令·见（燕颔格）　枕霞旧友

徒令上将挥神笔

终见降王走传车

红·素（鸾肩格）　潇湘妃子

曾恨红笺衔燕子

偏怜素扇染桃花

茶·墨（鸾肩格）　藕榭居士

一室茶香开澹黯

千行墨妙破冥蒙

旗·佩（蜂腰格）　薛宝琴

花迎剑佩星初落

柳拂旌旗露未干

云·水（鹤膝格）　蘅芜君

桂岭瘴来云似墨

洞庭春尽水如天

栏·殿（凫胫格）　藕榭居士

琼花劫到雕栏损

玉树歌终画殿凉

暖·肠（雁足格）　李纹

江北不如南地暖

江南好断北人肠

急·风·絮（鸿爪格）　潇湘妃子

急雪乍翻香阁絮

轻风吹到胆瓶梅

梅·恨（魁斗格）　薛宝琴

梅花未足凭芳信

弦语岂堪传素恨

税·田（蝉联格）　蘅芜君

桑柘废来犹纳税

田园荒尽尚征苗

迷·伴（辘轳格）　潇湘妃子

沧海迷家龙寂寞

风流失伴凤彷徨

承·擅（比翼格）　潇湘妃子

蛾眉越女才承选

燕子吴歈早擅场

幸·不·樽（汤网格）　李绮

幸有微吟可相狎

不须檀板共金樽

冠·温（云泥格）　蕉下客

西昆词赋新温李

乌巷冠裳旧谢王

霜·粉·魂（鼎峙格）　薛宝琴

霜禽欲下先偷眼

粉蝶如知合断魂

留·飒（碎锦格）　蘅芜君

飒飒西风如送客

潇潇晚雨欲留人。

宿愁花叶（双钩格）　枕霞旧友

三秋梅雨愁枫叶

一夜扁舟宿苇花

野笑自清（四皓格）　蕉下客

野桃含笑竹篱短

溪柳自摇沙水清

低柳歌花影（五杂格）　枕霞旧友

舞低杨柳楼心月

歌尽桃花扇底风

牡丹亭（合咏格）　怡红公子

尽把全神写闺阁

绝无一语到江湖

李纨逐一评去，却是：黛玉为冠，湘云、宝钗、宝琴次之，探春、惜春又次之，李纹、李绮、宝玉落第。

第八十三回

大观园外殒身舍命　潇湘馆内啜茗调琴

且说凤姐家去，一路之上，听了周瑞家的回禀，知道乃是两府下人趁着如今两处主人并两处执事人等忙乱不暇之际，越发乘隙结党，赚骗无节起来，以至竟酿出好几处没有头绪的大亏空来，难以查证。凤姐大怒，遂命把赖大并几个管事女人一起传了来。因有两桩亏空之事都纠结在两个管事女人身上，二人又互相推诿，争个不了。凤姐满腔怒气，立眼冷笑道：“他说你被人蒙蔽，现在听你说来，又似乎是他被人蒙蔽。我要是听了你的话，寝此事不究，又唯恐被你蒙蔽。若听他之言，即治了你的罪，则又不免被他蒙蔽。这件事情，你们二人之中，自有一人被人蒙蔽，你们被蒙蔽，不过坏在一时一处，若大到不可用，尚可摈斥而更换其他人。我如果被人蒙蔽，则兹事体大！这件事情必须究明根源，如果不能彻底详查此事，我一人被你们蒙蔽犹可，你们蒙蔽我之罪，恐你们当不起这两府人的指论！”两个管事女人见了这阵仗，苦胆都吓破了，那里还敢再分辨半句。

凤姐又骂赖大：“那有如此胡诌办事的理？瞒不住了，才来回来了！

你虽不细管，及为一家子的总管，平时就当互为劝励，此后若不大家规劝，即非你任中之事，也要和你算的，岂容你推诿？如有言而不听者，自该早来回我，我自有道理。着实大家振作一番，才算痛去流风习弊。勤之一字最要紧，久长方是济事。管家只以严正为主，再不可袒护姑容！如今即已被牵连，自保尚且不能，虚誉何在？实害当下皆不能斟别贤愚，宽严不能相济之所致！”赖大口内只一叠连声说“是”，大气都不敢喘一声。凤姐又道：“看你所行事，一时甚好，一时不堪，一时甚妥，一时甚糊涂，不知什么缘故！有一时又上气，有一时又软善。凡作人行事，必立定个主意就好了，若率意而行，随事席上生风，随风转舵，上不上，下不下，善不善，恶不恶的，成了什么道理！凡事自己信不及、弄不来的，多和人商量，费些心力，博问广采，自然得理。一两个人是用不得、靠不得的，全要取了众人的来用，自己的方妙，不是任意就被人欺，若如此还了得！人最难信的。只可以自己勤慎服劳，公正清廉做去。错说了人好，不可粉饰。过后看出来，只管将从前错处看，声明方是。从前他们所做之事，自当着实留心。”赖大又一连说了几十个“是”。

凤姐这里又钉向另外一个管事婆子，两只吊梢子眼越发直竖起来，冷笑道：“你实在昏聩了，这样的东西你都保举进来，真是岂有此理！”正要责罚，只见林之孝家的进来说：“回禀二奶奶，司棋撞死了，他表兄潘又安也抹死了。如今坊里要报官。司棋他娘急的没法子，央我来求奶奶说个人情，他再过来给奶奶磕头。”凤姐听了，只觉得浑身寒毛一乍。便问了一番缘故。

原来自从司棋出去，终日悲凄啼哭不止。日则情丝彤云密布，叠叠层层迷心扉；夜则惨雾重浸，团团滚滚淹肺腑。颠来倒去，魇魔惊怖，终于酿成重疾。忽然一日，听见有人在外面叩击窗棂，一声声叫着：“司棋”，原来却是他表兄潘又安回来了。他母亲见了，恨的如临瘟神一般，隔着窗户破口大骂：“你这个不成人的腌物，兔子还不吃窝边草呢！你把司棋害得人不是人，鬼不是鬼的，眼看连命也没了，到现在，你还不肯放过他！我打死你这个丧了天良的东西！”骂着，劈手抄起一口锅盖，冲出门来，一把揪住那潘又安就打。

潘又安自知理亏行短，便有铁皮包脸，也无颜申辩，直挺挺站着任他解恨。谁知司棋本已奄奄欲绝，这时忽然听见他表兄回来了，竟一下子从炕上爬起来，冲出房门，一把抱住他妈，跪下苦求，哭道：“妈妈千万先消消气，我是为他出来的，我也恨他没良心，纵闹出来，也该死在一处，如何先就自己走了。如今他来了，妈要打他，就是让我不活！”他母亲一见司棋这个时候竟然起来了，已是大为骇异，如今又见他这么蓬头乱衫、跑解马般的出来，可见为了这个男人连脸面性命都不顾了。不觉越发激怒，劈脸啐了一口道：“不害臊的东西，你现在不装死作耗，挺尸唬人了？你不是病的快断气了吗，怎么就起来了？你们做了没脸的事，还只管把我煽骗起来，哄的我每天三茶六饭祖宗一样供着你！仗着你姥娘在府里的脸面，带挈着你成日里主子一样的吃喝穿戴，副小姐一样的体面风光！指望你伺候好主子，别说你姥娘脸上、我脸上都有光，就是你自己将来也有个好去处！谁知道你三不知的做出这种事来！你看看你浑身上下，从头到脚，那一点比人差？以后有多少好人嫁不得，偏就这么两眼瞎了一对儿，看上了这么个狗不食的东西！他如今把你害成这样，好好一个人家，眼看有烟无气！你还这么往死里护他，到底想怎样呢？”

司棋哭道：“好女不嫁二夫。我一时糊涂，上了他的当，我就是他的人了，决不肯再跟着别人的。我原只是恨他为什么这么胆小，大丈夫做事敢做敢当，为什么逃了呢？就是他一辈子不来，我也一辈子再不嫁人的。妈要把我另配人，我原拼着一死的。今儿他来了，妈替我问问他，要是他不变心，我在妈跟前磕了头，只当是我死了，他到那里，我跟到那里，就是流落街头，去讨饭也是愿意的。”他母亲听了，气的浑身乱抖，啐着大哭道：“呸，我怎么养了你这么一个不要脸的货！他一个穷的‘虱子包饺子，虮子调凉菜’的阿物，你就这样跟了他去？我生养你一场，不管怎么说，当初肚子也疼，肠子也疼了一回，你是我身上掉下来的，我偏不把你给他，你敢怎样？他敢怎样？谁又敢怎样！”司棋抱住母亲苦求道：“妈，妈只当可怜可怜女儿，赐女儿一条生路吧！”说着，只管磕起头来。

他母亲凶狞着两眼，下死劲啐了几口，仍骂：“想跟他走，做你的黄粱大梦去，除非你们奸夫淫妇一起上来先把我勒死，从我的身上踏过去！”是时，漫天大雪潇潇洒洒，密密沉沉，一如柳絮漫桥，梨花盖舍一般飘落。司棋只觉冷然如寒冰浸骨，因又问道：“妈，我是你十月怀胎的亲生女儿，妈果真忍心，看着我去死？妈，就不可怜可怜女儿？”他母亲眼睛也不抬一下，道：“我要是你呀，我就一头碰死了！你要是还知道脸面，你就站起来跟我回去，要是果真不要脸了，活着不如死了！就是死了我也不可怜你，绝不哭你一声！”司棋见如此说，便站起身来，他母亲还只当他心回意转了，那知他向后退了几步，竟一头撞在墙上，当即撞的脑浆迸裂。芳灵义性，渺渺冥冥，不知那里去了。他母亲哭的呼天抢地，那里还能救的过来，便一把扯住潘又安让他偿命。那潘又安先只管搂着司棋大哭，后来被司棋他母亲从怀里撕扯出一堆金元宝来。司棋的母亲见了财物，也不哭了。潘又安依旧哭的血泪盈面，说：“我原知道事情闹了出来，司棋是在里面呆不住的。依他的性子，必然要跟了我去，我不忍他跟着我去吃苦受罪，所以先出去赚了钱回来。谁知如今也没用了，他这为人就是难得的。我把金子给你，我去买棺材来殓他。”司棋的母亲有了金子，也不计较了，由着外甥去了。谁知潘又安一时回来，竟叫人抬了两口棺材来。司棋的母亲看见了，奔来赶着他问：“怎么抬了两口棺材来？”潘又安只冷笑着不说话。司棋的母亲只当是他心疼的傻了。谁知他忙着把司棋收拾了，眼错不见，把带的小刀子往脖子上一抹，自己也抹死了。

凤姐闻言，心内着实感叹。原不曾想到，司棋竟如此烈性，偏又遇到一个倾天绝地的痴心傻小子。本无工夫管他这些闲事，掂量再三，到底也怪可怜，因打发了旺儿过去，给他撕掳，不在话下。凤姐这里仍旧上首端坐，复又钉住那婆子道：“府里近况谁不知道？偏你保举进来的人就敢成精作耗，背地里嚼说主子！既说我克扣大伙的月钱，都搬运到娘家去了，那好，别说这个月的不好支，下个月，再下个月的也一起免了你们的！”那婆子吓的魂不附体，眼里滚着泪直磕头，道：“真正委屈死人！奴才们背地里谁不称颂奶奶不离口？这样大门头儿，除了奶奶这样勤俭用心当家罢了。别说是女人当不来，就是三头六臂的男人，还撑不住呢。那里还敢再说这些个混账话，还请奶奶千万不要误听了小人之言。”

凤姐叠起腿，喝命：“滚出去！”那婆子如重得了命一般，忙磕头爬起，一路跌跌撞撞出去了。凤姐这里依旧传人、施令、叱骂。折腾了大半夜方休。平儿见众人退去，复又将芍药汤端上来，和声劝道：“奶奶也该保重着些儿，身子才好了。再说，那张婆子是大太太那边儿的，要是回去多嘴传个话儿，奶奶又该惹不自在了。”凤姐皱着眉正要说话，就听见秋桐屋里厉鬼闹宅一般肆行大乱起来，又是秋桐号啕，又是贾琏打人骂狗。平儿赶过去看时，只见屋里几个伺候的丫头都齐唰唰跪在地上，吓的面无人色。秋桐披头散发抱着贾琏，身下洇着一滩血，椎心泣血的放声大哭道：“谁都是他的刺，摆布完了尤二姐，这回该轮到我了！我早和二爷说过，他自己生不出儿子来，早就已经磨刀霍霍了，二爷偏大意不信，现在怎么样，到底又让他把个小命给祸害掉了吧？二爷要是再不管，我自己回了太太去，我也不活着了！”贾琏“嗯”的转过身来，眼睛里直要喷出火来。

平儿见了，吓的头都低进地里去了。贾琏哼了一声，也不理他，自顾往凤姐房内去了。平儿定了半日神，那里还顾的上这里，忙翻身跟了过去。凤姐见贾琏进来，气色大变。不禁冷声问道：“有事？”贾琏气的声音发颤，道：“又是善姐这作死的促狭蹄子使坏，夜里出去一趟回来，诈尸一样，一头就向秋桐怀里撞了过去，说是看见尤二姐披头散发的站在外面，要索命。活把秋桐惊掉了胎！”凤姐听了，豁然起身，又是着慌，又是叹气，又骂善姐，又让平儿去把他叫过来。贾琏冷笑着说：“不用了，我已经让人把他看起来了。别让我拷问出来！”

凤姐一听，登时放下脸来，立着眉毛问道：“你这话说给谁听？可着你的小老婆养不出孩子来，你倒寻趁上了我？”见贾琏懊恼难言，复又坐下道：“二爷之行，真真令我心寒之极！看此光景，我纵然为这府里操碎了心，熬干了油，你们也并不知情。就算我平日苦心劝你，也不过为的是你自己保重身体，谨慎事务！饶你们在外面做了没脸的事，自己搪不过去了，就都一起按着我的头，弄一堆烂鱼头来让我择，现在把事情给你们办妥当了，我的金的银的也都搭进去了，不但不知感悔，反倒这样一副嘴脸！真正苍天在上，我若负你，天诛地灭！你若负我，不知上天如何发落你！”贾琏听了，愈发口讷语塞，太阳穴里几要迸出火星来。半日，说道：“先不要理论这些是是非非，还是先支些银子出来，秋桐那里等着看病调养。”凤姐一听，炮燥难禁，气火攻心，嚷道：“钱我一个也没有！这府里的情况难道二爷是不知道的？这里是事，那里也是事，接接连连的都是出去的多，进来的少，前阵子光为宫里打的饥荒，我还不知道怎么填呢！既是秋桐有事，二爷就该自己想法子解决。我倒是有心把自己的体己拿出来，又怕落人口实，说我心虚害了人命，所以拿钱填补！既这样，索性不管，大家干净！”贾琏气的血冲囟门，指着凤姐的脸道：“你！怨不得人人都说，霸着那么多钱，真准备都带进棺材里花去？”

凤姐满脸紫涨，冲着贾琏一口啐了过去，大骂起来：“呸！我如今就差你来咒了！我趁着金山银海，不是你的，爱怎么使就怎么使！我又没偷人养汉，包娼聚麀，倒怕人说？天底下有你这样没脸的男人！吃着碗里，看着锅里，不管什么脏的烂的，腥的臭的，见了就再不放过！真成了一只喂不饱的狗了！狗也比你体面些！成日里调三窝四，欺天犯上，可惜这五六品的顶带给了你！自己背伦常，没止行，弄的鬼神皆愤，连个儿子也不让你留下！现在倒来混讹我，我还要找你算算这账呢！你们以为什么狐狸不是狐狸耗子不是耗子的东西，都可以大摇大摆的坐在屋里头充主子，也得有那个命才行！可是常言说的‘鬼神暗察，丝毫不漏’，你们还自以为暗地里做的巧，便宜快畅呢，那知祸报一朝斩绝——老天偏绝了你的！又怎知不是你们自己耗损阴德太过，难逃祸罚，是你们自绝的！若不亏我命大，一个正经后代你也别妄想！你还敢来讹上了我！”

贾琏直气的三尸神咋，浑身血液漫过胸膛如海涌，冲开顶门似汪洋，猛擂一阵桌子，一把揪起桌布掀翻过去。可怜上面那些玉盅珍碗，登时碎的碎，残的残，滴溜溜滚了一地。凤姐赶上来，一顿乱脚助力，又踏了个碎上加碎。贾琏血眼猩红，举拳要打，早慌得平儿跪在了地上，一把抱住求饶不迭：“二爷好歹消消气，这原不干奶奶的事！况奶奶的身子也才刚好了，又连日连夜的为府里诸事忙碌操持，老太太、太太才看着高兴了些，太太才把身上的担子卸了一大半去。二爷要是心里有气，就打我吧，我愿意替奶奶让二爷出气！”凤姐凛凛扬着头，喝道：“平儿起来，这儿没你的事！让他只管冲着我来！明儿也好让满府的人都知道知道，你琏二爷为小老婆养不出孩子来，竟要谋杀元配呢！”贾琏听了，气的再也无法，劈手甩开平儿，一脚踹开房门，自顾飞也似的去了。

且说贾琏去后，不免想法凑措银两，为秋桐请医调治。一面命人严刑拷打善姐。谁知那善姐被打的死去活来，仍只一口咬定原来的话不变。后来贾琏打的自己也没了办法，只好暂时撂开了。偏贾母又知道了这事，乃命人叫了贾琏来，说：“那尤二姐生前就偏狭善妒，连凤丫头那样好心待他，他反生出一片歹意来。以前秋桐多少回到我跟前告状，我还都记着。况且素闻他和秋桐两个争宠邀幸，一向不睦，至死挟怨。他生前没生出一男半女来，今见秋桐有了身孕，想必那魂灵儿也是嫉妒的。论理，他已经殁了的人，不该再这样说他，既说了出来，也不怕你恼。我想那善姐断无说谎害人之理，还是不要过于折磨冤屈了他才好。况且，又逢这样大喜日子，何苦乐得不施恩呢?”贾琏听了，再无他法，只得回去命人把善姐放了，不提。

谁知过了几日，又有喜事接连传来：原来今年京察，工部保举贾政，圣上念其清操廉洁，优先升放了江西粮道外任。史鼎亦连连升迁，不日便要复调回京了。贾母闻知消息，十分喜悦，知是托元春之福，因望着西北方向默祷了一阵，遂吩咐鸳鸯等人：“赶快预备着大家庆贺一番才是，快把凤丫头找来！”谁知话音未落，就见凤姐笑嘻嘻的走进来问道：“老祖宗，什么事儿，这么勾魂儿似的找我？”贾母见了他，笑的浑身直颤，乃对鸳鸯、琥珀等人说：“你们看看这个猴儿，怎么他就象是打那地底下钻出来的似的？亏着我没说他的坏话。”众人都笑了。凤姐蹭上去说道：“老祖宗不知道，因我的心耳神意时时都在这边，老祖宗这里才冒出个念头来，我就在那边感应着了，再不敢耽搁，连忙放开跟前的一切，就跑来了。只恨不会孙大圣的神通变化罢了，不然早驾着风就来了，还等到这会子呢！”贾母听了，愈发笑个不住，因说道：“看把你能的！既这么说，那还问我做什么，你自然知道我为什么事叫你来了。”凤姐噘着嘴，故意掐了一回指，笑道：“想必是为了给老爷饯行的事，才拘了我来的罢？”怄的鸳鸯、琥珀等都笑个不了，贾母笑着用手指着他，且说不出话来。半日，方商议起正事来。

且说宝玉这日别了卫若兰回来，见袭人、碧痕、秋纹等几个人埋头在一堆五彩丝线里绷云组色，因问做什么，袭人说：“紫鹃绣的那幅《丹枫呦鹿》，眼看绣完了，缺了几样颜色，林姑娘才打发了人到这边来问有没有。这不正给找呢么？”碧痕边找边叹息道：“阿弥陀佛，真正要的稀奇颜色！又要象宝石一样的青绿色，又要丹黄掩映的云霞色，又要明丽的宝蓝色中带着灿烂的枫叶色，真正只有林姑娘这样慧心巧智的人能说的出来罢了！”宝玉听说，便上前帮着接线、挑选了一番。一时，跟了黛玉派来的那小丫头同往潇湘馆来。一进门，只觉香风馥馥扑面而来，却见湘云、宝琴、李纹、李绮、喜鸾、四姐儿个，或坐或立于长案四周，看黛玉调琴。案正中置一荷塘清趣大茶海，案台上摆着两只八瓣花形有座果盘，一对儿绿地粉彩开光菊石茶碗，四只青花仙鹤茶盅，下面一律配着青花博古菊瓣花形碟。宝钗手里是一只珐琅彩胭脂红茶碗，平端待饮。李纨微侧着脸，与他轻声谈笑，杯中茶已将尽。茶海中有一长柄茶勺，雪雁操勺，复舀茶汤于李纨茶碗内。紫鹃仍埋头坐在暖阁里，临窗刺绣。那黛玉低头敛眉，凝神试弦。身上穿着石青色织金缎小袄，明黄掐牙滚边，领后忽而露出金焰垂绦，外罩着折枝花对襟，下摆一排流苏串珠，下面是冷蓝撒花棉绫裙。愈发显的冷若冰霜，艳若桃李。

众人见了宝玉，才要说笑，宝玉因怕扰了黛玉，连忙摆手示意不要出声，才要寻个地方坐下，那边早有喜鸾过来，推他坐在了自己的位子上。他自己则含笑立在一旁。宝玉因和他悄声说笑几句，又趁着机会，起身到暖阁内看了一回紫鹃的针黹。果然好一幅珍品：整幅画面婉缛明丽，构图烂漫。林木丹黄掩映，灿烂如云霞，红叶在其间尤为艳丽显眼。群鹿或立或卧，或隐于林内，或逐于林际。居首一只有角雄鹿，似闻惊警，群鹿亦皆侧首注视一方。秋风飒飒于密林深处吹来，含着淡淡的悲凉，就像是呦呦鹿鸣。宝玉不觉浑身都端肃恭严起来，想要称赏，一时却想不出恰当的话来。

一时黛玉调琴毕，端身正座，抚琴一操。果然缠绵密切，激烈发扬，啸虎闻而不吼，哀猿听而忘啼。一曲才罢，众人称赏不绝。独宝玉又洒下泪来，因怕人看见，赶紧擦了。又劝黛玉道："病才好些，很不该这样伤神。"又悄悄问雪雁，才吃的什么药。方又笑着对众人说："咱们下一社，头一个诗题就作《调琴啜茗》，可好？"宝钗笑着站起身来，摆着手道："罢，罢！你们作去吧，我记性差，没的又让林妹妹臊一鼻子灰去。"说的众人都笑了，宝玉红了脸，说："世上的事，原也难定，那见得事事总一个样，永远不变的？俗话说'世上无难事，只怕有心人'，明儿等我认真作起来，说不定还夺了魁呢！"李纨看着湘云，笑道："从回回落第到夺魁，这一社倒是很值一等。"湘云拍着手道："阿弥陀佛，周利槃陀伽要'扫尘'、'除垢'了！真正很值一等！"众人轰然大笑起来。喜鸾笑嘻嘻的凑近宝玉说："二哥哥，赶明你们再作诗，我和四姐也来入社，可使得？"

众人便都看着他，笑问："喜鸾妹妹也会作诗？"四姐在一旁笑道："作不好还作不坏么？他要来入社，保证再没别人落第了。"说的大家又笑起来。喜鸾自己也不好意思了，因问着四姐道："你这敢情是在向大家宣告，你作的一定就比我的好了？”四姐笑道：“我可从来没说过我会作诗，如果有人一定要拉着我也来入社，一就是一，二就是二，我既不会，也绝不敢冒充，我老老实实站在一旁给大家捧砚。”喜鸾笑嗤道：“看你这面目，给大家脱鞋或可将就。”众人一发笑个不了。一时笑定，宝琴道：“听了林姐姐的琴，我倒现成的有了一首古风。”众人听说，一力撺他快快写来，宝玉早自那厢取了纸墨笔砚来，只叫他念。却听宝琴道：

闲来漫抚心中曲，千古知音在九霄。
东海渔歌惊巨浪，平沙雁落唤春潮。
蕉窗夜雨梅三弄，箫鼓斜阳锦上花。
半醉且抛身外事，高山流水寄尘涯。
雪山春晓坚冰在，洞庭秋思梦犹寒。
古壁蛩声时断续，幽园鹤影久孤单。
龙城复忆莲台下，人去人归月色消。
前路不须神代引，炎凉世界自逍遥。
鸥鹭忘机归何处？寒鸭戏水也销魂。
莫道湘妃多血泪，人生更苦是长门。
乌啼螭困皆相散，凤倦龙潜各不还。
看尽风烟愁未尽，蟾光冷冷照千山。

众人不觉纷纷道妙称绝。宝玉一发赞个不了。却见黛玉点头笑道：“才我细细算过，琴儿的这首古风，内隐十五支名曲，大家何妨猜猜看。”众人见说，纷纷推问宝琴。宝琴笑道：“凡我知道，又对景的，我就隐了进去，具体有多少，连我也并不细知呢。”李纨宝钗等便一起笑指着黛玉道：“到底还是他的心细些！”大家因各自思索猜测一回，倏忽已过了半日。忽不见了湘云和宝琴，黛玉便笑着唤小丫头们到山子后头的青石凳上去找，大家又笑了一回，方一起披裘抖氅的找了出来。不知后事如何，下回分解。

第八十四回

沐天恩贾政拜郎中　嗟往事湘云做新妇

话说湘云和宝琴两个到外面透气，不觉走到红香圃来。湘云因见那边一处荒寒苦径上有几株老树纠结盘曲，枝枯叶散，便笑指着道："真乃不才之木，真正经不得半点风雨。"才说罢"不才"两个字，忽然想起从前宝琴所作怀古诗里那句"樗栎应惭万古羞"来，便问着宝琴道："你旧年作的那个'青冢怀古'的谜底到底是什么？又是黑水，又是冰弦，又是樗栎的，尽把些不相干的东西凑聚在一处，真正让人想破了头也想不出来的。就算你从小儿见的世面多，也没见这样难为人的。出了十个，到了，竟没一个能让人猜得出来的。偏他们倒说我编个谜也是刁钻古怪的。"宝琴听了，笑道："若提起这个来，我倒想起一则故事呢：相传，当日秦少游曾出一谜语给苏东坡猜。谜面是'我有一间房，半间租与转轮王，要是射出一条线，天下邪魔不敢挡。'苏东坡当下便猜着了，只是不肯说出。却另作一谜让少游猜：'我有一张琴，琴弦藏在腹。凭君马上弹，弹尽天下曲。'彼时苏小妹在旁立即和诗一首道：'我有一只船，一人摇橹一人牵。去时拉纤去，归来摇橹还。'小妹诗罢，见少游仍旧不解，便道：你的便是大哥的，大哥便是我的，我的便是你的。”湘云当下大悟，道：“莫非是墨斗？这个故事我原也听说过的，三个谜语互为谜面，亦互为谜底，都说的是此物。可惜，当日只当成趣闻，听过也就丢忘了。也尝见书上记载：‘直线调就栋梁材’，直线说的就是墨斗和墨线，意指木要就直，成栋梁之材，必须绳之以墨。樗栎乃不才之木，可不就是‘应惭万古羞’了！”只是前面两句‘黑水茫茫咽不流，冰弦拨尽曲中愁’，究竟不曾真正见过实物，到底还是难解。”宝琴道：“墨斗前端有一个圆斗，前后各有一小孔，墨线从中间穿过，墨仓内通常填有蚕丝，棉花之类的蓄墨材料，以保证倒入墨汁后短时保存，可不就是‘黑水茫茫咽不流’吗？其外，还有一个手摇转动的轮，用来缠墨线。墨线多是用蚕丝做成的细线，由木轮经墨仓细孔牵出，固定在一端，像弹琴弦一样将木线提起弹在要划线的地方，用后转动线轮将墨线缠回，可不就是‘冰弦拨尽曲中愁’么？”

湘云品咂再三，深为称叹。便连连推着他又问：“那么，那个‘桃叶渡怀古’呢，‘广陵怀古’呢？”宝琴道：“广陵怀古的前两句，典故是隋炀帝杨广当年在隋堤植柳……”湘云打断道：“咱们就不要长篇大套的尽说那些典故让人费事了，你只管就把谜底说出来，再让我自己看看到底是对景儿不对景儿？”宝琴便笑着说：“巴斗。”湘云暗自寻思了一回，不禁拍手大笑道：“是了。很是！隋炀帝和柳絮，可不都是风流之物么？而且，这种柳条斗的轮廓酷似人的嘴，可不就是‘惹得纷纷口舌多’吗！”又自己大说大笑了半日，索性推着宝琴让他将其余几首的谜底也一股脑全都揭出来。宝琴便笑道：“你也慢些说，岂不自己省力？这会子只管倒了核桃车子似的，可让人先给你说哪一个呢？”湘云大笑道：“就从第一个开始说起罢。”

宝琴正要说，忽然，那边传来一阵尖锐的鸟啼声。二人便都收了笑，一路循声而来，看时，却是梅畦竹径间一棵老树下，一只色彩斑斓的大鸟，在树干上跳来跳去，不停啼呼。头顶上一撮绿松羽毛，像一朵开放的小花，中央尾羽延长若金色丝线。地上，蜷缩着一只羽翼尚未丰满的幼鸟。此际，正一上一下对望着呼啼。大鸟倏忽抖开双翅，飞落地上，在幼鸟身边唧唧喳喳一阵后，又嗖的一翅，冲天而去。幼鸟抬头看看，一跃一跃，跳到树根下，急抖两翅，却只扑腾了几下，飞不到两块砖高，就又掉了下来，险些淬在旁边一口深坑内。大鸟唧唧喳喳一阵乱鸣乱叫，急抖翎毛，复又一翅飞下，再做示范。幼鸟抖动稀疏的羽翼，一试再试，还是无法飞上去。湘云在一旁看的着急，索性解衣绾袖的走过来助力。谁知这里才刚蹲下，只听“嘎”的一声，大鸟复又飞落下来，仰头拱背，抖开两肋蓬松分披的彩羽，赶上来，唰的啄一嘴。显然误把湘云当成淘气害命的了。湘云倒让它吓的后退两步，木木愣愣的立住。两只鸟愈发啼个不住。宝琴在后翘首仰望，急的直催：“快着点吧，当娘的都要叫断肠子了！”湘云只得端出万般的善意来，向两只鸟儿拱手作揖道：“菩萨奶奶，我是个没了娘的，再不忍心害人母子分离的！若信我，就快别吵，看我助力让你们母子团圆！”说罢，又嗔着宝琴：“你倒是快译给它们听啊！”宝琴道：“谁何曾会鸟语来？”湘云说：“你遇到过的那个外国美人儿，就没教你几句外国话？常听见人说，那些外国人说话，跟鸟语再没两样的。”正说着，见那大鸟又嗖的一翅飞起去了。湘云眼疾手快，夺上前去一把将幼鸟捉在手里，翻身便向着树上爬了上去。

众人几经辗转，寻到二人时，湘云已一路踩着老树的枝桠，爬出去了多高。只见他头上戴着乌金点翠嵌珠宝花蝶簪，斜插着青金闪绿五彩金镶玉步摇，身上穿着织金缎锦上添花洋线番羓丝镶边百蝶穿花大红袄，外罩着五彩缂丝琵琶襟，腰中宫绦正迎风舒卷，愈显得飘飘荡荡，翩翩翻翻，好似要凌空飞舞一般。此际，他正凝神一路向上攀爬，又似乎怕那大鸟飞来叨了手，时而藏头缩颈，百般小心，花蝶簪叮叮乱颤，玉步摇摆摆摇摇，腰间环佩呤呤乱鸣。一时又停下来，仰面睃眼的看那上面的鸟窝还有多远。众人在下面看的心惊胆丧，黛玉指着他的背影道：“云丫头敢是疯了，越来越淘不够！现在索性要淘到天上去了！”宝玉在旁边连忙劝止：“咱们现在都万万不可出声，万一惊了他，从那么老高树上跌下来，不是玩的。”因又悄声吩咐小丫头子们，赶紧把大厚棉被褥拿几十床来铺在树下，预备着，以防万一。小丫头子们衔命而去，一时，果然将各式罽毡、坐褥、大棉被褥密密繁繁，花团锦簇的在树下围铺了几层。

湘云这里费尽百般周折，总算安全将那幼鸟放进了窝内，浑身上下登时有说不出的舒爽轻松。翻身下来时，却被下面景象一怔，也只得含笑忍着。因一鼓作气来到下面，笑指着那些被褥问大家道：“这是做什么？”众人登时乱纷纷上来接挽搀扶。黛玉在后面说：“我们这里布下了天罗地网，单等你这只五彩大花雀子落网。”这工夫，湘云已稳稳的落在地上，与众人大说大笑着。宝钗、李纨见他两只手背上满是划痕，又是疼，又是恨，不免说了一通。湘云伸出右手，说：“你们快看看这两个大红点子，是给那老鸟叨的呢！可见这世上万物爱子之心，皆如一无异也！”说罢，又回头望了望窝内欢叫的母子们，愈发笑个不住。宝玉这时早从宝琴手里接过他的斗篷，给他披在身上，一边顿足叹道：“越来越成了个傻子了，这样冷风朔气的，就敢脱了这个爬那么老高地方去，倘或摔下来，吹病了，怎么办？还只管这么笑！”正说着，只见袭人急急走来，口内喊“二爷”，道：“老太太才吩咐下来，给老爷的饯行酒席，要摆在怡红院里。现叫二爷快去呢！”宝玉听说，方依依不舍辞了众人，翻身往前面去了。

二人到了前面，因经过凤姐门前，见邢夫人带着几个丫鬟婆子怒气昂昂的往凤姐房里去了。宝玉不知又要闹什么不痛快，因忙悄让袭人也跟进去看看。自己则一人往贾母处去了。一时，袭人回来，果中宝玉所料，那邢夫人也不知几处凑成一股恶气，当着下人们，劈头盖脸将凤姐骂个倒仰。又是什么克扣众人月钱，又是折磨奴才，又是逞毒害命的，直把凤姐骂的狗血喷头、立锥无地。平儿才帮着解释了一句，邢夫人指着脸啐道：“什么有脸的奴才！再敢则声，大耳刮子，打出你去！”幸而后来林之孝家的进来回话，袭人便趁机在门外和他招呼起来，又笑着说：“老太太打发我过来，找琏二奶奶过去说话呢！”邢夫人在里听见了，方带着一干人等匆匆去了。袭人因怕惹宝玉不自在，不免用言语遮掩一番。自己却忍不住在心内再四的叹息不已，因想着凤姐大病初愈，就受这样闷气，恐怕又要气病了。又想那邢夫人，一向乖僻愚犟，除一心奉承贾赦之外，其余任何事情都不在他心上。难怪连他亲兄弟都恨他成那样！更奇的是，凤姐那样刚强的一个人，如今偏被他寻趁上了，那里还管什么骨肉、婆媳之情，一得着机会，只管有天没日的作践起来，真正一物降一物，奇异之至。因想着凤姐素日待自己比别人不同，故晚饭后，又托词打发麝月过去望慰。

谁知正值来旺媳妇悄悄递给平儿一张当票，平儿四下里张望一番，忙悄问："银子呢？"来旺媳妇说："取回来了，讨二奶奶的示下。是不是还照着这个数的利息放出去？"说着，暗里悄悄的伸出两个手指。平儿摇头道："不行，老爷升迁，说话就要赴任，如今儿下里开销，正愁没地方抓挠银子呢！其余各处放出去的月钱，也要照例赶紧把本息都收回来才是。不知是那个混账，背地里混嚼舌头，才又为这些事儿怄了一场气。万一闹出来，就不好了。"正说着，见麝月走来，连忙止住，勉强带笑把他让进屋里去了。麝月果见凤姐又病容奄奄的躺倒了，不过好言安慰一番，便自来回袭人。

且说宝玉因今天贾政高兴，席上多赏了几杯酒，回来时已有几分醉眼迷离，这时已经睡下了。麝月见他面色潮红，微鼾连声，因悄悄笑着对袭人说："前儿，回来说，瞧见怡红院里那棵枯死的海棠，枝头上好象有了骨朵儿似的，人人都还不信呢！委屈的什么似的，抱怨说'你们这些人，怎么任人说破舌尖，就是认那些死道理？倒也过去看看！就象天天让你们吃谎似的！'"说着，忍不住又笑，道："才我特意过去看了看，果然开的一树好花！难怪连老太太，太太都轰动了，要把老爷的饯行酒席摆在那里呢。"袭人也笑着说："这世上的事原也难料，本来已经枯死了的，也没人再去浇灌，到底怎么又能活过来了？何况又是这样节气，不是亲眼见，自然任凭说破舌尖，谁肯轻信？"说着，将那块通灵玉用锦帕包了，塞在枕下。麝月笑着上前，轻轻给掖了掖被角，两个只管偷偷的抿着嘴儿笑。忽听见外面小丫头子说：“宋嬷嬷来了。”二人便一起出来，带笑吩咐道：“宋嬷嬷，快带几个妈妈和小丫头子们，到怡红院里，好好收拾起来，老太太、太太，明儿要过去赏花、摆席呢!”宋嬷嬷答应一声，转身去了。登时那些丫鬟仆妇都去往怡红院，纷纷忙乱起来。打扫的打扫，汲水的汲水，糊窗的糊窗，扇炉的扇炉。穿梭往来，登高爬低，不多时，便将怡红院内重又收拾的焕然一新起来。满眼只见龙灯凤烛，金碧交辉，处处都是花能蕴藉，玉有精神。

且说湘云因只顾日间喜笑有兴，不期劳了神。至晚饭时，又多吃了两杯酒，便眼饧耳热，倦怠思睡起来。满嘴里还只顾笑嘻嘻的跟人推让：“你们且慢慢高乐，我去去就来。”遂摇摇摆摆出了席。翠缕留心，忙扶出去，一路往宝钗房内去了。湘云那时脸印桃花，口中枯渴，因让翠缕去拿顶大的青果泡汤来喝。翠缕应声而去，汤尚未泡好，他已身子贴着床，手软头低，闭眉合眼的朦胧着歪倒了。才合上眼，便恍恍惚惚来至一个所在。但见一层层珠宫贝阙，深阁琼楼，雨霁霞红，宝阁氤氲。看不尽满眼琼林琪树，洞天清幽。再往前行，却见那边几棵菩提圣树，绿叶婆娑；这边一簇松篁，青枝馥郁，掩映着一座烟霞石屋，一条镶金洋线番羓丝的大红地毯直铺到山门外。湘云看了，不由心内掂掇：“这是个什么去处，怎么似庙非庙，似家非家的？待我进去看个究竟，方不负此番兴致。”因轻移莲步，走入里面。只见满屋里琼香缭绕，瑞霭缤纷。正中间八宝紫霓案上供奉着一尊神像，名曰：“神霄帝君”。旁边立着一位玉琢金装的神将，巍峨端方，目若青莲。手执金刚宝杵，头上戴凤翅兜鍪紫金盔，足穿乌云皂履，身披黄金玲珑甲。腰间有一根五彩丝攒花宫绦，系着一块文采辉煌的金麒麟。

湘云看的呆呆睁睁，正胡思之间，忽听见那壁厢有人说话。声如龙吟一般：“小侄一向要来望候老仙翁，无奈总不得来，今趁此残步，特来拜望。不知老仙翁为何却将此绳系于小侄足下?”只听一阵笑声后，又一个声音道：“此赤绳子耳，以系夫妻之足。自古道：‘千里姻缘一线牵'。凭你贵贱悬隔，天涯从宦，吴楚异乡，此绳一系，终不可避。今见你的姻缘就在眼前，因而将此赤绳子将你们两个绊住，以完此良姻。"湘云听见，深觉有趣，因觑眼向窗内看进去。只见云台上端坐着一位老者，一手挽着红丝，一手悬簿，白鬓婆娑，两弯雪眉都垂到脚面上去了。旁边立着一个十六七岁的青年，丰姿出尘，一派天仪。再举目细看时，不觉痴倒在那里——原来此人竟是才在神霄帝君旁边立着的那名神将。正无限惊诧，只听那人又道："都说缘是前生的修炼。但不知小侄前生修的如何?"那老仙翁便不语，只用手，指了指窗外天际的云。那人顺指看过去，只见天空云起云落，随风西东。因沉吟半日道："缘本不可求。缘如风，而风不定；云聚是缘，云散也是缘。人之情感亦如云，万千变化。云起时汹涌澎湃，云落时寂寥舒缓。感情如云聚云散，缘分是可遇不可求之风……"湘云听见，自觉十分感慨缠绵。因不觉点头自叹，心动神摇。便忍不住细嚼起"云聚是缘，云散也是缘。感情亦如云"几个字的滋味。一时竟亦发如醉如痴，忽又想起古人诗中有"今日云骈渡鹊桥，应非脉脉与迢迢"之句，再又有"君应有语，渺万里层云，千山暮雪，只影向谁去?"之句，又兼"碧云天，黄叶地，秋色连波……明月楼高休独倚，酒入愁肠。化作相思泪"之句，都一时想起来，凑聚在一处。不觉心痛神痴，眼中几乎落下泪来。正精神恍惚，情思缠绵，只听得：

入我相思门，知我相思苦

长相思兮长相忆，短相思兮无穷极

一语未毕，只见眼前一团红光闪烁，两足已被一根赤绳牵入屋内。看时，那老仙翁早已阒然无踪。满屋里铺设灿烂，只那青年笑吟吟的候在床边。湘云只觉娇羞怯怯，芳心突突。因恍恍惚惚的换上金珠锦袄，又瑶簪宝珥的装扮起来。一时，两个自拜了天地，进入洞房，揭去盖头，正柔情缱绻欲饮合卺杯，只听耳边一阵笑声道："睡觉还不老实，被子踢到那里去了！”湘云一惊，幡然醒来。慢启秋波，见是宝钗和宝琴，又低头看了一看自己，方知一梦也。

且说转天风清日朗，怡红院里早已铺设停妥。鸳鸯、琥珀、翡翠等人簇拥着贾母，邢、王夫人并一班丫鬟、婆子随后，一起来至院中。一时又有薛姨妈，尤氏婆媳，李纨、宝钗、湘云、宝琴、探春、惜春、赵姨娘等人陆续说笑着，进了院门。黛玉因时气所感，夜间嗽疾又重了些，不敢再出来经风。一时，宝玉也来了，因四下里独不见黛玉踪迹，正要到潇湘馆去探视，不期又被湘云、探春走来邀住，赏花谈论。大家围着那棵海棠树，只见满树的清光妙蕊，绰约芳馥。又见掩映俯仰，开合有度；其静如姝，其德似玉。不觉纷纷称奇。邢夫人说这花开的古怪。贾母说：“这花儿应在三月里开的，如今虽早开了，原是应着小阳春，得气稍先，也是有的。”王夫人点头说：“老太太见的多，说的是，也不为奇。”宝钗虽不言语，只是心内纳罕：“上天于花，稽查最密。四季之花，悉遵定数而开，再无舛错。此花逆时开放，确有古怪。”探春也在一旁忖度：“草木知运，不时而发，必是不祥。”只不好说出来。赵姨娘却忍不住失惊打怪的说：“怎么我听见说，这花已经枯死了一年了，这会子不应时候儿开了，别是花妖作怪罢！”贾母听见大怒道：“谁在那里混说！这花早开，必是有喜事好处，所以着它先来报信的！什么怪不怪的只管那里混嚼，若有好事，大家享去，若是不好，我一个人当着，再不许信口混说！”赵姨娘便再不敢言语。他本就是个有名的“恨人”，对人对物，久已怨之不了。刚要扭捏些话做张做致，谁知一团高兴即刻化为冰冷，白白的讨巧不成，反招了一鼻子灰去。不觉又气又恨，一时咕嘟着嘴，一个人讪讪的去了。

薛姨妈因在一旁笑道：“老太太说的很是，据我看来，必是有喜事要来了，我正有一桩喜事要和老太太说呢！”贾母一听，喜笑颜开道：“既如此，快快说来听听。”薛姨妈这里才要说话，恰值贾赦贾政率着贾珍，贾琏，贾琮，贾璜，贾环，贾兰等人，也都进来看花，就打住了。

众人给贾母请了安，也都纷纷上前，绕树巡看再三。有的叹，有的怪，有的摇头，有的说无妨。贾赦捻着胡须，悄悄的跟贾政说：“据我的主意，不如砍了它去，必是妖孽作怪。”贾政道：“见怪不怪，其怪自败。不用砍他，随它去就是了。”贾兰也说：“花开顷刻，过眼即空，不过矫揉造作，何足道哉？倒不如随它如何去罢！”

一时又有贾蓉贾蔷带着贾芹贾芸贾菖贾菱贾荇贾芷等人也都过来。贾母因吩咐在花厅摆宴，登时内外上下，人影摇曳，鸾珮叮当，靴履飒飒。一时按序坐定，花厅上七八桌席，竟也围坐的花团锦簇，塞的无一些空地。贾母在座中把众人挨次望望，心中好不感叹。贾政也摩睛细看，虽然人丁不比先前热闹，但只见几个女孩们个个出挑的花明雪艳，慧比灵珠，于那娉婷妩媚之中，无不带着一团清雅超凡之气。尤其宝钗、探春、湘云三个，再三冷眼细观，其言行举止，真正大度汪洋，气宇不凡，不觉十分安慰。心中这一快畅，不免多喝了几杯。当下热闹起来。台上演的是一出武戏，一群虾兵蟹将对着一个威风凛凛的大将搭弓张剑，一起掩杀。那大将武艺超群，力挫群敌，一杆长枪舞的地动山摇，海天变色，霍如羿射九日落，矫如群帝骖龙翔，来如雷霆收震怒，罢如江海凝清光！直杀的老虎坡上吼，螃蟹趄趄走，猴娃爬上杆，蟹将虾兵弃甲丢盔，跟头翻成莲花转。最后走一个大靠飞脚，翻身亮相下场。赢得满堂喝彩，喊“赏”不断。早有几个媳妇走上去，将手中笸箩内的散堆钱，豁啷啷撒的满台乱响。着实热闹了一天。

翌日，贾政上任，众人如何相送，贾政如何嘱咐，自不必烦叙。

一时，史鼎回京上任，把湘云接了家去。过了几日，打发家人过来禀告贾母，湘云已择于下月初八过门，原来史鼎已做主将其许与了卫总督之子卫若兰。不知湘云婚事如何，下回分解。

第八十五回

韶华盛极鸾喜呈瑞　落红凄迷病符飞灾

话说湘云的婚期既已择定，贾母等人闻知卫若兰盛才仙貌，品格端方，乃神仙一流人物，心下十分称意。届时又有梅翰林外任期满，已携家口回京。因在府中大摆宴席，广邀薛、贾两府人丁畅聚，遂趁势将其子梅问鹤与宝琴的婚期也订了下来。那梅问鹤相貌果然清奇，打扮的又秀气。论学问，与卫若兰竟也不分伯仲。二人往那里一站，真丰神巍峨，威仪赫赫，一如两尊下凡的天神，再世的罗汉一般；在座所有宾客，登时都大为减色。宝玉自见了他，不觉又痴了半日。原以为，这世上，再没有一个男子可以配得上琴妹妹的人品、模样，及这时，竟真正无以形容了！

贾母、薛姨妈闻知，益发喜之不尽。宝琴的婚事既定，薛姨妈便又满心欢喜的为薛蝌、岫烟之事操持起来。岫烟的父母闻知消息，巴不得女孩儿立刻过门才好。二人因在邢夫人跟前早已煎熬难撑，现放着薛家如此根基，加上薛蝌不但模样好，又是一个端人正士、留心性理之人，常言“女婿半子”，老夫妻们下半辈子也算有了靠傍。因高兴的无可不可。贾府连日内喜事不断，那李婶娘看在眼里，叹在心上。登时无穷心事，悉堆于眼前，不知如何排解是好。眼见自己的一双女儿一般的也如花似玉，百媚千娇，况又是与宝琴、岫烟一同上京来的，如今，见他二人都已有了归属，自己的两个女孩儿却至今无人动问，真正叫人心中愦懑。偏这天晚饭时分，又有贾母同辈妯娌给宝玉提亲。贾母的意气口声定要一个亲上加亲，打小一块儿厮混过来的。李婶娘因彻夜辗转如锥，第二天，竟收拾了，要带着一双女儿启程回家。众人苦苦挽留不住，李纹李绮也无可奈何，只得含着一把眼泪，与众人告别上路不提。

且说贾母要给宝玉议亲，已非一日。只因元春晋了皇贵妃之后，隐隐传出，圣上密诏中定了竑瞻为太子，又听闻其他众妃因此含酸诽谤，一片磨刀霍霍之声。因而时时悬心，竟将宝玉的亲事一放又放。这时既见喜事纷至沓来，竟也不觉又喜气盈怀，遂命人将王夫人请来，认真商量起来。谁知才刚起端，就见贾琏慌慌张张的进来禀报，说风闻宫里的消息，娘娘凤体欠安。又说小皇子也病了。贾母正在谈兴勃勃，听了这话，登时如在雪窖冰天一般。急的乱颤，只问："可打听准了?"贾琏说："几天前就听见消息了，因不敢惊动老太太，所以又托人各处打听了一番。今儿，大老爷遇着了给娘娘诊治的御医，"就不再往下说了。贾母不觉满眼滚下泪来，因问："既如此，可有旨意宣召亲眷进内探视?"贾琏说："才刚听见。许内眷二人各带丫头一人，亲丁男人只许在宫门外请安听信，不得擅入。明日午正初刻进去，未正初刻出来。"贾母、王夫人听说，心里干噎，只说不出话来。当下，早有鸳鸯等将贾母劝进暖阁歇着去了，王夫人这里一行出门，一行又问了一回贾琏。因不住叹息垂泪，嘱咐各人回去早早歇息，明日好早起，收拾进宫不提。

且说宝玉、黛玉因连日见姐妹们一个个鸾喜成对，喜气生辉，不觉都动了羡慕之心。只是口内难说，心里早已猜疑掂掇了几百回。黛玉因又想到自己无父无母，孤苦伶仃的形状，不由的又哭了多少回。宝玉因见黛玉的病势又加重了，也无心再出去应酬，不时来问。谁知这日黛玉心内沸然，不顾病势，于桌上研墨蘸笔，一气写道：

（之一）

千秋烟水润枯鱼，一代兴亡付废墟。
纵使重华留帝阙，湘妃深夜亦唏嘘。

（之二）

前尘如梦亦如烟，锦瑟无声廿五弦。
已在高楼最高处，浮云依旧满苍天。

（之三）

雨霁天青柳叶香，残花有泪付斜阳。
升帘怅望终无赖，一片闲云锁梦乡。

再要写时，被紫鹃从手里夺去了笔，笑道："姑娘也该保重着些才是，等大安了，有多少写不得呢？才出了汗，这会子又滴髓沥血的弄这个！就是不为你自己，也该可怜宝玉的一片苦心！打从他搬出这园子，姑娘这场病耗了他多少神？跑东跑西的，寻了药来就不算。回回来了，赶上姑娘吃药，他总要先偷偷尝尝苦不苦，姑娘漱口，总要先悄悄试试烫不烫。姑娘好一些，他先就高兴的不知如何了，若病又重了些，咳，他那情景，那能让人再忍心看下去。一个爷，只管那么落魄少魂，淌眼抹泪的，也不怕让人看见笑话！回回走了走了，还必定要站在院子里，独自鼓捣一会子，不知道的都笑他呆，我留心听了他的话，竟是恨不能替姑娘呢。"黛玉方收拾了诗稿，起身啐道："就你磨牙！"紫鹃一面收拾笔砚，一面叹道："姑娘又何尝不是呢？病着的时候，他来了就好一些，一天不来，就重些。整天里，见着也哭，见不着也哭。有一年到头苦自己的，不如两个人干脆捅破了窗户纸，再想一个长久法子。"黛玉勃然变色道："又嚼蛆来了！"说着，蹲身坐在绣榻上，眼里簌簌滚下来泪来。紫鹃也滴泪道："论理，我原不该说这个话。可不这么着，谁是知冷知热的，谁能替姑娘拿个正经主意呢？没的看着你白白作践坏了身子！若说那些人只是为老太太真心疼着姑娘，大家不过要敷衍的好看，才做个样子出来，哄老太太高兴，似乎也不尽然。可到底现在连琴姑娘、云姑娘这些妹妹们都已经有了准人家，怎么竟没一个人想着，趁老太太如今还明白硬朗的时节，替姑娘也把大事作定了呢？”黛玉听了，益发心驰神痛。咽着泪道：“别说了！”话音未落，只听小丫头子在院子里说：“宝二爷来了！”话犹未毕，宝玉已劈头走了进来，黛玉紫鹃连忙各自拭泪岔开。

紫鹃忙换上笑颜，道：“二爷，怎么这会子又来了？”说着，便去倒茶。宝玉见他二人满眼泪光，便问着黛玉道：“好妹妹，又怎么着了？”黛玉勉强笑道：“好好的，能怎么着了。”紫鹃在旁一面倒茶，一面悄悄指了指书桌，又用手比划一番。宝玉会意，往那里一瞧，早看见了书中夹着的稿纸，于是按捺不住，过去掀开拿起。黛玉见了，急的满脸飞红，忙起身来夺。宝玉见他眉眼都变了，远非寻常情状可比，心中虽有无限的胡思乱想，却也只得掩住，不敢造次。因饮憾奉还。黛玉一把夺在手中，才要撕，又袖了起来。少不得将他嗔怨一番。紫鹃这里端上茶来，笑道：“二爷这一向在外面广会高朋，或有什么新鲜趣闻，也说来给我们姑娘开开心，岂不好？”黛玉便一歪身坐在榻上，说：“罢了，他能有什么好新闻，没的又贫嘴贱舌的胡诌了。”宝玉忙走到榻前，挨着坐下，笑道：“何曾胡诌来着？现成的就有卫府一桩：你们不知道，谁知卫若兰生的那个样，他胞姐的秉性脾气却另是一样，都说厉害的了不得！大婚那天，卫总督因再三放心不下，乃对新郎倌嘱咐说‘婚后，你一定要……’谁知话未说完，新郎倌就抢上前去跪倒在地上，说‘岳父大人放心，婚后小婿一定会百倍小心，照顾好小姐的！’卫总督听了，竟说不出话来。半日，才对那女婿说‘我的原意，是让你婚后，一定要照顾好你自己。’”黛玉听了，先是怔，后“嗤”的一声，笑歪过去。

宝玉十分得意，因凑上去捧着他的袖管说：“好妹妹，刚到底写的是什么？到底赏我看看罢！”黛玉忙将手抽回，一面理发，一面笑道：

"活跳出一个夜叉来！倒象你亲眼见了似的，可见越来越能胡诌。这也罢了，果然那么厉害的话，也幸亏嫁了出去，不然，云丫头可就，"说着，猛然想起那年李纨说的那句什么"再得几个千刁万恶的大姑子小姑子"的话来，就掩住了。宝玉见他双腮通红，娇羞怯怯，不觉早又神魂飘荡起来。因又歪身坐下，一味的将些没要紧的话来厮混，诸般设法欲将他的诗稿骗出来一观，无奈黛玉执意不从，也只得罢了。谁知这里一回眼，见黛玉又在那里颦眉出神。便复欠身凑近前去，忍着笑顺口诌道："妹妹可知，海岛蓬莱山中，有一个红颜洞主，总司天下名花；昆仑北斗宫内，有一位魁星，专司下界人文；大梵天上嵯峩仙窟中，便有一位氤氲使者，专司这人世间的良缘缔姻。"黛玉笑道："这就胡诌，自来只听见说月老仙翁掌管姻缘的，那里又出来个氤氲使者了？"

宝玉道："你也等我说完了，你再批评。"黛玉道："你说。"宝玉道："那使者原是月老仙翁的大弟子，只因那老仙翁如今也不知活了几十万劫，越发鹤发雪髯，白眉毛都垂到脚面上去了，觉也越发多了。一年里倒有大半年都是在云床上酣睡着度过的。只说这日，氤氲使者无事打坐，于定中见那西方灵河岸三生石畔上，有一株仙草、一方灵石，久经锻炼，复受天地精华，遂得通灵脱质，得换人形，需他前去随缘成就。这使者便一手挽了红丝，一手悬了姻缘簿，出定踏祥云而去。眼看将至，谁知半云霄里，觌面飞来一物，似青鹞，枭嘴鹿角，全身黄毛；似鹭鸶，两肋有爪，顶上无缨；似老鹳，蛇头鸱目，腿又不红。那使者正在惊诧，见那怪已双膝跪下，展眼的工夫，竟变成了一个极富贵雍容的一位小姐。双眼垂泪道：'我乃灵河岸雪洞公主，只因素喜洞前那方灵石，日则采百花遮凉篷以避烈日，夜则围锦缎花幔以驱严霜；一片情意，可谓深仁厚泽。尝闻使者专为三界痴心男女缔姻结缘，也是今日天缘凑巧，在此遇见仙使。就请仙使看在小女子这一片痴心的份上，成全我与灵石这段姻缘。小女子自感深恩胜于天渊！'说罢，于袖中取出一枚五色龙珠来，高高奉过头顶。那使者看时，见是无价之宝，又见他苦苦说到这步田地，心中已活了几分。因想：'娑婆世界大家子，尚且三房五妾的，何况神仙境界！’遂也不细查他们到底有缘无缘，就将一根红线，把三人的脚一起绊住。自己则拿了五色龙珠，意趣洋洋的转回嵯箕窟去了。谁知才入门，忽见自己的夫人同一个陌生男子缢死在树上，因大骇呼救，见其妇疾奔而出，树上缢者已不见。但闻檐际大斥一声道：‘亦还汝一错！’看时，却见那月老仙翁怒色盈面的拽杖飘落，责道：‘我们仙道中人，自幼修持，离是非之门，抛红尘之径，苦历过多少大劫，方到得如此境界？殊不知，顽石草木为偶，实历尽风月波澜，尝遍情缘滋味，至无可如何，始结此木石因果。你怎敢欺心，就学了那些俗世无赖闾阎之人，只把黄白金玉之物看在眼里，乱点起鸳鸯谱来！如此这般开了头，便要误尽天下多少好姻缘！我虽昏聩老迈，也总比你这根浅行薄的中用些！’因收了他手里的红丝、姻缘簿，一顿拐杖，打的那使者昏惨惨不辨南北，黑漆漆难认东西。又被罚在离恨天外灌愁海内受苦去了，只待世上没有了女啼男怨，方可灾消难满。那使者虽悲悔不及，却也无益了。”这一篇话，恰合了黛玉的心思，不觉听痴在了那里。

宝玉十分得意，正心中暗暗的筹划，忽见袭人匆匆走进来说：“二爷，老太太、太太从宫里回来了。都在问呢。快些过去罢！”只得闷闷的告辞出来，回去换了衣裳，径往贾母处去了。

谁知贾母、王夫人这次进宫回来，情景大不比从前，一时因薛姨妈、尤氏、李纨等人前来探问，贾母不由一阵心酸，心口疼的坐不住，早有鸳鸯、琥珀、翡翠一干人等，扶回里间歇着去了。王夫人这里心碎如麻，才勉强说了几句，已百般支持不住。一时，凤姐也听见了消息，扶着平儿、小红，挣挫着过来了。一时问明情况，原来竟是小皇子染上了天花，元妃整日泪眼不干，已经先死了一半。圣上更是急的了不得，连早朝的心思都没了，宫中御医无不是人仰马翻。就有吴贵妃、周贵人的父亲兄弟们，并忠顺王爷一干人等，趁着机会竭力怂恿皇上出去郊游散心。谁知皇上那日实在怅闷难忍，便率领众人到校场游猎，又亲到狮虎圈，观看野兽搏斗。那些猛兽本来各归各栅，不相连属，一经聚集，种类不同，立即咆哮跳跃，互相抵触。竟有一只野熊突然跳出圈外，径奔御座而来。左右官员、侍从们一见，登时都四下里惊慌逃命去了，只有吴贵妃，扑上来死死挡在皇上面前。幸而众武士及时赶到，一顿乱箭，将那野熊射杀。皇上惊魂方定，便问吴贵妃："情况危急，人人恐惧逃命，为何独你不逃？"吴贵妃说："猛兽凶性发作，只要抓着一个人，就会停止攻击。我恐怕它直扑陛下而去，所以以身阻挡。"圣上听罢，不胜嗟叹，此后，竟把诸事抛开，彻夜只在吴贵妃宫中留逗了。

凤姐听罢，一时恨的落泪，一时冷笑不止。因切齿道："不是我说句大不敬的话，真要表真心，就该干脆扑上去让那熊活吞了才是！谁知道这是不是他们早就谋算好了的，单等着在皇上面前表演、邀宠罢了！咱家娘娘向来只以贤德取胜，可那里知道这些人的心机、手段？"一面又拭泪笑道："太太也不必太过伤心着急，常言说的'荣枯得失，终属天定'！并不是随便什么人使心设计，就能怎么样的。太太难道忘了，咱们娘娘的小皇子抓周那天的情景？那才真正是天意告瑞，可见他们母子注定是福大命大的，纵一时遇到个灾病，也不足为虑！凭他是谁，也拗不过天意去！况且，前儿我就风闻着叔叔入了内阁，说话就要带着家眷回京来了。这难道不是老天让咱的人回来，帮咱们娘娘母子的？"众人听了，不觉都转悲为喜，都说："这话说的很是。"正说着，见宝玉进来，便都煞住了。宝玉见众人脸上皆有悲戚之色，自不敢多言多动。王夫人问一句，他答一句，也不敢坐。薛姨妈这里才拉着他坐下，王夫人忽一眼看见他胸前竟然空荡荡的，忙问："你的那块玉呢？"宝玉低头一看，也吃了一惊。少不得说："才刚听见叫，回去忙着换衣裳，摘下来竟忘了带。"王夫人听见如此说，少不得埋怨几句，也只得罢了。因又说道："这一向你的书念的怎样了？别指望老爷一走，你就放了野马了。从今儿起，你每天早晚过我这里来，把该念的书都给我背会讲明了。"因见宝玉苦着眉，只管一声不响的。不觉又掉下泪来："我的儿，你也给我争口气！眼看着一天大似一天的了。"凤姐在一旁看了，忙勉强用话岔开，因悄悄让宝玉到里面去安慰贾母不提。

谁知宝玉至贾母处回来，袭人也发现他胸前少了玉，因盯着直问："二爷，你的玉呢?"宝玉便又将原话照说一遍。袭人惊气冲心，登时吓的浑身冷汗淋漓，忙问究竟放在那里了，便只管没命向各处找寻起来。掀开枕头，枕下空无一物；抖开被褥，毫无踪迹。又去翻抽屉，开柜子，处处都不见。宝玉只觉情思紊乱，十分闷倦。任凭袭人三番四复问他，只如此说。一时竟越发头重脚轻，迷迷糊糊起来，只说："记不清了。才刚象是带着去的，又好象没带。究竟带没带，也说不准了。"说着，便饧眼欲睡。袭人哀痛弥极，忙服侍他睡倒，便又弯腰屈背的各处找寻起来。早惊动了麝月、秋纹一干人，因一起进来，笑嘻嘻的问："找什么呢，这么沸反盈天的?"袭人见状，还只当是他们故意拾起来，恐吓着他顽的，便道："小蹄子们，整天顽不够！还不快拿出来呢！回来真弄丢了，大家活不成了。"麝月等见他说的这般郑重，便都敛了笑，问到底是什么不见了。袭人见这般光景，分明不象是怄逗。不禁急的干哭，说："还能是什么，自然是二爷的玉不见了！"众人听了，个个倒吸一口凉气，都唬无了人色。一时，竟一起上来扳肩捉手的问道："顽是顽笑是笑，这个事非同儿戏，你可别混说吓人。"袭人急的眼泪纷纷而堕，道："都什么时候了，谁还拿这事和你们混顽！大家还不各处快找起来！找不着，都没命了！"众人登时乱作一团，七手八脚的各处寻觅起来，却那里寻去?实在找的没法，便将屋里所有的丫鬟、婆子们都传了来，黑压压站下一地，众人监视着，互相搜检起来。正哄哄乱着，只听宝玉在里屋喊："什么劳什古子，值得这么兴师动众的！还嫌撵出去的人少怎的?若嚷破了，又要饶上几个遭殃的了！原是我今儿出去，路上丢了，与人无干。这事儿都不许再提了！"袭人、麝月忙进去看时，却见他在床上睡的正酣，原来是梦中喊骂。

二人不觉都怔在那里。一时，依旧满脸悲凄的出来。袭人头上不住滚着汗，那时怨气填胸，肉战心惊，只不敢形诸颜颊。乃以两眼扫视着众人，见小丫头子们人人悲戚，众婆子，个个吞声；几个老嬷嬷，俱各又急又气，又无法，一个个拧眉扎手，怒色盈面，嘟嘟囔囔埋怨个不了。房内一片狼藉，所有的东西都移了位。袭人猛然转身问道："今天谁进过屋子?"众人都面面相觑，出不得声。宋嬷嬷出位道："花姑娘，这一向来往的人也多，谁进来不进来的，也难说清。说不定是外面的人拣了去，也未可知。"麝月说："凡能进来的，谁不知道那玉是个命根子？谁还敢再拣了去呢?"宋嬷嬷叹气道："外面的人都知道是命根子，里面的人就更别说了！再不就是谁诚心摸走了，故意吓唬着姑娘们顽呢?"袭人、麝月、秋纹、碧痕几个心中忡然一动，齐说："要不，就去问问今儿进来的人?"宋嬷嬷拍手道："那就快着吧!"麝月和秋纹翻身便往外飞走，袭人忙咽泪赶上去，不免剖腑深嘱道："大家好歹先别声张，只在园子里各处细心密访，若有姐妹们收起来玩笑，大家给他磕头务必求了回来；若是小丫头子们谁误拿了去，问出来也不回上头的，不论把什么送他换出来都行。"众人俱各点头而去，分头各处寻访。谁知竟水底捞针，海中寻宝，乱窜窜忙了大半日，毫无消息。不知宝玉的玉如何，下回分解。

第八十六回

失通灵手足结深恨　闻谗言婆媳添新怨

且说麝月等人徒劳而回，人人失魂落魄，个个腿软筋麻。正在大家对泣发呆，只见各处知道的都来了。李纨、探春姐妹并一群丫鬟婆子们站了一院人。姐妹们待要细问宝玉，进去看时，他只一味酣睡不醒。探春便叫人把园门关上，一面吩咐众人：“无论是谁，找了出来，必重重赏银!”一面又令几个办事老成的嬷嬷、丫头们再往各处仔细搜寻。大家都急于要脱干系，二则听见重赏，于是不顾命的混找起来，甚至于每一处犄角旮旯，乃至茅厕里都找到了。谁知乱嘈嘈闹了一天，仍旧毫无影响。众人都急的立脚不住，在那里乱纷纷讲论。有的荐端公送祟，有的说请巫婆跳神。

一时又有尤氏婆媳将一擅扶乩的师婆带到，当时将众人散出，摆开桌子，明晃晃点起蜡烛，焚起一炉香来。登时氤氤氲氲，遮天掩地，渺渺蒙蒙，蒙山蔽海。一时书符念咒，立眼怪舞一回，说了些胡言疯语，去了。又有岫烟的母亲请了玉皇阁的张真人来，抖擞威仪，指挥停当，只听一声磬响，擎玉简，摇金铃，伏章申表；朝三清，叩玉帝，舞蹈尘扬；执令牌，烧符檄，步罡拜祷。金铃摇的呼呼风响，玉简舞的乒乒乓乓，令牌耍的戛戛有声。满眼只见昏雾朦胧，浓烟叆叇，揭瓦翻砖。直舞至半夜，满嘴里天花乱坠、地涌金莲一番，众人听的如坠万丈迷雾一般，那真人全然无心理会，领了谢金，义形于色的去了。袭人心烦意躁，越发无策无谋。只在厅内干转，猛然间触动前事，因一径抢步找着探春，拉住说：“三姑娘，我有一句话，不知当说不当说。”探春说：“这会子了，只恨想不到罢了，有什么还不快说呢！”袭人道：“我想，这事儿难保没有人使促狭。今儿进来的人当中，会不会……”便不往下说了。探春略一沉吟，猜疑不决。半日道：“难道是环儿？”便叫待书，道：“你悄悄的去找平姑娘，告诉他丢玉的事儿。就说是我说的，让他想个法子把环儿带到这儿来。千万小心别让上面知道了！”待书答应一声，转身去了。一时，果见贾环笑嘻嘻的同着平儿一起来了。

众人都假作出无事样子，麝月叫人沏了茶来，大家故意搭讪各自走开。贾环喜气难禁，直问：“三姐姐，你们果真觉的我前儿作的那两首诗实在好么？”探春瞥了平儿一眼，见平儿在后向他频递眼色，便心中明白。因笑道：“可不是，人人看了都说好的了不得！不但独出心裁，字字雪亮，并且把梅花的品格神韵擒的飞舞而出。真难为你。”贾环将杯中茶痛饮一口，道：“姐姐谬奖了。”探春说：“岂是我一个说好，二哥哥首先就夸的了不得！逢人就赞。”贾环越发得意。探春便又趁机将顺耳的好话哄他半日，方说：“听见说，你们兄弟这阵子越发和睦了？”贾环笑道：“这是自然的。”探春道：“那，我有个事儿问你，二哥哥的玉不见了，不知你瞧见了没有？”贾环登时满脸紫涨，“嗯”的站起来，眼瞪着平儿道：“原来哄我来是为这个！”又问着探春说：“人家丢了东西，怎么三姐姐倒查问我，我是犯过案的贼么？”平儿连忙赔笑道：“原也确是为三爷的诗好才去叫的，正好玉不见了，怕三爷看见了，怄着大家顽，所以才问。”贾环气的鼻斜眼歪，满嘴里嚷道：“他的玉在他身上，见不见的该去问他，怎么倒问我！得了什么不来问，丢了东西就来问我！”也是他气怒已极，因竟越性问着探春说：“天天这么湫上水，究竟也没见得了什么好处去，何苦来！

成天还说什么起社作诗的，这‘亲亲尊尊’方面，还赶不上蛮夷之邦！不指望你拉携着也就算了，只管和这起奴才们把我不当人的作践起来！好，既疑我，我不妨就明说出来，一块玉可算什么？那天我还要做出‘烛影斧声’的事来呢！”说罢，拂袖大怒而去。

探春气的满脸惨白，竟出不了声。众人都不好阻拦，眼睁睁见他飞一般去了，知他这一去，必定再难掩饰。袭人等自然反更乱起来，一个个急得几欲觅死寻活。平儿见不是事，忙折身回去找凤姐商量去了。一时，果见王夫人雷嗔电怒的扶着玉钏来了，身后跟了一群人。袭人、麝月并满屋子的丫鬟婆子们，惶恐无地，登时齐唰唰跪下一片。王夫人气怒填胸，浑身抖个不住，只说不出话来。半日，方拭着泪问："这么说，是真的了？"袭人、麝月哭的哽咽难言，众人都不敢则声。王夫人问宝玉，众人扶进去看时，只见他正在酣卧深睡，不时鼻息如雷。好容易使人唤醒扶起，不过倒倒颠颠的说不上三言五语，便又歪在床上昏睡过去。王夫人一见，好似半天里飞下霹雳，太阳穴直要迸出火星来。心下便自疑惑："那玉就是他的命根子，玉在人在，玉毁人亡，岂是小可？如今玉丢了，他自然先就死了一半了！"因急得泪如雨下。李纨、探春等忙上去婉劝。正乱着，忽见凤姐扶着平儿、小红也来了，王夫人心慌意急，不等他把气喘匀，便叹气对他说："你去想想，打从老太太那边的丫头起，至你那里，谁的手不稳，谁的心促狭。这事瞒不得了，我要回了老太太，认真的查出来才好。不然可就断了宝玉的命根子了！"凤姐忙屏退众人，悄声回道："咱们家现在人多手乱，贤愚混杂，那里保得住谁一定是好的。自古人心难测，面从背违。可是常言说的‘天上鸟，海底鱼，高可射，深可钓，唯有人心相对时，咫尺之间不能料！’若果然有人猪油蒙了心，不顾性命，只图眼前利益，这一吵嚷也已经都知道了。他明知若叫查出来，一定会粉身碎骨，着了急，反要毁坏了灭口，那时可怎么处呢？据我的糊涂想头，只说宝玉自己撂丢了，也没有什么打紧。只要大家严密些，先别叫老太太知道。再暗暗的派人各处察访，哄骗出来，那时玉也可得，罪名也好定。不知太太以为如何？"

王夫人心痛如麻，反复详味。只有点头，那眼泪一发流个不尽，呜呜咽咽的道："那世里栽下的冤家种，竟生出这等祸殃来！也罢了，就按你说的去办罢！"因叫袭人等传唤看园子的一干人来，叫把园门锁上，又把林之孝家的传来，悄悄的告诉了他，叫他吩咐前后门上，这些天内，不论男女下人，从里头可以走动，要出去时一概不许放出。只说里头丢了东西，等这件东西有了着落，才许放人出去。林之孝家的才答应着要去，忽听见门外震天的喧嚷，却是赵姨娘拉着贾环，一步一声的哭了进来："你们丢了东西自己不找，怎么单叫人背地里拷问环儿？青天白日，朗朗乾坤，奴才就敢越胆拷问起主子来，我倒不知道成了什么世界了！现在我把环儿带了来，索性交给你们这一起洑上水的，该杀该剐，由你们！来来来，有脸的奴才们只管挨个上来！"李纨、袭人等，待要过去解劝，赵姨娘已拽着贾环直闯进来。他原并不知王夫人和凤姐也在，这时见了他二人，登时唬的往后一矬，连大气儿也不敢再喘一声。王夫人怒容满面，正要斥责，凤姐已立起身来，指着他脸说："这是什么时候了，容得你撒野！告诉你，这回丢的可是个命根子！凭你是谁，凡是来过的都要问一问，怎么就不能问问环儿？下一个连你也要一起问呢！"话音未落，就听门外怒哄哄的一句："你还想问谁呢！"众人看时，邢夫人已张眉竖目的走了进来。

凤姐不禁忡然变色，王夫人也忙站起身来。李纨、探春等忙上去接住，扶他上座。邢夫人怒气填胸，钉着凤姐问："凡来过的都要问一问，我也来了，你还要问我不成？老太太也来了，你倒过去问一个让我看看！"凤姐忙含泪赔笑道："太太，只因事情重大，我，"邢夫人不等说完，满口冷笑道："你没来，你干净！别人就都是贼么？我看你也太张狂了些！"凤姐噎的脸白气颤，又当着许多人，又不能申辩，只气得泪如滚瓜一般。王夫人益发出不了声，半日，勉强笑着和邢夫人说些其他家长里短之事，邢夫人便趁机指鸡骂狗的闲篇大论说了一番。王夫人只不住点头说："太太说的是。"一回头，因见赵姨娘满脸皆是得意之色，便知他与邢夫人互相联络，暗作首尾，明当着众人给凤姐没脸。便又问着赵姨娘和贾环道："现在丢了命根子，你们进去看看宝玉，已经先死了一半了！怎么白问了环儿一句，就这么家翻宅乱的嚷起来？若是惊动了老太太，大家不用过安静日子！倘或嚷破了，人家把那块玉毁坏了，我看你们活得活不得！"赵姨娘听了，一径抢步往邢夫人身后一躲，低了头，再不敢言语。贾环哭道："不敢再嚷了。"邢夫人怒气哄哄的扫视着凤姐和平儿，道："物不平则鸣！凭出了什么事，大家子的体面规矩不能乱。谁家的规矩让奴才拷问主子了？我才听见什么'有脸的奴才，没脸的主子'，倒不知这有脸的奴才是谁，仗了谁的势！站出来让我也瞧瞧，我也问问，回去也好学着教导下人们！"

凤姐、平儿听了，俱各又气又愧，不觉的灰心。因百般竭力挽回不暇，不由的又满眼滚下泪来，又不肯使人看见。赵姨娘益发暗自得意起来。王夫人气得目瞪口呆，只发怔，一发说不出话来。李纨忙上前，奉茶，委婉解劝邢夫人。探春也忙捧茶给王夫人，不住的替他揉胸舒背。正没开交，只听外面有人说："老太太来了！"众人不觉都唬了一跳，因手忙脚慌的一起迎了出去。果见贾母扶着鸳鸯、琥珀几个，迎面颤巍巍的走来。王夫人一见，心痛难禁，忙上去亲自搀扶进屋里来，因勉强掩饰道："这样冷天，老太太有话只该叫我们进去吩咐，怎么亲自走来？"旁边早有人展座奉上茶来，贾母那及入座，只一叠声的问宝玉。众人见再难遮掩，只得搀扶进去。贾母看时，只见宝玉昏昏恹恹，如在醉梦之间，精魂气魄已然全无，因百般支持不住，不觉抱着大哭起来。王夫人见他这般，一来心内愧疚，二来痛惜宝玉，三则想起了贾珠，因此倒比贾母更痛一层。凤姐因见邢夫人在旁挟怨嫉妒，纵有千般手段，这时也不能施展。因只色怠声懒，低头默默无言。李纨眼见劝止不住，不免也触情伤怀，因此也低头悲泣起来。麝月、秋纹、碧痕几个，竟一起走出院子放声嚎啕大哭。其余众丫鬟、婆子，见众人一个个心酸肠断，一双双泪眼情伤，也便都陪着一哭。贾母这里簌簌流着泪道："都瞒着我吧，出了这么大的事也只管瞒着，宝玉要有个好歹，我也不活着了！"王夫人、凤姐、李纨深恐哭坏了贾母，百般安慰解劝，才渐渐住了。因出去又详问了一回原因，袭人等少不得含泪细细告诉了一遍。

贾母听罢，动怒道："如今越来越不象了！先是乘隙结党，赚骗邀赌，如今渐次放诞，狎恩恃宠，懒惰放肆，直待酿出这样事来！"又嗔着王夫人、凤姐不早回禀盘查。王夫人钳口不语，心下煎熬。凤姐因见邢夫人立在一旁含酸欲怒，也不好说什么。只有探春出位禀道："老太太，才刚太太和大嫂子、凤姐姐都再三权衡过了，没有回，一则怕惊了老太太；二则怕吵嚷开了，偷玉的着了急，反要毁坏灭口；三则，知道的，是大家为二哥哥丢了玉心急，不知道的，又要记在心坎子里，到处说嘴趁愿，说回回为了二哥哥，一家子定要闹上几天。大家没意思。"贾母听说，眼睛扫视一回众人，道："现在丢的是命根子，倒只管计较起这些没要紧的事来！凭是谁，管他怎样说去！可是常言说的'人心不足蛇吞象，世事到头螳捕蝉。'再说，那是个通灵之物，凡人怎么就能轻易毁灭得了？没的倒让他早早的现出形儿来！传我的话，即刻叫把院门锁上，吩咐前后门上，这些天内，一概不许放一个人出去，立刻盘查起来，举报者重重有赏，隐情不告者重罚！"

凤姐听说，只得又命将几个总理家事的媳妇，也一起传了来，当着贾母的面，重又吩咐了一回。众人见贾母发令，谁敢怠慢。凤姐这里一面给贾母奉茶解劝，一面笑道："老祖宗别嗔怪，我能活多大了，那有这等见识！想宝兄弟那玉，既'能明祸福，善晓吉凶'，必然有神灵护佑，怎么我就糊涂到这步了！要不是老祖宗及时点破，我们这会子还干急呢！可是常言说的'青竹蛇口黄蜂尾，万般毒不过这小人心'，凭他多歹毒，那玉他是没法子毁的。蝼蚁尚且偷生，岂有人不惜命的？谁可敢公然和神灵作对呢？既如此，依我看，人拿去的可能性竟也不大，倒是自己撂丢的可能大些。"因又命众人在不易察觉的角落下力气寻觅，众人衔命，飞也似的奔到各处将人传齐，严密搜寻查访起来不提。

一时，薛姨妈、宝钗也风闻着来了，黛玉在潇湘馆也听见了，因要来，紫鹃怕才出汗，经不得风，所以不时派人来问。这边屋里众人，七嘴八舌，乱纷纷献计逞能，雄赳赳筹划琢磨，种种喧腾不一，无奈总无效验。众人深知贾母心焦，皆不敢回家，依旧各自或仙或怪的出谋暂候。赵姨娘因明里暗里又白白受了一些奚落噎堵，因趁乱悒怏而去。出得门来，只管将贾环埋怨起来，道："你不是听见人说，是你林姐姐不喜欢那玉，和紫鹃调唆着宝玉撂丢了么？怎么才在老太太跟前不把这话说出来，大家也好痛出一口恶气！"贾环不服，娘两个犯颜嘶嚷起来。贾环暴筋瞪眼道："你还说，逼我喊出来，可不好听！都是听你调唆的，害我吃了无限大亏！把三姐姐也得罪了不算，刚太太骂我，你怎么只管低头，你又不是不知道，你怎么自己不说出来？这会子又作势逞强，以后还想让我着你的道呢！"赵姨娘詈语啐辱道："蛆心孽障，说出这种天雷劈脑子的话来！那世里作的孽，养了一个忘本的还不够，如今连你也上来了，我还活个什么劲，不如碰死了算！"说着，走去便要碰头跳井。谁知贾环看着纹丝不动，口内直说："你就知道一味装腔作势吓唬我，真不想活着，现成死法多着呢，何必定要嚷出来？那辈子没做好事，投生到你的肚子里了！"说着，气的跑了。

谁知黛玉在潇湘馆内，心烦意躁，进退不宁，就如坐在针毡上一般。因久不见人来回消息，便又打发了紫鹃来瞧。却正被他听见赵姨娘母子嘶嚷之语，正茫然无绪，俄顷阴霾四起，冷风飕飕，却已琼瑶密布，银珠乱洒，飘下一天雪来。须臾四野难分界，顷刻世界成玉团。紫鹃呆立在雪地里，百般谛思无计，只得转身回去了。黛玉问时，不过将好话安慰他一番。黛玉听了，仍只彻夜掂掇猜疑，洒泪无眠。

且说贾母、王夫人、凤姐，晚间各自回去，心下着慌，竟都一夜不曾合眼。转天一早，王夫人又使人来叫。那凤姐心忙似箭，一闻呼唤，饭也不曾好生吃一口，放下碗筷便走。谁知才至穿堂门前，猛然间里面转出一个人来，倒将身子往后一退，那人也唬了一矬。看时，却是焙茗。凤姐惊而问之："你这会子在这里做什么？倒吓我这一跳。"焙茗忙双膝跪倒，磕头道："回二奶奶，小的因听见说城外度恨庵里的法师道法高妙，慧眼通神，善能扶乩请仙。因连夜赶过去，替我们宝二爷求了一卦回来。"凤姐忙问："卦上怎么说？"焙茗想着，道：

空花要觅生时蒂，阳焰须寻起处波。
不是落叶倚归根，梦魂偏在故乡多。

凤姐听了，蹙眉反复详味，却不能解。待要不理，忽然那边一阵风起，将地上积雪纷纷扬扬的吹起多高，几个正在穿堂外扫雪的仆妇，扫帚划过处，什么东西鲜明迫睫的一闪。凤姐心头一怔，忙喊："住着，"因扶着平儿，疾步走去，蹲身一看，真正是神天菩萨保佑——竟是那块通灵玉，莹洁闪烁的躺在那里。凤姐俯身拾起，看了又看，抚罢再抚，口内先就念起佛来。眼里早已滚下泪来。平儿及众仆妇登时团团围住，一时四下里都哄传开来。贾母、王夫人及至亲见了那玉，心内方平服下来，少不得拈香拜祷，汲水洒净，忙乱一回。一时，又将袭人等叫来，深叮细嘱一番。袭人衔命将玉领回，那时宝玉之恙也已不治而愈，竟浑然不知前事，不免问众人道："什么事，这样高兴？"大家因意气洋洋，放胆纵横的笑着细细告诉了一回。宝玉不禁叹气道："我说你们这些人，一点子事，也要闹得满世界不安！什么劳什古子，定要嚷动了老太太、太太，大家跟着白受连累！"麝月笑道："我的爷，好轻巧话。昨儿个不见了玉，我们这些人都准备着粉身碎骨了，谁还敢再掩饰不报？白挨几句骂可算什么。"几个老嬷嬷也展颜咧嘴笑道："横竖东西没丢，大家都干净了。只念佛吧！"宋嬷嬷一发笑个不了。众人不免都跟着凑趣。

只说黛玉因彻夜牵挂宝玉，因一早同着紫鹃踏雪前来，打探消息。这时在门外听见众人这般哄笑打趣之声，方知果然无事。又有紫鹃在旁笑道："我说安好无事的，姑娘偏不肯信，白陪了一夜眼泪。"黛玉脸上似笑不笑的瞅他一阵，"嗤"的一声笑了。又啐。待要进去，低头回思一番，还是又同着紫鹃返身回去了。路上犹思思想想，转转念念，不觉出了园门，一望园中，才见漫天大雪下得通天彻地，大地如天镜铺展，天空似银缕森森。天地相接，浑然一色。惟闻雪舞溪声。又见岫岩绝涧边，数株红梅，迎雪怒放，千丛万簇，倍觉风神绰约。涧下，挺出一片风蒲，在云烟变灭间，益发显得千状万态，幽意无限。不知后事如何，下回分解。

第八十七回

南安王兵败蛮夷地　薛文起罹祸桃源乡

话说展眼已是初八，卫府鲜车怒马迎娶湘云过了门。一路之上，不知惊动多少百姓，扶老携幼，指山说道，慕涎富贵。那卫若兰与湘云当日缔结连理，至此自是如胶投漆，形影不舍。卫府连日排宴唱戏，歌舞不息，也难以一一赘述。只说卫若兰与湘云两个既遇，难得的又是脾气心意洽合，因此，不知行出多少亘古未有的风流韵事来。先还只是在府中文斗，渐后湘云便每每亲自束带武扮，随卫若兰外面各处郊游射习，踏翠寻青。时值春和景媚，万物发舒，二人常带一队青年男女仆从，共乐山水之欢。看不尽溪边春水戏鸳鸯，芳草绵绵铺锦绣；一段红，一段青，几个锄人田下耕作忙，几声牧笛林间斗春风。游乏了，便择一块有水草的地方，支起帐篷，携酒讴歌；小丫头子们这时便采花设席，以珠裙递相插挂，以为宴幄。众小厮则在一旁挖地灶，烧火，剥山鸡扒野兔。有时卫若兰和湘云也会亲自挖灶，弯腰半跪在地上学着生火。被熏得眼红脸黑，彼此笑个不了。如此这般，凡世上所无之事，都玩了出来。

不觉已是三月初一。因这天是王夫人生日，早有湘云、卫若兰要来拜寿的消息。贾府因元春母子之事尽日悬心，因此不似往年办的热闹排场，不过聊复应景而已。谁知一时丫鬟们报知贾母、王夫人，说是湘云来了。众人看时，果见湘云笑嘻嘻的带着一队粉妆玉琢的舞姬，款款而来。见了贾母、王夫人，方欲拜时，早被贾母离座搂入怀中，满心里多少言语，只是说不出来。一时满眼垂泪，将他看了又看，方拭泪笑道："好象胖了些，气色越发好了！到底我的云丫头命好，福气大些！"说的众人都笑了起来。湘云忙又拜见过邢、王夫人，薛姨妈等人，早有李纨、凤姐、宝玉、钗、黛、探、惜等围作一处，姊妹间经时不见，一旦相逢，亲密之情自不消说得。

大家彼此围绕说笑，见湘云还是一派闺中之风，半点没变，少不得拿他怄逗笑嘲一番。宝玉因到处不见卫若兰，便问湘云。湘云只是抿嘴不言，因回头命周奶娘、翠缕等人道："还不快把给太太的贺礼献上来呢！"二人含笑答应着，一时将所带寿礼悉数奉上。王夫人看一件，叫一声："我的儿，真难为你这一片心！"湘云那里又一拍手，那队千娇百媚的舞姬便轻敲檀板，登台歌舞起来。当下贾母、邢、王夫人居上，其余众人两旁列坐，传杯弄盏，花簇锦攒的观看起来。只见台上那队舞姬，一个个杏脸桃腮，眼眸如醉，更兼薄纱轻缕，霓裳翩跹，真好似九天仙女从天降，月里嫦娥下彩云一般。更有一名舞剑的红衣美人，颀长玉立，眉宇之间英气逼人，在其中尤为艳丽出众。宝玉在台下看着他，倒象那里见过一般。再举目一验，不觉笑出声来。原来那美人竟是卫若兰装扮的。宝玉因笑着悄悄的告诉了贾母和黛玉，二人再三细观，只是难信。

一时歌舞毕，众姬下台来给贾母、王夫人行礼，贾母拉住那红衣美人细看时，不是卫若兰是那个！贾母只笑的说不出话来，半日，指着湘云道："定是云丫头这促狭鬼闹的！都成婚的人了，还只管这么着，也不怕人笑话！"众人不解其意，都只芒芒的看。一时湘云忍着笑，带卫若兰到里面卸了妆，重新换了衣服出来，再次给贾母、王夫人等见礼时，众人方明白过来，一个个都笑的不了。别人尤可，凤姐当下命平儿端上三大杯酒来就要罚。李纨见了，忙一把扯住笑道："凤丫头真正又无理了，人家才刚又扮又舞的，白给众人贺喜开心，不赏罢了，反倒罚起来！"湘云也在一旁助着，说凤姐没理，让老祖宗给评理。凤姐笑道："哟，才出门子几天，就护的这个样了，把姐姐也不认了！"众人都哄笑起来，湘云红了脸，就势滚进贾母怀里去撒娇。贾母搂着他，问着凤姐笑道："既要罚，就说出道理来。若没理，不但罚不成，你们姐妹们一起过去，只管按着他的头罚酒，看他还敢无理不无理了！"凤姐听说，便笑道："到底老太太偏心，前儿罚宝兄弟的酒，也没见这么样儿的护着！既让我说理，我就说。"说罢，问着卫若兰道："你这个扮了的，倒把我们这些货真价实的，都给比了个如尘饭土羹，不堪谛视。你倒自己说说，不罚你，却罚那个？"说的满屋里都笑起来。贾母亦笑道："话倒也不假，到底还是无理。照你这么说，人家生的好，倒是错了？"凤姐道："生的好没什么，老祖宗也举眼看看，这满屋子里的孙子孙女外孙女，有那一个生的不好？只是也别太生的好了！偏偏又扮成个女儿来比我们，要是真把我们都给羞死了，只让云丫头和若兰兄弟守着您老人家吧！"引得众人一发大笑起来。

黛玉瞅众人不妨，走至湘云身边，悄声道："恭喜你别出心裁，到底把说书的改成了变戏法的！"湘云一时没解过来，只芒芒的看他。黛玉笑道："成日那些戏文上，动辄'貌比潘安，才超子建'的，还不够厌烦呢，能有什么好的……"一语未落，正巧宝玉走来听见，不觉想起了前话，三人因大发一笑。一时府中重又排宴唱戏，着实热闹了一回。贾母在旁再三冷眼细观卫若兰，心内不住感叹道："怎么这孩子，就象是从那天上掉下来的一样呢！"

众人正在高兴，忽有卫府家人神色慌张的进来，着人向卫若兰禀报了进去："请爷和奶奶快回去，家里有要事。"卫若兰不肯扫了众人的兴，见传话人行色凄惶，忙问："出了什么事？"来人心忙似箭，连番催促道："爷，家去说罢。"卫若兰道："你看眼前这情形，若不说明何事，如何能就此辞去?”来人只得咬着牙说:“闻报西海沿子贼寇凶顽异常,南安王爷大军久攻不下。皇上已降下圣旨,令咱家老爷即日带兵前去增援!”正巧湘云过来听见,二人四目相视,魂魄都不知那里去了!湘云即欲撇席而去,卫若兰不肯惊扰了众人,因悄悄告知宝玉,又如此这般叮嘱一番。瞅众人不防,方与湘云两个悄然出府,一路向家中趱回。

不说贾府依旧歌舞欢庆,只说卫若兰、湘云两个一径回至府中,那卫总督已然整装待发。满眼只见叮叮当当袍甲结,耳内一派哔哔啵啵马蹄响。卫老夫人在一旁悲悲泣泣,泪下沾襟,满府上下愁云卷结。圣旨高供在堂中,卫若兰亲看了一回,果然是西海沿子连日杀气连绵,逼近京城。南安王爷首尾难顾,前方频频告急。圣上钦点卫总督为抚远大元帅,即日奉旨征西,平息叛乱。煌煌天语,谁敢违拗?卫若兰看着老父亲渐已泛白的双鬓,再看看身旁娇花照水的湘云,不觉心如刀戳,厅前踱到厅后,因辗转思量,心乱如麻,竟一夜不曾着枕。湘云见他一筹莫展,只管满屋子踱来踱去,知他心内煎熬,恨不能代父出征,只是一时又难以抛舍自己。因含泪陪他坐在灯前。房内依旧宝帐婆娑,银烛辉煌,帘开合浦明珠,器列象州珍玩。只是,宝鼎内袅袅香雾不再是瑞霭祥祯,只空添人的断肠罢了。

卫若兰低头看着湘云,只说不出话来。他心中来回翻滚着老父临行前的郑重叮咛:“此次朝廷派我出征,只怕奸佞趁机内外相通,要做害皇贵妃。你需时时警惕!”湘云知他是心去意难留,勉强终属无益。因含泪靠在他肩头,欲言不语几次,终究忍不住扑簌簌滚下泪来……

卫若兰对老父之深嘱,自是念念不忘。自此,暗里明里,总不免时时留意,处处用心。谁知,时日不多,前方再次告急。八百里快骑,一日里几次迅如烽火般飞回京城,要求朝廷再派援兵。卫若兰闻知这一讯息,再也坐不住了,眼见朝中这一向并未发生任何异兆,便再顾不得许多,因竟连夜收拾停当,要奔赴沙场。这夜,他与湘云又是一夜未眠。直至近五更时分,湘云才泪眼如梭的迷糊了过去。及至天明,睁眼一看,自己身上严严实实盖着卫若兰的衣服,却那里还有他的影子?猛抬头，见桌上横着一张纸，忙跳下去拿起看时，只见上面挥毫落纸如云烟霹雳般的写着：

夕照临窗起暗尘，强展笑颜出重门。①
平生只写双行泪，半为苍生半美人！

湘云看罢，登时气塞喉冷，瘫坐在了椅子上。

不说卫若兰忍痛作别娇妻老母连夜奔赴沙场，只说那薛蟠尽日在外聚赌窝娼，久不回顾，这天忽想起家来，乃命小厮牵马执镫，风也似的向家中趱了回去。回至家中，顾不得先去望慰母亲妹妹，径往金桂房中走来。金桂见了他，少不得含酸将他讥嘲一番。薛蟠也不在意，挨挨擦擦坐在他身边，只管携手昵笑不止：“好姐姐，几日不见，真让我想的心疼！”金桂啐道：“你少和我虚嘴掠舌的，打量你在外面干的事，我都不知道呢！这会子又来捣鬼哄谁？不在外面玩腻歪了，散光了银子，你舍得回来？我们早知道的都不耐烦了！”薛蟠涎脸笑道：“好姐姐，凭我外面怎样，这心里，谁还能比过你去！”说着，将金桂抱住，按在床上就要欢戏。不料被金桂一把推出去多远，口内怨恨不迭道：“好干净！什么娼窝子淫妇身上爬下来的，就来腌臜我！快离了我，好多着呢！”正闹着，忽见宝蟾劈头走了进来。见了薛蟠，乔眉乔样的道了乏。因道：“才刚太太传下话来，咱家二爷的亲事已定准了日子。现在满府里上上下下，没一个不称赞这门亲事做的好，都巴不得那邢姑娘立刻过门来才好。太太才使人来吩咐，让大爷过去看聘礼去呢！”

薛蟠听了，拍手笑道：“真正一门好亲。那岫烟妹妹，生的好个水灵模样，又通文墨，又温柔贞静。真正还是我那兄弟有造化！”金桂一听，将脖子一歪，鼻子里哼了两声，冷笑着问着宝蟾道：“怎么平时喊

① 此诗为文怀沙先生原创。

都不过来，倘或我这里吩咐你什么事，你倒拿三撇四的，横针不拈，竖线不动的。你大爷这才刚回来，脚跟还没站稳呢，你就命也不顾的跑来了？你倒说说看，这是什么缘故？我竟不知道呢。不管怎么说，就算是奴才，到底也是大家子里出来的，怎么倒象是千年万代没见过男人一样，一闻见男人气，就痰迷了心，急的等都等不得了？”又指着薛蟠骂岫烟：“什么好货色，一个大摔瓜脸，耸肩缩颈，花子一样的，也拿来在我们跟前说嘴！大街上那天不见一把来！真正你薛家之风——不爱小姐爱丫头！你既爱的这样，不如现在就过去和你太太、兄弟说去，索性这门亲事做给你罢，就拿眼前这等不及男人的换了他来，省得馋痨饿眼！”

气的宝蟾当下和他嘴舌起来：“既容不下我，就撵我出去，只留着你罢！何苦整天这么作践，当初又不是我愿意的，你求着我的！现在又来戳舌儿。”金桂如何听得他这声口？二人当下嘴似淮洪一般嘶嚷起来，险些儿不曾打起来。薛蟠挡在中间，才劝住这个，又跳起了那个。急的直跺脚：“罢哟！你们到底省一句儿罢，才回来你们就又这么着！”一语未了，早被金桂一个大耳刮子打在宝蟾脸上。宝蟾登时撞翻桌椅，哭的乌云散乱，两眼如桃，又要跑出去寻死跳井。薛蟠急命人死活拖住，劝了出去。这里少不得又低眉顺眼，去哄金桂：“好姐姐，可是俗话说的‘大人不记小人过’，到底你别跟他一般计较才是。再说，你们不和，也不该白拿着无辜的人垫喘儿。我那兄弟和岫烟妹妹好歹并没得罪你罢，等他们成了亲，自然少不得敬你如敬母一般的。从此，你也多个臂膀，咱们一家人至此往后和和乐乐的过起来，外人看着岂不好？”金桂如何能听在耳内？越性发泼啐道：“谁和你‘咱们’‘一家人’？你们是‘咱们一家’，独我是‘眼中钉，肉中刺’！打量谁是傻子？从前有本事来去无牵挂，现在就肯回来了！为的是什么？安的又是什么心？心里想什么就直说，只管远打周折，花马吊嘴的不中用！既看着人家好，就和你兄弟说去，可是俗话说的‘便宜不过当家’，好歹你们是兄弟，又不是外人，分什么你我！我这里一切都好说，随时给你们腾空儿，又不是一回两回了！再不然，你舍不得拿奴才去换，就拿我换了他来罢！”

薛蟠见他这般，早矮了下去，只差不曾跪地央求，真正把两车好话说尽，方稍稍哄转过来一些。一时薛姨妈果使小丫鬟来叫，方忙忙的整衣过去了。及至母子见了面，薛姨妈少不得要盘查斥责一通，薛蟠应之不暇，厮耐着说了些应景之话，就又溜了出来。一望院中，四顾无人，惟见花光柳影，鸟语溪声。才出门至穿堂，却一眼看见宝蟾倚着蟹爪莲花架，迎风摆柳的掐花儿。不时咬指斜溜他一眼儿。薛蟠见了，喜的忙过去一把抱住，笑道：“我的儿，怎么几日不见，水灵的这般样儿了！想的我这肝儿都疼了！”宝蟾只昵笑不止，将手中花瓣儿，洒他一身，翻身就往自己屋里跑了回去。薛蟠就势赶进去，拦腰扑倒，就与他戏做一处。宝蟾在下一面与他搭捻，一面娇嗔道：“那夜叉婆等你等的什么似的，你不去哄他，怎么倒来缠我？”薛蟠道：“管他作甚。人生几何，倒为一人空负年华，苦守此身？真岂有此理。自然那里得乐那里去了，如今我只守着你！”宝蟾道：“宁可信了这世上有鬼，也不信你这张油嘴！这会子这么说他，一会子见了他，又不知吓的怎么样了！”

薛蟠乃乘兴骂了许多狠话出来，宝蟾十分得意，曲尽手段，奉承他高兴。正在难分难解，不防头，被金桂一脚踢开门进来，当即惊翻薛蟠，丢了宝蟾，弯腰半倒在床上。金桂立眼上前，一把扯过宝蟾的头发，不容分辩，便劈头劈脸就一顿浑打。口里直骂：“好个贼娼妇，你等不及汉子，只管勾他来罢了，为什么又在他面前毒口戳舌儿，把我搅缠进来？浪蹄子，我几次三番不理论，你们王八粉头倒拿着老虎当了病猫！今天不给你个知道，你也不知道这屋里谁是主子，谁是奴才了！我既能让他收了你，就有本事打了你的下半截下来！”金桂人在暴怒中，那里还顾及丝毫体面，将百般言语都骂了出来。又向头上拔下簪子，没头没脸的一通乱戳乱扎。宝蟾这时伶伶俐俐赤裸着下身，只顾没命找衣服，纵有百般烈性，也无法施展出来了。直被他打的四下爬滚，悲声振耳。金桂仍不解恨，这里又一眼瞅见了门闩，过去劈手一把操起，就又盖脸浑打下来。薛蟠在一旁实在看不过，才抱住劝了半句，头上早挨了一棍，被打去一层油皮。宝蟾见他来势猛恶，也顾不得许多，只穿着短衣小裤，便嚎啕着跑出去逃命去了。

薛姨妈因在房中听见吵闹，乃命同喜出来看是又发生了何事。同喜才出来，顶头撞见宝蟾呼天抢地的没命跑来，金桂在后操着门闩怒气冲冲追赶，便明白了几分。正这时，可巧宝钗从黛玉处探视回来，后面跟着莺儿、雪雁、麝月几个。众人见了这阵仗，也多呆住了。亏有麝月仗胆向前将金桂止住，好歹劝歇下来。宝钗见宝蟾衣衫不堪，乃命莺儿扶他进去更换衣服去了。金桂见状，便又顿足嘶嚷起来。宝钗只得和言劝道："大嫂子，没得大家省些事儿罢了！有什么事情，且心平气和说开了，一家人和和气气的过日子，也省的妈妈天天为咱们操心。"金桂满心只以歹意度人，那里还分辨的出言语善恶？见他分明有护着宝蟾之意，便拍闩打掌的说道："好姑娘，你是个大贤大德的，金枝上凤凰一般的人！你可那里知道我们屋里的混账世界，也没主子也没奴才的，几时能得安生？再者老婆汉子的事，也给姑娘说不得！我倒要劝姑娘日后只装看不见罢，我是个直心眼儿的人，容不得那些藏头露尾的事。我就是再怎么和软，也不能逞的奴才整天里成精作耗要我的强。好姑娘，我从小儿到如今，没有爹娘教导，你若看着那里碍眼不雅，好歹别往死里挑拣！"

宝钗听了这话，又是羞，又是气，半日，方道："大嫂子忍心这样待我，我实愧而下泣！我说那些话，原为的是大家好。何曾挑拣你来？不要说是嫂子，就是丫头们跟前，我也从来没有加一点声气儿的。我们行事，时常将头抬一抬，将心抚一抚，我也时常如此自问。"金桂冷笑道："我无心作那些矫饰虚伪之念，我在那屋里过幽冥背阴山似的，怎么挣挫过来的，谁又知道？若说不是我命大，真是岂有此理！真正上天可怜见，保佑罢了！你好好的姑娘家，何苦定要来沾染了我们的晦气，到时候别再修的和我一样，嫁个糊涂行子守活寡，再得几个千毒万恶的大丫头小老婆的处处衔恨治害着，那就活活儿的现了眼了！"

一语未了，正巧被薛姨妈走出来听见，不禁气的满身乱颤，也顾不得还有下人们在跟前了。指着金桂骂道："那里跳出这活罗刹来！看看你那样子，成了什么体统？当着这么多人，满嘴里大呼小叫说的是什么，还要不要脸面规矩了？"薛蟠因在里边听见他妹妹、母亲也跟着嘴嘴舌舌起来，生怕气坏了他们母女，忙也赶出来劝解。谁知金桂此时见了他，越发三昧真火七窍齐喷，索性一不做二不休，将门闩戳在地上，捶胸顿足，彻骨嘶嚷起来。一口一声"贼娼妇"，向里喊着，让宝蟾再出来害他。又骂薛蟠，一面又自己拍打。

宝钗见他如此，只得忍气将母亲劝回屋里去了。麝月、雪雁见金桂这般浊蠢，不谙事体，不禁暗自摇头，心下喟叹。薛蟠气的无法，口内抱怨不迭，只得翻身又躲了出去。

谁知薛蟠这一去，满心怒气闷昏昏没个发泄处。只管与众豪奴一路打马趱行。不觉行至郊外一处渔村，放眼只见湖山相接，渔舟点点。近处，渔人戴笠披蓑，撑船撒网。虽不比闹市繁华，却自是一派纯朴风光。薛蟠这时一心只想散愁解烦，忽见前面一个店铺，斜卧湖畔，门前几株老树，枝干叠错。酒旗下，花枝招展的站着个妇人招徕生意。薛蟠见那妇人袅娜妩媚，有似香菱；风流俊美，堪比湘莲。不觉痴在那里，望风垂涎。终究关不住心猿意马，乃上前与之言语戏谑。谁知那妇人风月场中做惯了的，见他富贵佻薄，喜的心头乱跳，邀在店中，一味殷勤劝酒，与他情话盘桓。薛蟠被他迷的七颠八倒，早已酥成一堆。盘磨许多时候，越发说的入港，一发成为相知了。正在难解难分，忽见外面闯进几个粗衣短褐的汉子来，为首那人身高体雄，虬髯暴眼，脸似铁锅，往那里一站，活象一尊丧门煞，指着薛蟠，就让付帐。

薛蟠问时，竟被漫天索要。薛蟠一听，瞪眼嚷道："好毬囊的，也不打听打听你薛大爷是谁，就敢讹起我来了！不过吃你几杯淡酒小菜，那里就值了这些银子去？"那妇人在旁听了时，登时挑眉怒眼骂了起来："这厮实在无理，才刚仗势，力逼着奴家与你陪酒取笑，又失手跌碎了玛瑙盅，现在就赖起账来了！"薛蟠不曾想他外面娇花嫩柳般模样，竟如此烈火一般性情。因笑道："原来这酒菜里，连你也算在了里面，这原也不算什么。只是事先就该说明白才是。银子可算什么？只是大爷我天生见不得这样藏头露尾的事！明白的告诉你们听着，漫说是你们这小店，就是全京城里最好的馆子，大爷我都吃的不耐烦了，也没见过这么混要法的。就是锦香院里的头牌陪我过他三天五夜，也不是这样讹法！”那妇人听了时，气的三尸神暴跳，眼胀面赤的向为首那人道：“死人，你听听！就听凭人这样的欺辱你媳妇儿么？”又骂旁边的人：“你们还杵在那里做什么？只管听这厮胡枝扯叶的歪缠！”众人听了时，揎拳掳袖的就要大动干戈。谁知早惊动了外面跟薛蟠的一干豪奴，纷纷嚷嚷的一齐涌进来。薛蟠仗着人多，并不把对方放在眼里，口内尚一再詈辱嘲笑，指着为首那人的鼻子大骂：“感情你是他男人？你这种乌龟王八也配叫男人？也配娶起老婆来了！”骂罢，一声令下，手下众豪奴挺身上前，鞭挥棍舞，将对方砸了个稀烂。不知后事如何，下回分解。

第八十八回

沉酣梦详破鸳鸯侣　酴醾架惊现木石盟

话说薛蟠因误入黑店，被人勒索，乃令手下豪奴出手教训，谁知众人只顾打的痛快，不想竟致死了人命。死者正是那妇人的男人。薛蟠见那妇人抚尸恸哭，其余人等纷纷惊惶逃散，不过随手丢过些银两，便只管没事人一样，与众奴策马而去不提。

且说自卫若兰一去，湘云朝思暮想，寝食俱废。日间，常一人立于垂杨之下，眼望滔滔流水，无尽无休，彻夜东行；又值节近清明，满园桃李飘零，娇花半委。因倚栏凝视，睹物思人，情绪转添。想起若兰从前在此间，告诉他，那种花瓣特别富丽繁多的是千瓣莲；那种花朵总是指向北方的，是指北花……不由感刻寸心，泪如雨下。忽然眼前一对嘴角鲜红的相思鸟，在那里翩翩起舞，便又禁不住满眼珠泪纷纷而堕——卫若兰曾在郊外捕获过一只相思鸟，但是马上又把它放了。他告诉他，这种鸟儿最大的特性就是忠贞不二、至死不渝，雌雄时时出双入对，在林间欢舞鸣唱，有福同享，有难同当。假如其中一只受伤，另一只便会悲痛欲绝，连歌也不再唱。更奇的是，假如其中的一只被人捉去，另一只便会跟踪前往，甘愿自投罗网，双双而死……夜晚，他独对银烛，提笔不成句，抚琴不成调。更兼帐底凄凉，无人共语，每每都要抱膝直坐到天亮。

这天午后，湘云懒心无肠的坐在那里发呆。无意间，被镜子里的自己吓了一跳。便不由的钉着看了又看，心内吃惊道："能有多少时日，怎么就憔悴的这个样儿了？"因不由的又想起卫若兰来：他生日那天，湘云身着盛装，卫若兰亲自在房内为他涂饰，将他装扮的胜似天仙。当他们一起出现在众人面前时，所有人都啧啧惊叹，以为是一双天神临凡。后来，他的妆容及那衣服的款式，竟为京城内外许多名媛贵妇竞相仿效。听说还有画师将二人绘像，供奉于神霄帝君之左右……又忍不住想起，以往每每与若兰斗和吟唱罢，他都会情不自禁捧着他的脸，附耳低语："云儿这般高才慧质，怎叫我不爱你入骨！"想着，眼泪就汪汪的滚落下来。竟忍不住伏案痛哭起来。

也不知哭了多久，竟朦胧的睡着了。只觉渺渺茫茫的被人带至一个所在，一个恶相狰狞的婆子，力逼着让他改嫁。湘云哭道："我是有夫之人，既受过夫君大恩，岂能不顾人伦，另嫁他人！凭你说的天花乱坠，难挽我凌云之志！若只管强逼，我不是水中就是绳上，寻个自了便是！"婆子大怒，道："如今叫你嫁人，又不是送你进狼窝！何苦这样添人断肠！事势不同，境界各异，既入了行，就要行这行的规矩！什么时候轮到你来言三语四的，成了什么体统？我老人家现在性子也没了，若惹我性起，撕了你的肉吃，看你还和我梆子似的！"说着，命人将他硬抬出去。湘云止不住放声大哭起来，泣血疾呼："若兰救我！"话音才落，果见卫若兰应声而至，扯开手中兵器，三招五式便将他救出，抱上马去，举鞭策马一路向前飞驰而去。湘云在后一把抱住，稽颡泣血的说："夫君这一向那里去了，想煞我也！"抬头看时，前面已然一条平坦大道，卫若兰勒住缰绳，将他扶下马背，向他诉说着分离之苦，蓬山路隔，音书难托。二人牵衣握手，正在难舍难分，忽然那边一个疯僧，手敲木鱼走来，道："你们看看这是什么时候了？如此天翻地覆之际，尚只顾在这里迷恋情根欲种！焉知好花已谢，鸳梦已勾。劝你二人及早回头，息妄彻悟，跳出是非烦恼之深渊，方是坦途！"

一语未竟，马忽惊跃。二人抬头再看时，眼前已是一片黑雾涨天，只见敌兵卷地而来，一派征尘，前面已将卫总督大军团团围住。卫若兰惊呼一声，连忙跳上马去，道："云儿莫慌，安心在此处等我，待我前去杀尽这班蛮夷，再回来接你！"说着，抖辔扬鞭，便已杀入重围。立时便有无数敌兵，层层将他裹住，任他如何也斩杀不尽。这里才砍倒一排，后面又迅即围上去无数。直杀得天昏地暗，血海滔滔。忽然山崩地裂一声响，两军人马全都落入一个无底的巨海深渊中。登时血尸翻浮无救应，鬼哭神号苦伶仃！一时，只见卫总督并一群士兵，每人抱着一根木头走了上来。湘云满眼搜寻不见卫若兰，正急怒迷心之际，忽然一眼看见若兰浮出水面，奋力游来。谁知，就要握住他的手了，竟被一个巨浪遮来，重又将他打入旋涡深处，顷刻便不见了踪影。湘云大叫一声，矍然醒来，却是一梦。两手却把茶瓯触翻，直弄的淋漓满袖。

早有翠缕等人围上前来，搂扶着，呵长问短不止。湘云满眼是泪，犹觉椎胸疼痛。忽然，再也不能忍耐，一把捉住翠缕的手说："不如我们两个，现在就装束了，一起到西海沿子寻姑爷去，如何？"翠缕登时唬的目瞪口呆，因怕他果真越性奔赴沙场，心内思量许久，乃悄悄的托周奶娘前去贾府，送信给宝二爷、薛林等姐妹。

且说宝玉因趁着王夫人稍有喜色，兼时日已久，乃以言语试探，欲令他宥恕芳官，好将其接回。谁知王夫人洞明根源，登时放下脸来道："从今儿起，你要彻底打消了这个念头才是。我的儿，到底让我说多少回，才肯听？凡做事，必先要想一想，合乎道理的，便向前去做；不合道理的，便不去做。尤其你更比不得别人，少有差错，身家性命可惜。"说着，眼里滚下泪来，唬的宝玉再不敢吱一声。王夫人因拭泪道："从今往后，一切碎小误事之举，皆可远屏，不可少被沾染。更不许与那起不上进的相互欺瞒沆瀣！若再不肯用功上进，日后指望我姑容你！"宝玉应之不迭，连忙退了出来。才转过大厅，迎头见袭人喘吁吁走来，说是湘云的奶母周奶娘有急事来禀。宝玉听了，正要举步回去，那边又见莺儿满头汗直奔进来，一叠声的问："宝二爷，我们太太可在姨太太屋里？"宝玉说："才去潇湘馆看林妹妹去了。"莺儿抹着头上的汗，便又要往潇湘馆去寻。宝玉忙一把拉住，问："莺儿姐姐，出了什么事，急的这个样儿？"莺儿道："此时事情头尾尚未明白，就只听见说，我们大爷在外头打死了人，现如今让县里拿了去了，也不知怎么定罪呢。才刚我们二爷跟去打听去了，我们姑娘吩咐不许多言，只请我们太太家去。等一半日得了准信，再给这边送信来。"说着，一阵风的去了。宝玉正踌躇不悦，又见焙茗自那边飞也似的跑过来，满嘴里直叫："二爷"，说："冯大爷来了，请爷就去呢！"宝玉忙问："什么事？"焙茗道："只说是出大事了，在那里急的了不得。爷，快去吧，去了就知道了。"宝玉听了时，只满地里乱转，竟不知该先往那里去才好。一时又有锄药、双瑞、双寿几次前来报催，方吩咐袭人先回去款留周奶娘，自己去去就来，便同着他几个一溜烟儿去了。

谁知因走的急，刚拐至墙角，却和一个小厮迎面撞在了一处。幸有焙茗等人在后扶着，才没摔倒。焙茗瞪起眼睛刚要骂，那人早跪在地上磕头不止。宝玉喝问："什么事，急的眼睛也不带？"小厮响头触地，道："南安王府的太妃来了，门上支小的火速进去回禀。"宝玉皱了一下眉，挥手让他去了。一时到了门上，早被冯紫英一把拉住，屏退左右，道："宝兄弟，出大事儿了！"宝玉忙问："谁？什么事？"冯紫英忍不住两泪交流，道："若兰兄弟！"宝玉怫然变色道："怎么？"冯紫英道："前阵子，卫老世伯奉旨到西海沿子增援南安王爷，谁知贼寇凶悍异常，朝廷大军久攻不下。若兰兄弟听见消息，不是连日也赶过去了吗？"宝玉道："不是说朝廷也又增派了援兵过去，说是就要奏凯班师了么？"冯紫英垂泪道："什么奏凯！败了！"宝玉不觉轰了魂魄，半晌说不出话来。冯紫英又道："王爷都让番兵给活捉了去，卫老世伯也战死了。"宝玉脑中只一片嗡嗡乱鸣，双手扳着冯紫英，直问："那，若兰兄弟呢？"

冯紫英叹道："下落不明。有的说，"便掩住了。宝玉急的一叠声催问："如何?"冯紫英止不住泪如泉涌，道："有的说，战死了。有的说，降了番兵。"宝玉倒吸一口凉气，半日，才定下魂来，止不住腮边滚泪道："定是讹传，若兰兄弟绝不可能！"

冯紫英点头说道："好兄弟，我也是这么看。所以特来先告诉你一声。才刚听见消息说，朝廷封锁了消息，暂时不准外传。又听见说朝廷要议和了，圣上已降下旨意，着南安王爷的妹子前去和番呢。"宝玉拭泪道："王爷只一个亲妹子，怎舍得让他去和番?"冯紫英道："才听见听说，南安太妃要认一名义女代替前去和番。说是等两边息了兵，就把王爷送回来。"宝玉本已三魂出舍，喉冷魄散。想着湘云自幼便没有了父母，如今好容易蒙上天垂怜，配得一个如意郎君，本以为从此跳出了泥犁苦趣，谁料，展眼竟是云散高唐，枉入冤劫！不觉心似油煎，这时听了这话，登时将一腔悲痛都吓到了九霄云外，也不及告谢、辞别，翻身就往里乱撞了回去。冯紫英见他去了，这里独自又悲恸了一会子，便也翻身上马，自去不提。

且说贾母、邢、王夫人闻知南安太妃驾临，忙出来迎至荣禧堂上首端坐。贾母陪坐在下首，邢、王夫人侍立于贾母身后。南安太妃笑盈盈的讲谈一阵先朝废兴，后国遗踪。又说些巾帼英雄神话，烈女篇什么的。方缓缓道明来意。贾母、王夫人听了时，登时都白了脸，只说不出话来。半日，贾母方含泪命人去传探春。谁知探春因听见薛蟠在外头打死了人，乃和待书前去望慰薛姨妈和宝钗，才辞别回来，行至柳叶渚时，只见满堤芍药吐秀，榴花照眼。因不觉止步看住了。刚欲转身，忽听见山石后面嘁嘁嚓嚓，有人抱怨道："先还只是那些小蹄子们，如今连这些婶子大娘们也渐次都上来了！今儿你也来掐一把，明儿他也来折一通去，掐了玫瑰想兰花，折了嫩柳刨新笋！真正和尚打伞，都无法无天了！"另一个道："可不是?谁知三姑娘管事时候许下的话，都不作数了！唉，索性咱们也不管了，凭他们怎么糟蹋去罢了！"一个又道："果然心能应口，还等到这会子呢！可是常言说的'一朝天子一朝臣'，那有个准头！”又一个道：“到头来，只可怜了咱们这些实心肠的，反落了个里外不是人，管也是错，不管也是错。真正寿星骑仙鹤，没路了！唉，算是白忙活了一场，白操心了！”

探春听见如此说，便欲过去看是谁在那里，忽听见背后有人叫：“三姑娘！”回头看时，却是琥珀。山子石后面登时一派阒寂无声了。探春便站住，问是何事。琥珀只说：“南安太妃来了，要见姑娘。”探春说：“你先去知会宝姐姐和林姐姐去，我这里有事情没剖割明白，且完了就去。”说着，命待书去把刚才山石后面说闲话的人喊出来。只听琥珀在一旁说：“不用了。老太太说，太妃只单要见三姑娘。”探春不觉心中诧异，一面暗自寻思。一时只见待书带了何婆、郝婆、春燕的妈等人出来。几个婆子不等探春问，便都藏头缩颈，满脸赔笑的诉告起来。探春正色道：“不要虚应故事！如今看你们所行之事，多是糊涂疲软。既应了这个位置，难道还是图受用不成？该说的不说，该管的不管，没了规矩家法了！”众婆子都垂手道：“如何敢。”唯有春燕的娘，仗着比别人能言会道，出位笑道：“三姑娘只管放心罢了，才刚所说之事，在他人，姑娘犹可视为虚应故事，在我们几个，皆出于至诚。就比如，我们姨娘先前身无责任，也罢了。如今既应了这个位置，那里还敢图受用？如何忍得！虽不天天跟在姑娘身边，到底这耳朵里也灌满了姑娘的仁德善政，想来满府凡膺责任者，皆当愧感效仿姑娘之行才是。”

探春不等他说完，伸手阻止道：“果然能心口相应，大造化了！就只不要白占着位子，糊涂妄作。到那时，可真就寿星骑仙鹤，没路了！”众婆子听了，知是方才一场私谈，让他听见了。便都垂了头，不言语了。探春这里自与琥珀去见南安太妃不提。

且说宝玉翻身回来，只管一路向着潇湘馆飞走。谁知黛玉这时因和紫鹃闲话，紫鹃无意间又道着他的心事，不由得神痛心碎，满眼滚下泪来。忽听小丫头子在外说了声：“宝二爷来了。”宝玉已经劈头走了进来，正一眼看见他二人那里相对悲泣，登时傻住了。黛玉此时见了他，心中越发凄惶难当，因掩着脸，翻身伏向床内哭去了。紫鹃忙擦了泪，站起来让座，捧茶。宝玉却只立在那里不言不动。紫鹃深为诧异，细看时，见他满头是汗，脸紫面涨，眼也直了，吓的忙拉着手叫："宝玉，怎么了?"黛玉听见这般声调，也忙回身站起。宝玉忽然一把抓住紫鹃，问道："是不是，南安太妃来过了?"紫鹃摇头，道："没有。"宝玉又问："前面刚传妹妹过去了?"紫鹃复又摇头，一面不由的伸手向他额头上摸了摸。宝玉听见如此说，方"哎哟"一声，跌坐在椅子上，哭了出来。反把黛玉、紫鹃吓没了泪。宝玉急痛迷心，也顾不得许多，只哭的满脸泪痕，椎胸恨道："国家有难，满朝文武都是干什么用的！平日里白占着高位，只管耀武扬威，盘剥百姓，关键时刻，就都成了食王元帅，净坛将军！不来便罢了，若真来了这里，我宁可犯上作乱，宁可尸骨无存，宁可被千刀万剐，满门抄斩，宁可背上千年万载的骂名，也绝不能让他们遂了意去！"说罢，抚着心窝，又倒头大哭起来。

黛玉和紫鹃吓的魂不附体，不知他说些什么。反过来劝了半日，方引悦其心。紫鹃因趁机计议，让他二人出去散心。二人默然相视片时，便一同出门去了。

只说袭人左等右等，总不见宝玉回来。周奶娘因怕耽搁的过久，便将翠缕吩咐之言，和盘转达于他，径自去了。一时，又有麝月等人回来，议论南安太妃认探春做义女之事，袭人听了时，急的一路直找出来。谁知各处皆不见宝玉踪影，乃一径找到了潇湘馆里来。听见紫鹃说才刚出去了，也不知道去了何处。便顾不得坐，翻身又要去找。谁知被紫鹃一把拉住，按在椅子上，笑问道："什么事?这么慌慌张张的来了，坐也不坐一下子就走?"袭人叹道："才翠缕让周奶娘送了信来，云姑娘要到西海沿子，寻他们家姑爷去呢！又听见说，南安王府的太妃来了，定要认咱们三姑娘做义女。哎，真是一桩不了又是一桩子！"

紫鹃听了，又叹又喜道："云姑娘那里也罢了，只是南安太妃认三姑娘做义女，该是件喜事啊，怎么倒愁的这个样儿呢?"袭人冷笑道："喜事?你当什么喜事?听说南安王爷在西海沿子打了败仗，朝廷要议和，南安太妃认了咱们三姑娘去，为的是让他代替自己的亲闺女去和番，好换王爷平安回来。”紫鹃大惊，道：“那，老太太、太太能舍得？三姑娘可怎么办呢？”袭人道：“凭是谁，凭你如何舍不得，也架不住上面的权势威逼着。我才听见说，如今连老太太都没话了。三姑娘知道消息，哭着直说‘蒲柳陋质，不谙事体，难以堪配’，请太妃收回成命。谁知太妃却笑着说‘好孩子，从第一眼起，我就认定了你！这也是你我的缘分！’你听听，谁还能再说一句话出来？”紫鹃听了，便哑口无言了。袭人忙忙的立起身来，又道：“听说连日子也定下来了，这个月十七，就上路。”紫鹃一发出不了声，半日，才自言自语道：“这么说，三姑娘在这家里，也就只几天时间了？”抬头看时，袭人早已出门去了。

且说宝玉、黛玉因往薛姨妈处探视回来，却听见南安太妃认探春之事，宝玉急的直跳起来，因与黛玉两个又到秋爽斋探问。谁知探春、待书都不在，翠墨等人尚不知情，只说不知道。二人只得又翻身告辞出来。翠墨因见天色已晚，便亲自打了灯笼，要和小丫鬟送他二人回去。宝玉回头把灯笼接过，让他在家里等探春，有了消息，即刻让人送信过去，便与黛玉转身去了。路上，宝玉满心里有万句言词，却不知从那一句说起。黛玉心中也有万句话语，却也只是道不出半个字来。二人因默然前行了一段，宝玉因想着，原本好端端的一切，现在都变了。晴雯死了，香菱死了，司棋、五儿、四儿也都死了，入画撵出去了，芳官、藕官、蕊官出家了，宝姐姐从园子里搬出去了，二姐姐嫁人了，四妹妹眼下除了念经打坐百事不问，琴姑娘、岫烟姐姐和李家姐妹也都各自去了，云妹妹也不能来了，如今三妹妹又要去了！真真是物是人非，令人伤悲！又想着，老祖宗要议亲，已非一日，自己每日里长等苦盼，竟如石沉大海一般！

正这时，黛玉突然停住脚步，把他拉了一把，指着前面说：“你看！”宝玉举眼看时，只见遥遥的有几对灯笼晃过桥头，便道：“许是三妹妹，走，咱们去迎迎。”黛玉一把拉住道：“别，要是查夜的呢？这早晚碰见，又不知要说出什么好听的来了。”说着话，忙又把手放开，自己却忍不住在那里咳了一声。宝玉不觉心中一动，忙一把重又将他拉住，因与他转石绕泉，分花拂柳，朝酴醾架下躲了进去。这时正是酴醾花开得盛极之际，万蕊千花，拥聚枝头，远远就闻到一股妙香。几百株酴醾花开得如喷雾蒸云一般，又因花瓣上凝结了白天的雨水，此时在烛光的映照下，越发显得琼瑶晶莹，光彩玲珑。宝玉看着手中的灯笼，又看一阵黛玉，就要去吹灯。黛玉登时心中慌乱起来，忙伸手阻止，一面又低头去解自己身上的蓝色缎地盘金葡萄紫纳绣折枝栀子对襟大衣儿。宝玉忙道："看凉着了，"就势将灯笼放下，给他重新系好衣领，反手把自己的解下来，罩住灯笼，遮住灯光。二人默对时许，因透过枝蔓缝隙，往外看去。一时，只见周瑞家的带着几个婆子、媳妇，簇拥着探春匆匆走过去了，傻大姐跟在人群后面，笑呵呵的四下顾盼。

宝玉和黛玉惊魂甫定，忽然哗哩噗喇一声响，一团白乎乎的东西跌落在黛玉身上。黛玉吓了一跳，低头看时，却是一株凝烟带雨的酴醾，连花带叶落了下来，正打在他怀里。黛玉抚着心口道："现在也不开'飞英会'，倒要你来'浮一大白'！"说着，举手欲掷，到底还是没掷。宝玉凑近一看，低着声音笑道："这叫'酒不醉花花自醉'，可知这花最通人意的。"黛玉听了，将花劈手扔下。宝玉遂将大衣儿移开，烛光下，黛玉如嗔似醉，鲜莹娇媚，色色动人。一阵微风徐徐拂来，他的大衣儿悠悠扬扬，飘飘荡荡的成了霓裳仙袂，宝玉忙拿起自己的来，要给他加上。黛玉只摇头，接在手中，反手又披在他身上。四周的酴醾花瓣簌簌飘落下来，酴醾花那种特有的妙香也随之四下的溢散开来。前面石罅下，一弯池塘，池内水波光影，闪闪烁烁，十分动人心目。宝玉借着烛光，拣了一块干净青石，将大衣儿铺展在上面，便回头向黛玉招手。黛玉只觉得浑身火热，面上作烧，因含泪将脸背了过去。宝玉茫然立在那里，只管发起呆来。良久，黛玉转过脸来，四目相视，皆不能出一语。半日，黛玉缓缓移步上前，坐了过去。宝玉挨着旁边坐下，禁不住握住了他的手。黛玉眼中不觉又滚下泪来，忙把手抽回。宝玉由不得心中痛切，看着他的眼睛忽然直瞪瞪的钉向前方，叫了声："妹妹你看！"

原来，巨石斜阻处，竟是硕硕一株"石上松"。只见一块巨石上生出一株仙柏，木与石盘根相生，树根深深扎进石内，形成巨石通体的裂缝，石后探出二三小竹细草，旁边水声潺潺，泻出石洞。端的天然一幅《木石前盟》图。宝玉几乎痴倒，上前反复摩挲，端详着，不觉早已泪痕满面。回头看时，那黛玉也如雷轰电掣的怔在一旁。宝玉走过去，捻着他手，贴在自己胸前，咽着泪道："你说，这是什么？这就叫'精诚所至，金石为开'，以前，为了那么几句不相干的邪说闲语，一次次的誓赌咒砸，吵闹怄气。不想，今日，天生这木石之盟！"又说："这竟是老天爷可怜我，不忍我再受那些冤苦煎熬，这竟是上天把我的心，剖给你看呢！"说着，止不住眼泪顺着腮边直流下来。黛玉感刻寸心，越发心痛神驰，泪水只管迸涌而出。半日，宝玉抹去眼泪，揉着他手道："傻子，现在有了这个了，怎么还只是哭？应该高兴才是！"说着，长叹一口气，低下头去给他擦泪。黛玉眼中泪水一发淮洪一般，汩汩而出。宝玉见状，越性放胆将他拥进怀中，顷刻，一双魂灵儿都飞在了九霄。

且说袭人因四处寻不见宝玉踪影，因又一路找到潇湘馆里来。听紫鹃说，才又和黛玉两个往探春那里去了，便又要着急忙慌的出去找。紫鹃上前一把拉住，死死的按在椅子上，勾着他说了两车闲话。袭人实在难辞，心上却等的火焦，几次忍不住站起来说："都这个时候了，怎么还不回来？"紫鹃笑嘻嘻的说："就显得你心里有主子，会伏侍。他那么大的人了，还能丢了不成？"袭人便忍不住叹气道："哎，你是不知道，我的这个心！也不知道是怎的，今儿这一天，我只心慌的厉害。不行，我还是得去找找！"紫鹃忙又一把拉住说："恐怕这会子他们就要回来了，你现在这么忙忙的出去了，回来又找岔了道，还得耽误时间让他们又出去找你，何苦来！"袭人听了，只得又耐着性子坐下，苦等。直等的心猿难按，挨一刻似三秋，盼一时如重生一般。

谁知，依旧左等不见人影，右等不见动静，实在苦苦等得心焦，最后，只得强拉着紫鹃，一起找了出来。几经曲折迤逦，行至酴醿架下时，袭人忽然一眼瞥见了里面微弱的灯光，心内一怔，不由加快了脚步。紫鹃跟在后面正自疑惑乱想，袭人那里已经绕到一块山石后面，屏着气，伸头看了过去。登时吓的魂消魄散：只见宝玉和黛玉同坐在一块石头上，手拉着手，头依着脸，眼里噙着泪花，喃喃互诉着衷肠。袭人正回去不是，站着不是，忽然那边一声大叫：“哎呀，有鬼啊！”看时，却见对面路上，傻大姐一手指着这边，一面惊恐的后退，嘴里哆哆嗦嗦直喊着：“鬼！有鬼啊！”手中灯笼早已扔出去多远。周瑞家的并几个婆子、媳妇，一齐站住，多吓的毛骨悚然，手里灯笼皆抖个不住。“木石盟”前，早已惊散了宝黛二人，宝玉慌忙拉起黛玉，朝山石后面躲了过去。傻大姐在后面一发凄厉的嘶嚷起来：“快看，妈呀！一个男鬼一个女鬼！”周瑞家的壮胆禁喝道：“悄悄的，快别出声！”宝玉、黛玉这里才转过山石，猛然撞见两个黑影，登时唬的失声一叫。袭人忙上去捂住宝玉的嘴，哆嗦着说：“二爷别出声！”紫鹃也早一把搂住了喘作一团的黛玉，颤着声说：“姑娘，不怕，是我。”

这边，傻大姐面如土灰，浑身筛糠一般，嘴里依旧唧唧咕咕个不停。周瑞家的又叱又喝：“偏是狗眼这么尖！还不快把嘴闭上呢，再出声，把嘴也给你缝上！”遂壮着胆子，颤着声儿向里斥问：“谁在那边？快出来，我们可都看见了！”连喊几遍，不见半点动静。紫鹃这里一手搂扶着黛玉，一手急推宝玉，道：“二爷，快跑，快出园子去！”宝玉忙慌脚乱的还只管要去拉黛玉，口内直叫着：“妹妹，”紫鹃急的脸都黄了，连声催促道：“姑娘有我呢，二爷快跑罢！”宝玉尚犹豫不决。紫鹃急的滴下泪来，急催狠推着说：“快跑吧，再不去，大家可就都完了！”宝玉这才慌忙朝一条小路上跑了出去。路上众人在后看见，益发纷纷乱嚷起来：“跑了，跑了一个！山石后面还有一个！”袭人气急败坏的瞪了紫鹃一眼，抽身也要跑时，却一眼看见宝玉的那把灯笼，在风中摇晃着。因咬着嘴唇，“噗”的一声，从山石后面闪身出来，朝酴醾架下飞奔过去。外面众人被唬的毛发倒竖，轰然向后倒退。袭人扯下灯笼，一口吹灭，笼在衣内，转身朝岔路上飞逃而去。紫鹃屏声敛气，紧紧搂着黛玉，一时也趁乱溜了出去。

这边，周瑞家的并几个媳妇婆子，颤颤巍巍的轮番向里面喊了几遍，直等遇到一拨查夜的管家婆子，灯火通明的走来，方放胆一齐进去查看。十几把灯笼将宝玉、黛玉坐过的青石照得通体明亮，“木石盟”处，登时如同白昼一般。一个婆子在山石后面捡起了一件落在地上的大衣儿，周瑞家的借着灯光一看，险些失态，脸上却强作镇定，一把将那“罪证”抓在手里，说要呈报上面。一面遣散了众人。不知后事如何，下回分解。

第八十九回

欲救主花袭人易主　为和亲蕉下客辞亲

且说周瑞家的既认出是宝玉之物，不免暗自掂掇了一夜。因转天一早，悄悄拿至王夫人处呈报。王夫人不听则已，听了他的话时，登时二目昏黑，脑眼掘气攻心，险些一跤跌倒。饶是玉钏在旁扶着，仍旧站立不住。周瑞家的站在下面，大气也不敢再喘一声。王夫人这一着恼，非同小可。不免亲自到宝玉的住处来盘查。袭人、麝月、秋纹及众丫头、婆子，黑压压跪了一地。王夫人急怒攻心，泪流满面，拍着桌子直问："我白养着你们这些人干什么用的！"众人一个个钳口结舌，面无人色。王夫人怒声不息，只叫："袭人！"袭人哆嗦着向前，眼中簌簌流着泪，只说不出话来。王夫人颤声道："我天天坐在井里，把你当个细心人！宝玉呢？到那儿去了？"袭人一发眼泪如梭，口内难言。四下里早已是一派饮泣之声。

王夫人只气得五灵神暴跳，三昧火冲霄贯顶，正要发威，人回："二奶奶来了。"看时，凤姐已一叠声笑着走进来了："请太太安，礼部奉旨前来贺喜，已经到了荣禧堂了。北静王妃、永昌公主、乐善郡主和各府诰命也都来了，老太太请太太过去呢！”王夫人无可奈何，只得勉强振作精神，翻身欲去。凤姐忙上前搀扶，王夫人又折身回来看了一眼周瑞家的，目光最终落在了宝玉那件衣裳上。周瑞家的会意，俯身垂手道：“太太且请放心去，才吩咐的事，我都知道了。”王夫人复指着地上众人道：“都不许动，回来有话问你们！”说罢，方移身与凤姐一起去了。才至廊下，又有林之孝家的来报：“太太，二奶奶，才刚姨太太打发人来送信，说薛家大爷的案子有些麻烦，请太太得空过去看看。”

王夫人闻言，又惊又痛，正自沉吟，只听凤姐在旁道：“你先打发送信的人回去，说太太这会子正忙，等下半日再过去吧。”林之孝家的答应一声，转身去了。王夫人、凤姐径往荣禧堂而去。一路上，满眼只见花光柳影舞旌旗，紫鸾朱鹤鸣翠盖。时时雅乐声喧，处处妙音盈耳。刚要入堂，忽闻喝道之声，竟是掌宫内相戴权奉着圣旨，赍了厚礼而来。彼时，贾赦、贾珍、贾琏等忙飞出接住，迎了进去。戴权上首端立，吩咐停当，酌酒拈花，焚香金鼎。当众宣了圣旨。宣毕，又将圣上亲笔御赐墨宝“惠我西黎”，及余皆赐赍，悉数赐赠。贾赦双手接过圣旨，供在中央。又有贾珍将所赍之物一一接过。贾府合族人等皆伏地谢恩，山呼万岁不绝。看不尽袅袅祥祯腾紫雾，重重瑞气罩金台，交光日月炼金英，前遮后拥颂恩忙。一时，又有锦乡侯、临昌伯等诰命，一个个耀珠翠，曳锦绣，各自捧了异宝明珠，寿果奇花，顾盼生辉，灿烂芳馥的也来在堂内。如此亲朋你朝我贺，不能胜计。

只说宝玉因昨夜之事，一宵不曾睡稳。因怕黛玉经受不住惊吓，恐他又添了病症。因一早便赶过去探望，却又不敢再冒撞进去，只在潇湘馆外瞻望徘徊。直有两三顿饭时，总算盼出雪雁来，因赶着问了一回。雪雁笑嘻嘻的只说安好，无事。又问着他，怎么自己不进去瞧看。宝玉被他问的无言，一时只见紫鹃花能蕴藉、玉有精神的走出来，笑欣欣的对他如此这般说了一席话。宝玉听了时，方如重得了还魂金丹一般，欢欢喜喜的翻身回来了。谁知才进门，却见一屋子的人都在那里饮泣，因问原因，众人如何敢多言一句？袭人也只以探春之事掩饰而已。

宝玉不听则已，听了时，忍不住一团怒火攻心彻肺，一把将满桌的笔砚全盘掀落在地，复一拳砸在案上，切齿骂道："国家有难，却让一个弱女子去和番！平日里那些厚禄加身、委以重任的亲信宠臣们，在关键时刻，就都成了酒囊饭袋！"慌的袭人忙上来捂他的嘴："小祖宗，快别嚷，看让人听见，可就惹大祸了！"宝玉将他推开，咽着泪道："我去看三妹妹。"袭人忙一把拖住，再三苦求道："二爷，好歹听人一句劝，这几天，千万先避一避风头要紧，万不可再进园子去了！"宝玉那里肯听，扬手挣脱，只管一阵风似的去了。袭人正愁的两泪交流，只见麝月拧着眉，絮絮聒聒的走进来。袭人问时，麝月指着外面说："可是春燕的娘，也不知是守寡守痴了，还是脑子让炮仗给嘣糊涂了，凭人说了多少回，总不往心眼子里记。才刚二爷一脸怒气的出去，别人躲避犹恐不及，他倒好，偏蹭上去，闲七闲八，嘴嘴舌舌的缠个不了。结果，让二爷指着鼻子一通好骂，说'怎么不把这些死鱼眼珠子们送去和番！'"说着，掌不住笑出声来，又提高声音向外道："嫂子也不用镜子照一照，就去他跟前讨巧，他不骂你，却去骂狗不成！"袭人听了，赶上前去打了他一下子。登时无穷心事，都堆胸前，立也不好，坐也不好，不知怎样才好。因自言自语道："神天菩萨保佑！若叨登不出来，是大家的造化，若叨登出来了，不知又要连累多少人！"麝月不知他所言为何，只以为他夜间中了邪气，口里乱谈。

只说宝玉到了秋爽斋，因见探春正伏案抄写东西。过去看时，只看见"乍雨乍晴春不定，花开花落两无情"几个字，再要看时，已被探春掩了起来。宝玉因见那字写得一如他人一般，风骨棱棱，且又灵活娇曳，不由顿触己怀，流下泪来。探春勉强和他说笑几句，因喃喃自叹道："多是咱们从前诗社之作，如今重新抄写了，带走。早晚翻翻，权当跟这园子里的人，又见面了。"说着，也不由得泪珠儿顺着腮边直流下来。宝玉痛极难言，焦思万状，半日，哽咽着说："晴雯死了，香菱死了，司棋、五儿、四儿也都死了，入画撵出去了，芳官、藕官、蕊官出家了，宝姐姐搬出去了，二姐姐碰着个混账不堪的东西，云妹妹眼下也没有了消息，琴姑娘、岫烟姐姐和李家姐妹也都各自去了，如今，你又要走，真正这日子没法过了！”探春倚着书桌，长叹一口气，道：“二哥哥，但看古往今来，多少豪门望族，有几个捱过了百年的？正所谓‘百年世事三更梦，万里乾坤一局棋！’就算盛如王、谢之家，富同邓通、石崇，谁又能想到日后的瓦解冰消？可知将来不独你我，就连这个园子，这个家，只怕也有那么一天！”

宝玉不听便罢，听了时，心中忍耐不住，由不得伏在案上放声痛哭起来。探春见他如此，心内越发凄惶如煎，不知该以何言相劝。因也自顾伤心悲泣起来。正哭着，只听见一声响儿，不知什么东西掉了。拭泪看时，原来是自己的那本《百草集》，被宝玉碰翻在了地上。方欲捡时，谁知翻开的那页纸上，正写着：“玫瑰，别名离娘草，一名徘徊花。”旁边，还有自己先前用蝇头小楷所作的标记。因不由得触景生情，想起了赵姨娘。十几年的骨肉之情，点点滴滴，登时都向眼底逼来。谁知赵姨娘不早不晚，偏这时撞了进来。原来他听见此事，心中反倒欢喜起来。因满心里只念旧恶，只想着，自己肠子里爬出来的亲骨肉，成天淞上水，胳膊肘只往外拐。不但踩着他的头，连贾环也不得出头。如今真能远远的去了，倒也干净！正是“眼不见，心不烦”。因并无丝毫留恋之情，反满心喜悦的跑来，与他道喜来了。因见宝玉也在，满心得意的言语，不过只说出三分来：“姑娘，如今你是要高飞的人了，到了那边，自然是比在这家里更要风光如意的了！想来，你也巴不得早些过去享福受用呢。我生养你一场，不管怎么说，当初肚子也疼，肠子也疼了一回，却也并没有沾着姑娘的半点光儿去。不敢求姑娘象人家那样的情深眷重，乃至研皮穿骨、脔身剜睛的回报父母深恩，只巴望着姑娘这一去，总不要一气将我和你兄弟撂在脑勺子后面，就是姑娘的深恩了！”

探春听了，痛割于心，唯有垂泪悲泣。宝玉不好多言，在一旁不住皱眉。赵姨娘只顾信口痛快，胡言乱语，却见探春一语不发，直哭得恹恹不止，忍不住忽发忿色道：“如今姑娘是去嫁人，又不是进狼窝！何苦这样添人断肠？纵然是要进狼窝，那也是个人修来的命，怎怨得旁人？如今分离在即，我这个当娘的，少不得要嘱咐几句，姑娘即便飞上了高枝儿，也要心里有分晓，想那夫婿婆家，就算再如何的好，也不能好过自己父母的恩德，无量无边！只望姑娘这一去，总不要一股脑全忘了根本，心里、眼里，就只有那些异姓他宗，却把自家的父母骨肉，反以为疏。日后倘或再生出不孝的子女来，心行愚蒙，不敬爹娘，忘恩背义，那也是万万人之常情，一点法子也没有的，少不得也要忍着，世人都这么过来的。可是常言说的'种瓜得瓜，种豆得豆''孝顺还生孝顺子，忤逆还生忤逆儿!'"疯言怪语一阵，自顾去了。探春这里又悲又气，又是伤心，又是惭愧，百般谛思无计，唯有簌簌滚泪而已。宝玉在旁，直气的仰面朝天。

且说王夫人这里迎来送往，好容易挨到下半日，得了些空，因心中记挂着薛姨妈，乃一面移身出来，一面悄悄向贾琏探问消息。贾琏见问，少不得如实告诉一番。原来薛姨妈为着薛蟠的人命官司，不知花了多少银子，才把死罪撕掳开，定了个误杀罪。本打算把各处的当铺变卖了，好交赎金赎人。没想到刑部又重新定了罪。薛家便又四处夤缘请托，把银钱花了无数，仍然无用，最后仍旧定了个死罪，关在监里等着秋后大审。末了，贾琏跌足叹道："原本已探的有九分妥了，姨妈那里只等着交赎金放人了。谁知半路上，又杀出忠顺王府的人来，他们这一插手，只怕这事就要麻烦了。听说，昨儿刑部又重新定了罪，薛大兄弟挂在户部的职名，已被褫革了去了。"王夫人惊得心胆俱落，心口疼的站立不住。一面使贾琏立刻飞书给贾政，一面又使人再三到刑部去打探消息。一时，方在玉钏的搀扶下，挣挫着往薛姨妈这边来了。却见满院内外，灯昏席残，一片狼藉，下人家丁，纷纷乱走。薛姨妈见了他，一发哭的身似刀碎、意如油煎："那世里作的孽，生出这个孽障来！如今到底作出祸来，坑害了他自己不算，还带累了他妹子!"王夫人见他如此，忍不住两泪悲流，道："才我听见信，就赶着过来了。怎么，难道宝丫头也?"薛姨妈一行气凄，一行哽咽道："这个孽障，凭人说到天上去，只不听！一味的无法无天，期祸灭福。这不，把祖宗的荫封也丢了，他妹子待选的事，也不成了！”说着，放声大恸起来。王夫人听见，反倒心中一松，少不得好言将他安慰一番。一面又使人去打探消息。薛姨妈在旁忍不住呜呜大哭道：“我也不要命了，索性到那里和那个孽障见一面，同他死在一处，也就完了！”同喜、同贵等人在旁，无不凄惶自伤，掩面饮泣。玉钏因借故问宝钗，乃与同喜使了一个眼色，两个一起到了外面。

玉钏指着里面，悄悄的问：“如此情形大乱，究竟怎么了？”同喜喃喃叹道：“我们那位搅家精大奶奶，一听说大爷的事不好，不说帮着想法子救人，先就闹起来了。加上宝蟾见光景不妥，无心守志，一味在旁挑拨助力。才刚主仆两个又越性大闹了一场，各自去了。这不，临走临走，又砸了个乱七八糟。我们奶奶还扯着脖子说什么，大爷有负于他，故有此叛离之祸！把我们太太和宝姑娘直气了个死。”正说着，忽见周瑞家的满头汗走来，向玉钏说道：“快请太太回去，家里有要紧事。”玉钏忙撇了同喜，奔进去禀报。一时王夫人告辞出来，见周瑞家的神色慌张，满心是话，却只欲言又止。便知是宝玉的那件事了，因和他匆匆去了。周瑞家的这才唧唧咕咕，这般如此的直说了一路。王夫人这里才进门，只见一群人在那里。邢夫人已怒哄哄的立起身，走上来，拍手打掌的说：“我才从老太太房里出来，这一路上，到处都是闲七闲八的议论，说的那个难听，简直就没法子说给你听了！我因寻思着，这两日更比往日不同，亲戚朋友们来来往往的也多，让外人听见了，什么意思？性命脸面还要不要了？以后还活不活了！太太也该着实戒饬戒饬了！”一番话，正撞在王夫人心坎上，待要如何，邢夫人那里早命人将傻大姐带了上来，指着鼻子威吓道：“还不快跪下呢！把你才和众人胡吣的话，再说一遍给太太听！若敢隐瞒一字，连你一起打死！”唬的傻大姐身子一栽，伏地含泪道：“没胡吣，说的都是真的。”邢夫人喝命：“打嘴！”傻大姐心内着慌，抬头四下看了几看，方醒悟过来，忙应了一声，举起手来，自己打着自己的脸说：“昨儿晚上，老太太单叫我去给三姑娘打灯笼。我不怕跑腿，就怕鬼！周大娘骂了我一路，说‘偏是狗眼这么尖！’

让把狗嘴闭上，再出声，就给缝上！”邢夫人拍着桌子喝断：“谁问你这个了？才你跟人说，什么人捡着了谁衣裳，又是谁怎么不让说的，再说一遍！”傻大姐连连碰着头，眼里滴着泪，又说：“噢，后来，有人在山石后面捡着了宝二爷的大衣儿，周大娘拿了去，不让人嚷，也不让告诉人。早知道是宝二爷不是鬼，我就不害怕，就不嚷了。”王夫人听了时，气的满脸煞白，浑身乱颤，指着他的脸问：“你，可看清楚了？”

傻大姐白着脸，怔忡的摇着头，好半天才说：“先确实看见一个人身上长着两个头来着，这边一个男人的，那一边一个又是女人的。把我吓的以为是鬼，就喊了起来。周大娘骂了我，不让出声。过后再看，那两个人就分开了，男的象是宝二爷，女的象是，”一语未了，人回：“琏二奶奶来了。”邢夫人听了，鼻子里冷笑两声，把话直送到王夫人的脸上去了：“听听，长此以往，如何得了？再不严谨戒饬，大家的性命脸面，可就都别要了！”说罢，甩手悻悻而去。王夫人、李纨、凤姐等人直送至院外方回。王夫人因问凤姐：“才刚说谁来了？”凤姐道：“孙家的一个小子。说是受绣桔姑娘所托，特来送信。”王夫人满心疑惑道：“怎么，送的什么信？”凤姐道：“说是绣桔姑娘让他带话来，孙家姑爷把咱家二姑娘折磨的不成样儿了，央求府里赶快过去接人。”王夫人便让把人带来问话，一时平儿出去，将人带了进来。王夫人看时，来人十分眼生，精明锐气皆露于外面，且问一答十，善察眼意，一举一动，无不头头是道。末了，将一个攒珠累丝金凤呈出，说一并为绣桔姑娘所托之信物。王夫人见是迎春所戴之物，登时把脸一沉，道：“凭出了什么要紧事，主子的东西，他一个丫头就敢私自做主让人带了出来！如此私相你传我递，没了王法规矩了！”又道：“大老远的来了，本该款留茶饭，今即如此，嫌疑不便，请速转回不送！”一语未了，凤姐、平儿忙将那人遣出。

王夫人立起身来，怒声不息道：“深弊难除，祸潜内禁！长此以往，如何得了？”因重又指着傻大姐的脸，问：“你可看清楚了？那一个是谁?!”傻大姐吓的又是一栽，诺诺言道：“是、是，”王夫人怒火难禁，猛一拍桌子，喝道：“到底是谁?”一语未了，只见袭人满脸泪痕的走进来，双膝跪倒在地上，颤着声儿说道：“太太，是我！求太太别再难为他了。”登时惊的满屋人瞠目结舌，都只芒芒的看。原来袭人正在房中为此事忧愁焦煎，谁知赵姨娘房里的丫鬟小鹊，直往房内来找宝玉。因到处不见宝玉，便对他说：“袭人姐姐，方才我在太太屋里，见大太太力逼着老太太屋里的傻大姐，问什么宝二爷衣裳的事呢。太太气的了不得！幸而后来琏二奶奶带了孙家的什么人过来问话，才把事情给岔开了。我趁空特来给你们送个信，你和宝二爷可要仔细一会子太太过来问你们话。”说着，一溜烟的去了。袭人听了，直急的浑身气血倒涌，正自盘算该如何应对，忽听见门上闹的一片翻江搅海。叫人去问，回来说：“才刚绣桔姑娘托了孙家的一个什么人来，替二姑娘传话。谁知太太不但不款留茶饭，反将来人斥了出去。那人气不忿，站在门外说出许多难听的话来，让焙茗、锄药等人听见了，因和他在那里吵闹起来。”袭人心中吃惊，忙问：“那人说什么?”回说：“不干不净的，也没法全学给姑娘听。如今只说姑娘能听的罢，他骂‘什么有脸的好人家，把个闺女养了那么大，白白的丢进狼圈任人糟蹋欺凌！不管怎么样，当初肚子也疼，肠子也疼了一场，现在就撒手没人管了！我不辞天遥地远的跑来给你们送信，好话没一句，茶饭也不看管！倒骂我私相传递，没有王法规矩！小爷好歹也活了快二十年，那里就缺了你们这里的一顿饭去了呢!”袭人听了，正与刚才小鹊所说之言对隼。因听见“私相传递”之语，料定是王夫人借题发挥。深知昨晚之事难以躲过，思来想去，只有舍了自己一身，方能保全许多人的名节性命！因此不顾一切，当下打定主意，飞奔前来领罪。

只说袭人这里跪下，黯然垂泪道：“太太，是我！是我没廉耻，引诱着宝二爷到酴醿架底下去的。二爷怕人看见不雅，是我猪油蒙了心，厚脸涎皮，死拉着不让回来。如今，带累了二爷的声名品行，太太要打要杀，我一个人领，不干二爷的事!”此言一出，不啻虎荡羊群。唬的众人，轰的一声，纷纷痴倒。王夫人泪流满面，浑身打着颤说：“果真?

是你!”袭人哭道:“果真。是我!”一边又道:“昨儿,听见周姐姐和傻丫头等人在外面喊,我回头看见灯笼还在那里,怕落人把柄,只得又从山石后面溜出来,扯下灯笼,才又跑了。”傻大姐在旁闻言,拍着手道:“是了!后来就是有个人跳出来,把个灯笼拿着跑了。是吧周大娘?”王夫人将目光移向周瑞家的,周瑞家的满头是汗,那敢多言,只随口应承,脸都要埋进灰尘里去了。王夫人轰然跌坐在椅子上,半晌,咬着牙,命人将袭人拉出去,着人看管起来。

王夫人这里将人散去,自去忙事不提。直到晚间,方命人将凤姐找来,两个在屋内计议。

只说袭人被幽禁在一间狭小的空屋内,不住蹀躞徘徊,凄惶自伤。因想着,自己一片痴心,总以为可以朝夕于宝玉身边,长长远远的伏侍左右,谁知道竟有今日!自己既然不顾一切,洗清了他,自己在这里自然再难容身了!又想着,自己素日只想着后来能够争荣夸耀,谁知今日,竟在众人面前把自己弄的这般颜面无存!思来想去,想去思来,真是再无半点活路可寻,因从腰间解下那块红汗巾子来,欲一死了之。细想时,又深觉不妥,一则怕连累了看守之人;二则自己这般死去,若被追究起来,再把昨夜之事叨登出来,那么,自己的一番苦心岂不白白付之流水了?千思万想,左右为难,一缕柔肠,几乎牵断,只得忍住。正哭的恹恹欲绝,忽听见门外响动,却是王夫人来了。玉钏在后端着一盏明瓦防风灯台,将灯置于桌上,悄无声息的退了出去。袭人泪眼如梭,眼望王夫人,“扑通”跪倒在地。王夫人忙上前将他扶起,一把搂在怀里,哽咽着道:“我的儿,你受委屈了!我心里知道,那种事,断不是你能做的出来的。”袭人伤心已极,不觉惨然大恸,伏在他怀里放声大哭。王夫人忍不住泪如雨下,颤着声道:“好孩子,我都知道,你那么做,为的是保全宝玉。我的儿,你保全了他,也就是保全了我!”袭人闻言,肝肠痛裂,呜咽着道:“太太,我一个丫头,轻如灰尘,有何足惜?虽肝脑涂地,研皮脔身,不能报太太深恩于万一。倘若二爷稍有差池，我岂能有命?”因和王夫人两个抱头痛哭在一处。

半晌，袭人抬起头来道：“太太，我知道，把二爷洗清白了，我也就留不住了。有几句话本不该说的，可这会子不说，以后，怕就没日子说了。”说着，止不住腮边又流下泪来。王夫人道：“好孩子，有什么话，你只管说。”袭人强忍着泪道：“头一件，二爷屋里的丫头们都大了，我这一去，没个人管着，难保不生事，求太太早早都放出去吧。只是，好歹要留着麝月！这几年，我留心观察着，只有他，能替我长长远远的伏侍二爷。”王夫人听了，心如刀绞，只是点头。袭人哽咽着又道：“第二件，二爷和林姑娘也都大了，这一回算是万幸，遮过去了。可咱们府里的那起小人，太太是知道的，口里眼里心里都够使的，日后难免不被他们看出破绽来，到处说嘴趁愿。怎么想个法子，先让二爷暂时离开，到别处过一阵子就好了。”王夫人听了，禁不住痛泪两行，涔涔流淌。唏嘘叹道：“我的儿，难为你这一片心，可算是跟我想到一块儿去了！刚才所说之事，在他人，我犹视为虚应故事。在你，皆出于至诚，我信得及。眼下也就只有一个法子：探丫头出阁，过几天就要上路，妹妹和番，哥哥送嫁，不说前朝，本朝也有这种故事的。今儿又听见北静王妃说，旨意简派了北静王爷做送嫁钦差，路上不怕不照应。只是一样我不放心，路太远，他又没出过门。老太太只怕也不能答应，倘若他自己再使性子不去，就更难办了。”袭人道：“不说老爷的任所就在西边么？不知道路过不路过?”王夫人怦然一动，道：“往下说。”袭人道：“我盘算着，就是不路过，也该差不太远。太太可先捎个信去，求老爷去路上等着看三姑娘一眼，就便把二爷接了去。岂不好?”

王夫人沉吟良久，不住含泪点头。袭人又道：“老太太是明白人，索性把二爷的事都回明了吧。二爷跟前就说送三姑娘一程，很快就回来，也算尽了兄妹的情分，他自然乐意的。”王夫人不觉心中大痛，满脸泪如滚瓜一般，又抱住哭道：“我的儿，平日里，人只说你笨笨的，谁知这节骨眼儿上，难为你能这么着，想的如此周全！”袭人簌簌流着泪道：“我能为二爷做的，也就只这一回了！”王夫人摩挲着他的头道：

“好孩子，你再委屈一阵子，我这一两天就打发人找你哥哥嫂子来接你，嘱托他们给你找个好人家。”袭人闻言，痛割于心，忍泪张目环顾四周：孤灯一盏，两手空拳，绵绵此恨，曷其有极！

且说光阴瞬息，一如捻指。展眼已是十七，晴空里，漫天风筝前遮后拥，随风飘荡。荣宁二府早已是：瑞霭霭香馨漫道，锦重重五色幡摇，花簇簇人进人出，明晃晃异宝映天。耳内一派爆竹轰鸣，乐奏鸾箫。送亲朝贺者自亲王驸马以及大小文武官员，通衢越巷，不能胜记。直引得百姓争看，万民翘首。贾府合族人等皆按品大妆。上首站着南、北王妃，下面依序是众公侯诰命。贾母立于右边下手，邢、王夫人带领着尤氏凤姐并族中众媳妇，两溜雁翅立于贾母身后。探春身着锦绣，巍巍而出，眼望众亲人唯有垂泪涕泣。黛玉、宝钗、惜春几个，亦躲在人群里洒泪不止。宝玉一路骚首踟蹰，落魄失魂的随在众送亲队伍中，蹰蹰前行。一时登船扬帆，径往西方而去。登时一派哭声，交汇于天际。

第九十回

高阳徒苦遭五鬼煞　潇湘子悲撰十独吟

只说自宝玉、探春一去，贾母和黛玉相继病倒。贾母毕竟有年纪之人，如何禁得这般连连接接的惊怕伤感？黛玉本就体弱身怯，心细要强，偏这时宝玉被派往外番送亲，因当日就已支持不住，外面反还要百般强撑着，兼又连夜失寐，终于力尽神穷，百般支持不住，恹恹成了大病。王夫人、凤姐连忙请了太医来诊脉下药，足足的忙乱了多少时。贾母那边大夫说是阴虚肝旺，郁气不舒，宜服安神之药。黛玉则是郁气伤肝，肝不藏血，所以神气不定。需服敛阴止血之药，方可望好。谁知一连服下多少贴，仍旧整日力倦神昏。悉心调治了多少时日，犹未大愈。袭人则于宝玉离开的当晚，由他的哥哥嫂子，悄悄带了一顶香藤小轿，青绢帷幔遮着，接了去。宝玉房内的其他丫头们，除了麝月及几个年龄十分小的以外，一概都被放了出去，不提。

只说王夫人这一向忙个不了，顾了这里，丢不下那里，未免急痛交煎，竟也差一点病倒。幸有贾政随后使人带信回来，说已为薛蟠之事四处请托，兼有目下探春和番之功，死罪总算撕掳开了。王夫人总算哀痛稍伸，少不得挣挫着来告诉薛姨妈知道。薛姨妈听了时，又是惊喜又是恸哭。姐两个正在计议，就见莺儿忙忙的进来说：“太太，才二奶奶打发小红来寻治棒疮的药丸子呢，姑娘让我回来问问，看咱家还有没有，若还有，拿几丸子给他。”薛姨妈忙拭泪道：“有倒是还有，不过还是旧年间制下的。”因命同喜去取。一面又问：“这会子又要这个做什么？难不成，是凤丫头又和琏儿闹饥荒了？”莺儿道：“听小红说，他们家大老爷把琏二爷打的连床也下不了呢。”王夫人大惊失色，立起身来问：“什么时候的事？”莺儿道：“小红说是今儿早上。”

王夫人拍手打掌的叹道：“现在正是需要人的时候，偏又把他给打了！”因让把小红叫进来问了一番。小红说：“还是为了旧年间那二十几把扇子的事，也不知是什么人放的邪火，让忠顺王府知道了，王爷就派人来索，大老爷只是舍不得，就以，”说到这里，回头四顾一看，就不往下说了。王夫人知意，将眼一看两旁众人，众人皆明白，纷纷退了出去。小红才又接着说：“大老爷就以不知那里弄来的一些赝品，瞒哄了过去。后来二爷知道了这事，就劝大老爷说‘现在正是非常时候，很不该再为这区区几把扇子，又和王爷结仇。再说原本就不是自己的，倒不如送出去，也可免些灾祸。如今都察院都换了忠顺王爷的人，没碴儿还找碴儿呢，何苦倒给人家个辫子来抓！再者，前儿平安州节度派心腹人来，说我去了几次平安州，有人知道了，正要弹劾咱们家结交外官呢，亏着有三妹妹和番的功劳，才算罢议了。偏又在这节骨眼上，去戳老虎的鼻子眼。’大老爷听了，气的了不得，说二爷自己办事不力，反拿话噎堵他，因拖倒拿板子打了一顿。这也罢了，连嫣红姑娘在旁才跟着劝了一句，也被劈头盖脸浑打了一顿，都挂了彩。还骂了许多的话出来，也给太太说不得。”王夫人听了，再也坐不住，一时，同喜拿了药来，就要和小红一道回去。薛姨妈也忙跟了出去，道：“我也一起去，顺便过去瞧瞧林丫头。这阵子事多，一桩子不了又是一桩子，心里头乱糟糟的，总也没顾上过去看看他，倒是宝丫头在这方面有心多了。”

只说宝钗在潇湘馆内，眼望黛玉恹恹昏睡，心内不觉暗暗叹气，一面起身为他放下纱帐，一面给紫鹃使了一个眼色。紫鹃会意，忙与他一同走出去。彼时院内翠竹荫荫，蝉鸣不绝。满眼锦带葩吐丹砂，奇幻闪灼；朱草茎似珊瑚，赤若流汁。后院一架豆棚，阻住清泉。宝钗在游廊停下脚步，屏退左右，低低的问道："怎么精神倒好象越发差了？才刚太医怎么说？"紫鹃寸心如割，眼中直滚泪道："说是脉象不好，说这病是从忧伤思虑上引起的，别的还在其次，最要紧的是忌哭。若能够凡百事都不动心，就可望好了。可他什么时候断过眼泪的？更何况，"就咽住了，半日，又哽咽道："更何况，打从三姑娘这一去，那天他不哭几回的？再这么下去，可如何是好呢？"宝钗道："可别这么胡思乱想的，他本就身子弱，探丫头这一去，不免多添了伤感，加上时气不好，也是有的。怎么想个法子治病才是正经。"紫鹃拭泪道："治病治根儿，姑娘是个明白人，这些年了，不会不知道他的心病。要想除了他这病根儿去，却也不难。只是，全在姨太太身上了！"宝钗道："这话怎么讲？"紫鹃道："姑娘别往远处想，只想想那年姨太太在我们这里曾说起的'四角俱全'的话，就是了。"正说着，忽听见雪雁等在里面一叠声喊"姑娘"，忙折回去看时，只见雪雁搂腰，春纤摇肩，两个小丫头子伏在床边不绝口的呼唤，不分上下，一拥齐上。那黛玉面如白纸，昏昏惨惨，一身的冷汗淋漓，原来梦魇住了。唬的紫鹃呼天忏地，忙过去跟着舞了半日，方渐渐的好了。

宝钗暗自叹息一声，挨身坐在榻边，才安慰了几句，只听人说："姨太太来了！"看时，薛姨妈已一脸喜色的进来了。宝钗忙起身，让他坐了上去。黛玉这里喘息才定，此时见了薛姨妈，眼中止不住又滚下泪来。薛姨妈摩挲着他脸说："好孩子，这阵子为了你大哥哥的事，家里头乱糟糟的，总没得空过来看看你，让我这心里时时都放不下。多亏有你姐姐替我照应着，我才总算好过些。"说着，将黛玉上上下下端详一番，强忍着泪说："果然我看着气色不错，听说这阵子好了很多？"黛玉强睁双眼，这里才挣搓着点了一下头，便又咳作一团。紫鹃忙递上痰盒，接过来看时，见吐出之物竟湮着星星血斑，吓的忙掩住了。薛姨妈这里搂他重新躺好，一面为他掖好被角，一面给他擦拭着满头的汗水。半日，勉强着笑道："好孩子，静心养着罢，再吃几副药，管保好了。才我从老太太那里过来，老太太听见说你越发好了，高兴的了不得！说是这一向家里头老不顺，你病着，老太太自己也病着，偏凤丫头那里也是三天好两天坏的。这下可好了，都顺过来了。老太太说他那里才又配了天王补心丹，说话就让人给你送过来了。你只好生调养着罢，等再过一阵子，宝玉也就回来了！"黛玉听说，微微点着头，就把眼睛闭上了。腮边早又淌下泪来。

薛姨妈看着，心里十分难受。宝钗上来拉了一把，说："咱们走吧，不要只管在这里扰林妹妹了。"娘两个于是告辞出去。紫鹃跟着送出院门，哭着把刚才的痰盒递给薛姨妈。薛姨妈接过看时，惊得半晌无语。一时，簌簌流着泪对宝钗道："怎么就到这个地步了？林丫头的这场病，怕是难好了！好个可怜孩子，早早的没了父母，如今又病的这个样！偏你宝兄弟又不在跟前，我就有十分疼他的心，如今只怕也是无用的了。怎么他就这么命苦呢！"宝钗也多怔住了，这时见他母亲这般，只得强忍眼泪，委婉解劝道："妈妈如今也学的这样起来了，林妹妹本就身子弱，那一年到头，不倒要病上个大半年来着？况且他年纪轻轻的人，怎么就到得这个田地了？如今他只要按着太医的方子，好生吃药，仔细调养着，过一段时间必然也就好了。您如今只管在这里东猜西疑的，回来再让他听见了，岂不是反给他添病吗？"薛姨妈听了，忙止了泪，道："我的儿，到底还是你说的是，竟是我一时心疼糊涂了。"因将紫鹃重重嘱咐了一番，又命莺儿回去取燕窝送来，娘两个自去王夫人处计议不提。只说紫鹃含泪目送他二人走远，忽见雪雁不知何时已站在身边，这时只管随他一起茫茫的看。因嘱他赶快回去，好生听叫，一面道："若问我，说我就来。"说着，一径儿自往凤姐处来。

这时沁芳桥堤岸一带，早已一派芳香匝地，鸟雀乱鸣景象。河内红莲映水，鸢尾闪灼。河中央小岛上，山桃数株，幽篁飘舞，乳燕飞鸣枝头，野凫嬉戏水中。一只碧眼金鹞，从天而降，一个收翅俯冲，扑向水面。桥下竹林内，七八成群的仆妇、婆子们，嘻嘻哈哈的乱刨乱挖着，不时相互俚语取笑着。两个上了年纪的婆子呆立在桥头，眼巴巴叹着气道："唉，这些个不怕天雷打的，他们就先自己糟蹋起来了！""糟蹋吧，糟蹋吧，索性咱们也不管了！"紫鹃因满心只想着黛玉之病，脚下只管风也似的前行，这一路上的热闹景致，竟都一一淹没过去。行至二门前，才见几个听差的，坐在那里嘁嘁喳喳的议论，只听一个道："哎，听说这下连史家也要在劫难逃了？"另一个说："可不是，说来说去，吃了江南甄家的挂络不算，听说，就连早年间和义忠亲王的一档子旧案，如今也让人给翻出来了。哎，这人啊，手就不能伸的太长了！"又一个道："抛开这些都不说，就只结交外官、外任亏空这两项，也够上这个了！"说着，用手在脖子上"嚓嚓"的比了一个杀头动作。众人都吐舌不已。那人又道："说到底，就是得罪了人！那忠顺王爷，现如今可是皇上跟前的大红人，说一不二。谁得罪了他，那还能有个好！"另一个道："哎，官场中的事，谁能说的清！管他谁是谁非，只不要连累到咱们府上，随他谁爱怎么样去吧！"那一个道："这也是保不齐的事！论理，这种事情，别人家躲还躲不开呢，可昨儿夜里史家来人，七大箱子八大车的，带了那么多东西进来，偏二爷不在家，咱们这位当家奶奶就敢自己做主，全都收下了。"众人哗然道："原来是为这个！怪不得大老爷今儿早上把琏二爷打的连床也下不了呢！"正说着，就见旺儿自那边走来喝道："还不快把你们那起蛆嘴都给夹住了！不说话，怕粪草埋了你们不成！还嫌惹出来的事少，是怎么着？再敢没事胡嘞嘞，别说叫上面知道了，我这里就先揭了你们这帮猴崽子的皮去！"唬的众人一哄而散。

紫鹃方一路进来，正值凤姐与平儿谈论贾琏挨打之事。凤姐斜倚在靠塌上，冷笑道："就为了那么儿把破扇子，生出多少事来！三日两头的，棒子抡完了板子打，外人还没怎么样呢，自己人就先自杀自灭起来了！等着看吧，真正要为它弄到家破人散，才算罢呢！"一语未了，见紫鹃进来，便忙掩住了。因勉强带笑问了一番黛玉的病情。紫鹃含着泪告诉了一遍。凤姐急的忙打发平儿再去请大夫来瞧，自己这里才要同紫鹃一道过去望慰，却见秋桐屋里的小丫头子一脸慌张的进来说：“二爷说有要事和奶奶商量，请奶奶就过去呢！”凤姐听说，迟疑半晌，只得让紫鹃先回去，说自己忙完这里，再过去望候。说着，一面就和那丫头往秋桐屋里去了。

只说贾琏这时正趴在床上，一腔怒火七窍齐喷。凤姐进来，身边坐了，问他：“可好些了?”贾琏气的直哼哼，只问：“才听见说，昨儿夜里史家来人，把东西都存放在咱们府里，你自己就做主都收下了?”凤姐一听，立着两只眼睛向秋桐看过去，直把秋桐吓的一路退了出去。贾琏又道：“这事就算该瞒着老太太，可总得去讨两位太太的示下吧？你怎么就这么大胆，自己就敢做主把东西全都收下了?”凤姐呆了半晌，冷笑道：“我倒不知二爷发的什么虚？以往比这大得多的事也不是没经过，就说那年蓉儿媳妇殁了，东府里头用的那块板，不就是坏了事的义忠老亲王的吗？用了就用了，也没见怎么着吧？还有，头年甄家抄了家，不是也有东西寄存在这里吗？到底也没见怎样吧?”贾琏恨的握着拳猛捶一阵床头道：“此一时彼一时，先前就是有人告咱们谋反都不怕，可眼下不行了!”凤姐道：“眼下怎么了?”贾琏道：“怎么了？说话就有几档子事儿：前儿里头传出信儿来，说有人弹劾史家外任亏空，主上脸色就不好看，亏着有三妹妹和番的功劳，才算罢议了。还有，先前为什么上面要派卫老伯出征？就是因为有人趁机内外相通，要清除咱家娘娘身边的势力罢了。你倒去好好的想一想，为什么卫老伯战死沙场，上面不但不见抚恤嘉奖，反而听信小人架捏诬害之辞，硬说朝廷大兵之所以迅速溃败，是因为内部有人勾结外番所致？想那若兰兄弟，现在生不见人，死不见尸的，谁能替他辩明这场不白之冤？主上若不是偏听偏信，又怎会就势把卫府诸兄弟们的职权也都给削了去？你也想想，为什么这一向出事的，都是跟咱府里有瓜葛、牵连的人呢？再者，我去了几趟平安州，人家知道了，要弹劾咱们家结交外官的事，你是知道的。下一个，说不定就要冲着咱们府上来了！你倒好，偏在这节骨眼上，把脑袋往人家的刀口上伸。再加上大老爷只为舍不得那几把扇子，宁肯置两府人的性命、前程不顾，咳，这事若叨登不出来，便是大家的造化，一旦露了马脚，就等着家败人亡吧！”凤姐听了，不觉惊出一身冷汗来，明知自己理亏，又实难放下面子来。半日，强撑着发恨道：“史家可是老太太的娘家，依着你说，咱们竟就可以坐视不管了吗？”贾琏道：“就是管，也要大家一起商量个管法才是。”凤姐叹气道：“商量？好轻巧话，跟谁商量去？你这阵子忙的脚不着地，从早到晚，连你个鬼魂影子也看不见。不是今天挨了这场打，我那里见你去？大老爷就不用说了，这些事向来不过问的。二老爷又在任上，太太呢，前阵子光是为了三妹妹、宝兄弟和薛大哥哥的事，就忙的挣揣不住，现在还直叫心口疼呢，保养精神尚且来不及，让我和谁去商量？总不能去找老太太商量吧？”贾琏听了，再也说不出话来。只管伏在那里，长一声短一声的叹气。

一时，赵嬷嬷等几个有年纪的都进来望候，又有琥珀、玉钏、银碟、素云等人各自奉了命，拿了补品过来。凤姐不免强打精神，周旋一阵，众人方各自散出。凤姐这里才欲回房静一静神，前去探视黛玉，只见玉钏又翻身回来，如此这般说了一番，因少不得叹口气，强撑着又往王夫人那边去了。

只说秋桐立于花阴之下，远远的见凤姐去了，他仍赌气不肯回去，只管将身旁鲜花挨个掐来，搓个粉碎。忽见赵姨娘顶头走来，拍着手一顿三叹的道：“哎哟哟，这是怎么话说的，才我往大太太那边去，听见说，就赶着过来了。怎么好好的，就打起来了？我见那嫣红姑娘也给打的不轻，好可怜一张俊脸，都走了样了。”秋桐恨的咬牙骂道：“快别提那个害了馋痨的淫妇！半路里什么娼窝子里淘换出来阿物，他不过一个弹唱姐出身，倒把他宠的比祖宗都大了！眼睛里还有谁？现在怎么就打起来了？可是常言说的‘癞泥扶不上墙’，这才几天工夫，那淫妇就装不得了，早就浪烘了心，每日把门倚遍，眼儿望穿，只盼着野汉子上门来！真正一个饿不死的野杂种，一个贼歪剌骨的贱骨头，倒好一对儿绝配呢！可恨那大老爷，自己当了活王八，反倒把一腔邪火发泄到我们二爷身上，害他白白跟着遭这场打，这通冤枉跟谁说去！”

赵姨娘听如此说，再不略让一步，登时嘴似淮洪一般，满嘴里只叫：“好孩子”，说道：“你既这么说，就是不拿着我当外人。你既不防我，我也就把掏心窝子的话，全都告诉你罢！早些时，我也恍惚听见人说，那嫣红姑娘素日和那贾雨村眉来眼去的，我还只管不信。可也是，想那大老爷，一向对他要一奉十，宠爱倍至，他怎会恁般不识抬举？再者，平日里，人都说那贾雨村精明有志，谁知竟酒色昏迷，是个糊涂狗彘！他胆子也未免太大了些，外面什么人没有，怎么就敢在老虎嘴里抢食吃呢？听说他现在的那房正室夫人，原就是一个破落户里的丫头扶正了的，可知这人天生的喜欢贱骨头。这也罢了，我估摸着，他两个也只是心中有意，应该尚未敢发迹。不然，可就不单是挨一顿打的事了。只是，我怎么又恍惚听见说，就连咱们二姑娘的姑爷，也早在那嫣红进府之前，就已经和他是旧相识了呢？”说着，附耳过去，压低声音道：“听说，原本是要明媒正娶进孙府的，偏大老爷看中了，宁可把二姑娘嫁与孙家，也不肯舍了他去。那孙家姑爷就是为了这个怀恨，所以才天天变尽了花样，把个二姑娘作践的要死不能，要生不得呢！”

秋桐不听还罢，听了这一番话时，越发五脏火高高窜起三千丈，越性发泼詈语啐辱起来。谁知隔墙有耳，偏巧这时嫣红屋里的一个小丫头子走来，都听在耳内，因翻身回去，又添些言语说给嫣红听。嫣红登时怒发如雷，也顾不得脸上伤痛，就与那小丫头子一起，恶狠狠走来。上前来，把秋桐不分好歹劈脸一口啐道：“贱人，我与你井水不犯河水，你却为何欺心害我？我自问到了这里，从未敢轻言妄作，不想今天无辜遭此非殃！原来是你这娼妇暗地里嚼蛆生事，做害我个不良的罪名！”秋桐先见他象是地里冒出来的一般，不防头，倒吓了一跳。这时见他指着自己泼声大骂，登时与他揪扭一堆，海沸山崩的大闹起来：“好个爱八哥的淫妇，我不去找你，你倒先来找上了我！你一个半路里买来的弹唱姐，想拿款充太太夫人，你且到粪缸里自己照一照嘴脸！贼没脸的淫妇，你自己浪昏了心，与野汉子勾搭，倒让我们的人替你受罚！”嫣红那里肯退让半步，手撕头撞，抓脸薅毛，啼哭嘶嚷，二人闹了个沸反盈天。赵姨娘毕竟气怯，虽夹在中间，却也不敢十分狠拉，眼见他们嚷动了一院子的人，才自顾溜之大吉。只说众人赶上来时，秋桐早已将嫣红掩翻在地，骑肩踞背，按在尘埃里打了几十个耳刮子。嫣红本就有伤，这时越发被打得浑身透胆钻肝疼痛。众人好容易将他二人分解开来，好言劝止，嫣红少不得含悲忍泪，羞闷回去。秋桐在后仍旧污言秽语，不绝口的跳脚乱骂。

只说嫣红一路泪下沾襟，悲悲泣泣的回来，左思右想，只气的两泪悲流，放声大哭。拥镜自照，那里还有一丝原来形状，早已是半个活鬼模样。因咬牙自恨，不知这场切齿深恨何日能消！思想半日，自觉再无活路，因掩了门，直哭了一夜，竟向梁上缢死了。当下有人报与贾赦，贾赦登时吓黄了脸。过来看时，已经全无回天之力，只得命人收拾了，暂时停放在铁槛寺内。回来少不得盘诘众人。听见是和秋桐怄气所致，气的亲自上门来问，却那里去寻秋桐身影？只得又把贾琏从床上揪起，痛打一顿。口内只骂：“丧了人伦的畜生，他倒好心替你挡打，你反黑心害了他命！留你这畜生在世上何用，不如打死了干净！”直把贾琏打的七魂出窍，九魄游离，昏沉沉不知南北，黑惨惨难辨西东，方去。

且说秋桐听见嫣红死讯，四处求告无门，吓的魂不附体，深知在劫难逃。因想，与其被大老爷拿住活活打死，倒不如寻个自了干净。一面寻思，抬头看时，不觉来在一个大山石下，心中忡然一惊，眼中洒下泪来。又冷笑两声，就望着那巨石一头撞过去，当下魂魄无依，飘飘荡荡的去了。也不知飘荡了多少时，睁眼四下一看，只见一座高山，阴风飒飒，黑雾迷空，山峰尖耸，犹如刀箭一般。前面一座桥，寒风滚滚，血浪滔天。又见无数夜叉鬼卒，赤发獠牙，各执锤棍，恶狠狠两边排列；多少牛头马面，持铣拥旄，悬鞭仗剑，气昂昂狰狞把守。又有无边孽魂冤魄，脱皮露骨战兢兢，折臂断筋血淋淋，上有神将夜叉击顶碓面，下有无数毒蛇恶怪争抢分食。正是：

生前枉费心千万，死后空持手一双。

万两黄金带不来，而今唯有孽相随。

又见那边一条黄泉黑路，凡在世行善积德的，便蒙接引往生仙道；功过两平的，送交十殿发放仍投人世；贪赃弄权的，沉沦地狱；无恶不作的，受尽无边酷刑；喜杀生的，转生水上游虫，朝生暮死；好淫乐祸的，赤抱铜柱，猛火焚身，后堕入沸屎泥犁；欺灭天良的，搠破肚肠，钩出其心，心使蛇食，肠为狗吞；虚诬诈伪的，吊剥舂锉，铜蛇为链，铁犬作墩，炀铜灌口，热铁浇身；强言狡辩的，使入孽镜台。只见那镜台高有一丈，镜大十围，碧沉沉琉璃造就，光闪闪灵丹炼成，面东悬挂，上横七字："孽镜台前无好人"，一时多少恶魂厉魄，无须加刑，只往镜前一照，皆已自败从前行迹。

秋桐这里直看的战战兢兢，那边忽抢出两个狰狞鬼卒来，鹰拿燕雀一般，将他捉住。秋桐吓的藏头缩颈，抖个不住。忽听得半空里环佩叮当，却是尤二姐衣袂飘然而至，喝退鬼卒。在他身后，一左一右，跟着两名小童。秋桐这时见了他，越发满身寒毛倒竖，慌忙跪下磕头，痛哭自悔道："姐姐，过去都是我错了，还望姐姐大仁大量，不要记恨妹子才是。"尤二姐忙俯身挽起道："妹妹快不必如此!"因又叫着其中一个小孩子道："英儿，这便是你的亲娘。快过来叫娘。"那小孩子便扑上来，双手抱住，满嘴里叫起娘来。秋桐诧异道："姐姐，我一向并未生养过，这孩子是那里来的，怎么叫我娘呢?"尤二姐不觉眼中流泪道："好糊涂妹妹，他便是你那还没有出世，就被人害了的孩儿啊！岂止他一个，这个原是我那没有出世的孩子呢。"说着，将另一个大些的孩子也推在他面前。秋桐细看时，真正两个好孩子：面如桃蕊，目藏光华，尤其眉眼之处，都与贾琏十分相似。不觉心中酸惨，十分敬畏。二姐又道："我们母子皆被人害于非命，自有一段因果。妹妹你却寿未该终，速速趁此'天官赐福，地官赦罪，水官解厄'之际转回，若迟了，悔之不及！须知杀人害命者终久也将自败行迹，你可回去做个见证。妹妹从今后，也该收敛心性，处处与人为善才是。切记再勿自违真性枉入迷流，沉沦苦海妄作无边之罪要紧！”说罢，扑的将他一推，一阵清风，倏然不见。秋桐悠悠的醒转，喉咙里汩汩响了几声。睁眼看时，已经在自己的床上了。只见满屋子的丫鬟、婆子们乱窜窜的捧罐端药，提壶洒净。见他醒转过来，登时围住，一时四下里都哄传开来。秋桐这才知道，自己已经整整昏迷了三天两夜。又听见说，嫣红之事已然平息。原来此事已惊动贾母，幸有他亲自出面，强令贾赦将此事就此丢过，再不许寻衅滋事，大家过太平日子。贾赦虽心中万般气恨，也只得罢了。秋桐自感激贾母深恩胜于天渊，私下里，少不得将自己的这一番经历，细细的与众人说了又说。

一时传在贾琏耳内，直气的他鼻斜眼歪，满嘴里只骂：“怎么我命里犯了一个夜叉星还不够，现在又添上个贼杀星！只等我好了时，让你们全都死在我的手上，那时才知道我的厉害呢！”

只说这日，黛玉病情略微的好转了些，因让紫鹃去找针线，自己则百无聊赖的用手蘸着水，不知不觉，已在床头写下“宝玉”两个字。一时紫鹃捧了一个线笸箩来，黛玉忙将那字一把抹了去，半日，方从枕后将那个剪破了的香袋拿出来，俯身挑拣着各色丝线，与那香袋对比着。谁知，才刚挑选了两三根，眼泪早又汪汪的滚落下来。紫鹃怕他又哭伤了心，因强展笑颜说：“姑娘今儿精神大好，何苦倒来弄这个？倒不如我陪姑娘到外面走走吧。才雪雁回来说，外面好新鲜空气！”黛玉听了，不觉触动心事，因丢了香袋针线，与他一路出来。四顾一望，只觉无趣，便愈添了烦闷。紫鹃心里明白，因扶着他，信步往酴醾架下木石盟处而来。谁知满眼只见山桃离披，石蚌遁迹。几百株酴醾，万蕊千花，已然全落，子房上已结出累累胚珠、瘦果。黛玉在下不住徘徊瞻顾，口内感叹道：“也算来的光明，去的磊落了！”回头看时，见那巨石斜阻处，依旧硕硕一株“石上松”：仙柏袅袅，巨石巍巍，水声潺潺，芳草殷殷。

登时无限前情，全向眼底逼来。黛玉这里支持不住，整个身子都倚在那酴醾架上，眼望着木石盟，好似木雕泥塑一般。虽有紫鹃在旁百般逗引，他总未听见。直有三五顿饭时，才在紫鹃的一再催促之下，起身去了。

谁知，半路上，又遇见莺儿忙忙的进园来寻宝钗。问时，才知又是因为薛蟠的案子，如今竟又被什么人给硬翻了过来。不及再细问，他已一阵风去的无影无踪了。

只说黛玉回来，不免又是一番呆坐。又独自洒了一回泪，勉强吃了药，那边贾母打发了琥珀，凤姐遣了小红先后送了补品过来，说了几句闲话，那日头就已经西沉下去了。紫鹃收拾了药碗，雪雁点燃红烛，春纤捧上水盆，黛玉略净了一下手，将众人散出，将前些时候写的那三篇诗稿寻出，强止了哭泣，便向案上研墨蘸笔，一气写道：

（之一）

千秋烟水润枯鱼，一代兴亡付废墟。
纵使重华留帝阙，湘妃深夜亦唏嘘。

（之二）

前尘如梦亦如烟，锦瑟无声廿五弦。
已在高楼最高处，浮云依旧满苍天。

（之三）

雨霁天青柳叶香，残花有泪付斜阳。
升帘怅望终无赖，一片闲云锁梦乡。

（之四）

天外嫦娥不可窥，推窗一任晚风吹。
芙蓉花下芙蓉诔，洒泪千行却为谁？

（之五）

君行万里几时归，池上荷花自在肥。
忍看春来春又去，芭蕉不展恨芳菲。

（之六）

清心一片命何孤，如水如冰在玉壶。
莫怅深宵人不寐，梦中仍见百花枯。

（之七）

池塘几度叹微波，沧海桑田复奈何？
春雨每嫌千树少，秋风犹恨一枝多。

（之八）

一轮明月出山阿，千古清光剩几多？
天地茫茫人尽老，今宵谁复伴姮娥？

（之九）

秋色秋声亦可怜，园中落木欲翩翩。
清风来去终无力，不送飞花上九天。

（之十）

飞雪满身风满衣，禅灯渔火尽依稀。
蓬莱未有归来者，一入蓬莱便忘机。①

因自命名为《十独吟》，才提笔写罢，早已力尽神竭。因歪上床去睡下，犹思思想想，转转念念，翻来覆去的只管睡不着。直至天明，方合眼蒙眬睡去。

① 此《十独吟》由文怀沙、赵缺共同修改。

第九十一回

苦绛珠魂归离恨天　病神瑛泪洒相思地

只说林黛玉因夜间劳神失寐，次日不免深睡难起。却逢鸳鸯奉了贾母之命，前来望候。不想进得门来，一片沉寂，一并连那满树的知了也早都哑了音，唯有风传花信，雨濯埃尘。鸳鸯心内诧异，一面悄悄的进来。转过翠竹游廊，至正房鹦鹉架下，才看见雪雁带着几个小丫头子，在后院那株大桂花树下鸦雀无声的集露装瓶，还有几个正在各处悬挂彩灯。因不觉在那里看了半晌，方才来至黛玉房内。只见黛玉正拥被深睡，鼎内喷出宝花真香，墙壁上新换了紫鹃绣的那幅《丹枫呦鹿》，人站在下面，倒象掉进了仙鹿源一般。旁边花囊里，插着满满一囊丁香，开的纷纭蓬勃，枝条上珠粒颗颗晶莹沁人。紫鹃正坐在旁边绣凳上，埋头扎花。

鸳鸯走近前来，悄悄的笑道："这是绣什么呢，失了盗也不知道了。"紫鹃不防，猛抬头见是鸳鸯，忙笑着放下针线，起身低低的笑道："鸳鸯姐姐，怎么这么早来了？"鸳鸯笑嘻嘻的把手里的参罐放在桌上，拉起他的手道："还早呢，你倒出去看看。好个巧丫头，只管忙着为你小姐赶嫁妆，连早晚都不知道了！”紫鹃夺手出来，细声笑道：“小声点儿，看吵了林姑娘。”说着，二人一起到了外间。紫鹃亲自捧了茶来，鸳鸯接过，问道：“林姑娘这一阵子可是越发好了？才那是上用的参汤，老太太还没动呢，就先让送了一半过来。要不，我这一大早儿巴巴的跑了来！”紫鹃忙道：“前儿太医还说，姑娘身子弱，不易多用参呢，怕一下子补过了。眼下正吃着参茸丸，再吃参汤，要是把火气吃上来，岂不反坏了？”鸳鸯笑道：“你知道什么，这是西洋进贡的白参，自然不比咱们常日里用的那些。这种参是凉性的，最能养阴清火，大暑天里吃也不怕的。宫里还用这个治阴虚上火、咳喘咯血呢！”紫鹃听了，喜的忙道：“哎呀，你怎么不早说？真正神天菩萨保佑，这个可对我们姑娘再合适不过了呢！好姐姐，既这么着，不如你去回老太太，索性多要些儿来，等我慢慢煎给我们姑娘吃，这要吃惯了，吃个一年半载的，还怕不彻底就好了？”鸳鸯以手点着他额，冷笑道：“多要些儿来？你好不知足。要知道，老太太也只有那么些。也就是林姑娘，老太太还能从嘴里省出儿口来给他吃，若换了别人，想都别想。”紫鹃听了，不禁又是念佛，又是叹息。

鸳鸯便拉他过来道：“你先别叹气，我有正经事要告诉你呢。”说着，起身悄悄移步上前，隔着纱帘往里看去，见黛玉仍裹着红绫杏子被，露出簇新的窄袖蓝缎小袄来，侧脸合目深睡，便回来招手叫紫鹃，附耳说道：“老太太要给宝玉议婚了！”紫鹃忡然一惊，忙扳住问：“真的？”鸳鸯点头笑道：“昨夜里，巴巴的找了太太和琏二奶奶去，就是为这个事儿。”紫鹃道：“那，太太他们是什么意思？”鸳鸯道：“还不是全听老太太的？”紫鹃急的直摇着他问：“那老太太是什么意思？”鸳鸯笑道：“那还用问？老太太心里，自然早有中意的人了。”紫鹃问：“谁？”鸳鸯一抿嘴，偏掩住不说了。紫鹃急的把他又揉又搓，一叠声道：“好姐姐，快开了你那金口罢，真正急死人了！”鸳鸯笑道：“咦，人家宝玉的终身大事，麝月着急还差不多，你倒跟着急个什么？”紫鹃听了，红了脸，一把抓住鸳鸯，咬牙骂道：“我把你这坏透了的蹄子，敬酒不吃吃罚酒！你倒是说不说？”说着，两只手便雨点般向他两肋下乱抓过来。鸳鸯笑的忙抓住他手道：“看吵起林姑娘来！你快放了手，我就说！”紫鹃方住了手。鸳鸯一面整衣理发，一面悄悄指着里面，笑道：“是林姑娘。”紫鹃听了时，轰然一声，眼中奔出泪来。复又扳着问：“真的？你不是哄我罢？”鸳鸯气的戳着他头，咬牙骂道：“你这蹄子！这事老太太就只跟我说了，还不让告诉人呢！不是见你急的这样，我又不拿着你当外人，凭是谁，我也不能这会子就告诉了去。你反倒问出这话来了！”紫鹃忙笑的又是奉承，又是抹泪的道：“好姐姐，原只是我心里头疑惑，怎么这会子议起这件事来了？”鸳鸯笑道：“才听见信，宝玉就要回来了！”正说着，见雪雁等人携瓶抹手的进来了，因上来问了好，说了一会子闲话。鸳鸯便笑着告辞出去，紫鹃一直送到沁芳桥，方才转回。

正在自己高兴，忽然抬头见宝钗和莺儿、文杏自那边走来，紫鹃喜的忙迎上去问好。宝钗笑道：“你这是从那里回来？心还跳的扑通扑通的。”紫鹃笑道：“才老太太使鸳鸯姐姐来看我们姑娘，我送了几步，谁知光顾着说话，不知不觉的就送过了沁芳桥。”宝钗笑道：“显见的你们原比人近呢。林妹妹可好些了？昨儿来看他，偏扑了空，你们两个都不在。”紫鹃笑道：“这几日可忽然的就好起来了呢，也能睡会子觉了，也能写诗了，也能出去走动了。昨儿姑娘来的时候，大约就是我陪着我们姑娘出去散心去了。”说着，一路逶迤走进馆来。

彼时黛玉已经起床，才梳洗毕，雪雁正伺候着吃那参汤，春纤等在旁忙着装瓜饼及各色果品奇花。见宝钗进来，忽想起昨晚上写的《十独吟》，还没收好。待要起身去收拾，那知宝钗那里早已一眼看见，因俯身拿起，细细赏读起来。黛玉阻止不及，只羞的满脸飞红。却见宝钗在那里一面看，一面叹。及至后来，读一句，便蹙眉掩住，思一思心碎，想一想魂销。因将紫鹃、莺儿等散出，搂着黛玉坐下，款款劝道：“颦儿颦儿，你非要把个心呕出来才算完吗？等大安了，有多少做不得？才好了，非得这会子伤这些个精神！你现在这个形景，如何再禁的住这样心血沸腾？弄伤了神，吃多少药才能补回来？这也罢了，吃药倒在其次，岂不闻经书上有云‘情意才萌，一切俱起；情丝缠绵，如火燎原’，又道‘盖种种受生，肇端情丝；种种造罪，托因有生。情为生本，生为罪本。是故三途剧苦，人世余殃。’但看古往今来，多少英雄豪杰，功劳赫赫，能在社稷危急存亡之秋，救百姓于水火之中，却终因过不了一个情关，弄的不痴不癫，如梦如醉，不但从前功业俱废，连晨昏都不辨了！罪过可惜也顾不得了。可知这一个‘情’字，最是累人害己，万万不可沾染过甚的。‘情’字固不可深犯，只这‘思’字也不可过甚的！岂不知，思多便要情动，而后便情思缠绵，再后便要昏懵迷昧，那结果就不可问了！实应痛绝的。”黛玉听了，垂了头，伏在他身上，眼中簌簌流着泪道：“姐姐，我再不写就是了。”

宝钗抚摩着他的头道：“这才是了。早先我就听见太医说，妹妹本没什么病的，都是因为用心太甚，伤了神。妹妹也该想想，一个人通共能有多少精神，怎么禁得天天消耗呢？这下子好了，既答应了我，就该好好保重，仔细调养着才是。这个我先替你收着了。”因将那诗稿揣起，仍欲往下说时，听见说：“大奶奶、二奶奶来了！”看时，见李纨、凤姐已一起进来了，便一笑掩住了。那凤姐近前看时，果见黛玉神色大好，大是欢喜，大家说笑一阵子，丰儿来叫，凤姐便起身往邢夫人那边去了。一时宝钗也告辞出来，紫鹃满怀感激的送出院外，再三致谢：“宝姑娘，说起来，我们姑娘的病好的这么快，全亏了姑娘和姨太太呢，要不是姨太太保媒，只怕这会子，他也不能这么好。”宝钗听了，沉下脸来打断道：“快别胡言乱语的了，什么保媒不保媒的，根本没有的事。我妈妈这一向为我哥哥的事，还分不过身来呢，那里有时间再管这些事？况且林妹妹的终身，自有老太太做主。再说，他也断不是因为这个病的。你要是真为林妹妹好，以后就该仔细了，可别老引着他往这上头想才是。”说的紫鹃满脸羞赧，垂了头，再也出不得一声儿。

且说那赵姨娘自见秋桐好转之后，竟象变了一个人，每日里竟吃斋念起佛来，屋子里又给尤二姐和嫣红立了长生牌位，日夜焚香祷告不绝。先还只以为他是为了逃灾躲责，所以故意装出这些个形景来，遮人耳目的。谁知，打后一连来了多少回，将那倾心吐胆之言说了无数，秋桐依旧充耳不闻，只管一心诵经念佛，把他连正眼都不看一下。赵姨娘心中一懊恼，少不得从贾赦到凤姐，凡是秋桐从前不忿之人，挨个大骂一个遍。又骂贾琏等："这些个没造化的亡人！一个个有眼无珠，只管把那些外三路的粉头娼妇都当了正经人抬举起来，倒把我们这些一味痴心的看的马棚风一般！怎怨得人心寒！"秋桐被他聒噪的十分无法，只得停下来，说道："天下不如意事，十有八九，到处有缺陷的，怎么可能事事称心？凡事若不思自己德薄，却只一味怨尤，只是自己取祸罢了！"赵姨娘听了，怔的出不了声，真正又急又气，又无法。嘴里虽无言，心中却只越发疑惑不尽："怎么好好的一个人，忽然就变的认不得了？"因断定是让凤姐施了镇魇法，少不得一路咕咕哝哝的来给邢夫人告状。

恰逢那马道婆也在，这时正忙着在邢夫人跟前献勤儿："阿弥陀佛，我的太太，那里是七个箱子，足足的十五个大箱子呢！一点儿不错的，前儿一大早儿，赵姨奶奶巴巴的打发环哥儿到他那院里看见的！"正说着，见赵姨娘进来，便满脸笑道："阿弥陀佛，才说曹操，曹操就到了。姨奶奶来的正好，太太若不信，只管问姨奶奶罢！"邢夫人因将史家来人存放东西之事细细问了一遍。赵姨娘全是一团忌刻心肠，那能容人一毫私处？这时岂有不逞意谗毁，恶薄讦发一番的？谁知只顾着信口毁谤凤姐了，倒把秋桐一事早抛在了云外。邢夫人直听的浑身冷汗淋漓，不住叹气道："这么大的事，他怎么不跟人说一声，就敢自己做主收下了？"马道婆念一声佛，鼻子里冷笑两声，道："我的太太，自古人心难测，面从背违。那里各个都和您一样的实心肠呢？他不瞒着点儿还行？太太想想，若史家将来真让抄了，那些东西还指望谁再拿回去不成？还不是眼下谁收着，将来就便宜了谁？"赵姨娘道："可不是怎的，头年江南甄家抄家，存放在这府里的东西，我听见秋桐说，也早让他都弄到他王家去了！"邢夫人气的直颤，只说不出话来。赵姨娘又道："这还不算，我还听见说，昨夜里，老太太要给宝玉议婚，他硬是撺掇着老太太定了林丫头。惹的太太一肚子不乐意，却有冤无处诉！可说也是，别说是太太了，就是换了我，我也肯定是要宝姑娘，断不能要那林丫头的——好好的，一天也要哭几回，竟是娶亲呢，竟是娶一个丧门星进来呢？再说又是个病秧子，保不齐那天就……”说着，忙掩住了。邢夫人道：“才刚我也恍惚的听见有人议论这事，怎么你们太太倒不乐意起来了？不是说，竟是那薛家姨太太，先在老太太跟前给保的这个媒吗？”赵姨娘拍手打掌的道：“哎哟，您好实心肠！这竟是，”说着，伸出两个指头来，又道：“是他使的障眼法呢！太太只需想想，他正经是您这边的，却在那边当着家。若是那边得了个强似他的，他那个家还能当的长远吗？他可不是拼了死也要撺掇成了林丫头，他好继续的在那边任意施为么？他既要这么着，可不就要先拿个呆人出来，在前头替他顶杠呢么！说到底，那里是什么薛家姨太太保的媒，分明就是他凭空捏造了出来，散布给人听罢了！”邢夫人吃惊道：“照这么说，只怕连老太太都让他给蒙了不成？”赵姨娘道：“那可不是！他是什么人，您还不知道？巧计暗取，仗势明夺，认恩推过，嫁祸卖恶，杀人不见血，那可是全挂子的武艺！”

马道婆在旁直念：“阿弥陀佛！”鼻子里冷笑道：“从来不肯舍个灯油钱，为几两银子，人命都敢害！”这里几个人只顾里面说的痛快，不防凤姐外头蓦然走来，潜在窗下，都听在了耳内。登时气的两眼昏黑，饶是丰儿在旁扶着，仍就跌破了前额。丰儿吓的哭起来。里面众人听见，登时如飞一般出来，看时，见凤姐已面似金枝，唇如白纸，整个下身湮满了血迹。邢夫人冷着脸，吩咐一声：“还不快抬了回去！”早有丫鬟媳妇等上来，扶肩托背，抬放在藤屉子上，送了回去。平儿一见，惊的魂魄全无，忙拿出裤子给他换时，却见那下边似尿一般，仍流个不住。因一面含泪替他收拾，一面再三使人去催请大夫。可巧贾琏这时伤势已好，下来走动。听见平儿哭泣，进来看时，见凤姐昏昏惨惨，恹恹欲绝，惊的半晌无言。因问是怎么了，平儿少不得哭着告诉一遍。贾琏听了，只管满屋子行去步来，抱怨前生的孽障，今世的冤劫。又催逼着平儿直问，他霸下的那些银子财物，都放在什么地方了。凤姐听见，虽恹恹难睁，却将一颗心肠寒彻，那眼泪，直流个不尽。

一时，王夫人听见消息，忙过来温慰。彼时凤姐已服了药，正合眼昏睡。王夫人才问了平儿两句，见薛姨妈同着宝钗、李纨，尤氏携着佩凤、偕鸳等也都过来探视，便掩住了。众人正在讲论，忽见玉钏神色慌张的进来，请王夫人就回去。王夫人道："你不见眼前这形景？况我才来，那里天天就有这么多的事情！"玉钏只得咬着牙说："太太，才周姐姐使人来报，跟宝二爷去的李贵回来了，说是，满身都是伤，半路上遇着了强盗……"王夫人不等把话说完，魂魄都不知那里去了。薛姨妈、宝钗、李纨等也忙跟了飞走出去。一时回来，耳内早已是一片哭声。只见李贵一身伤痕，形容枯槁，踉跄着上来磕头道："太太，我们的船，快进内河的时候，遇上了强盗，一炮先把桅杆打断了，那船就动不得了。大家还没明白过来呢，那群贼人就已抢上船来，不分青红皂白，见人就杀，见货就抢。小人那时只顾护着宝二爷逃命，不想头上让贼人打了闷棍。等到醒转过来，整个船舱内外都已经让打劫一空了，船上水里到处都是死人……"王夫人喉咙里直要喷出血来，眼泪纷纷而坠，直问："那宝玉呢?"李贵连连碰着头，忍不住嚎啕泪下："小人后来把整个船上都翻遍了，也，没找到二爷。"王夫人当时支持不住，两眼一黑，直挺挺死了过去。慌的薛姨妈等人一面解救，一面嚎啕。一时王夫人醒转，口内犹"儿"一声，"肉"一声，呼叫不绝。薛姨妈见他这般，一来手足情深，二来痛惜宝玉，三则想起了薛蟠，又想着自己年轻守寡，好容易抚养大了一双儿女，那知薛蟠不但指望不上，反而番番撞祸，为他一个，直弄了个家萧业败！可怜宝钗也被他带累，将来的终身也不知托靠何处。因此倒比王夫人哭的更痛一层。宝钗、李纨眼见劝止不住，不免也都触情伤怀，心下辗转惨凄，也都禁不住呜呜咽咽的落下泪来。一时麝月赶来，竟放声嚎啕大哭。同喜、同贵、素云、碧月、莺儿、文杏见众人一个个心酸肠断，一双双泪眼情伤，也都各有所触，便也无不泪下。其余众丫鬟、婆子，看的伤心，也便陪着一哭，一时竟无人解慰，满屋里直哭的震天动地。

只说黛玉此时在潇湘馆内调琴试弦，琴弦竟戛然崩断。黛玉不禁忡然失色，因起身走至窗下，望空踟蹰。只见东方月上，月色晶明，那月儿眼看要圆，把个天际照的如同万顷玻璃一般。黛玉沉吟良久，方命人将琴收拾了。因与紫鹃出去排遣，才出院门，只见园内家丁仆妇，纷纷乱走，或三五成群，在那里乱纷纷讲论。因问紫鹃发生了何事，紫鹃心里虽有无限狐疑，却也只得含笑掩住。少不得又将早上鸳鸯的那番话，拿来安慰。让他只管宽心，众人如此忙乱，定是为着他和宝玉的喜事。宝玉多则三五日，少则一两天，定就回来了。一语未竟，忽然飘起一阵怪风，刮的花树灯笼飕飕乱响，把那些眠鸥宿鹤，不知惊起多少。紫鹃扶着黛玉忙欲转回，黛玉只摆手，让他回去取衣服出来。自己却情不自禁的，又望着木石盟处走来。

才行至酴醾架下，忽听见山子石后面有人嘁嘁嚓嚓的说："前面都乱成一锅粥了，太太也昏死过去了！"另一个道："这下子可竟遂了赵姨奶奶的心了，一下子，就把两个眼中钉都彻底的给绝了去！听说那琏二奶奶是气死在大太太门前的，现在虽然还没死，也已经九分没气了；宝二爷，可就再也回不来喽！"一个又道："哎，也真怪可怜。我要是李贵呀，就索性远远的逃了，这么着回来，不是白白的讨死么？把主子跟没了命，自己反舔着脸回来了！说来说去，琏二奶奶也是白白的落了一场指论，他原只顾着打自己的小算盘，硬撺掇着老太太给定了林姑娘，还不就是怕一旦得个强似他的，他这个家就当不长远么？谁曾想，人算不如天算！竟把个宝二爷给……"一个又道："依着我说呀，那林姑娘竟是一个丧门星，你想想，他在家时，早早的克死了自己的爹娘，这还没过门，就先把个女婿给妨死了！"一个道："可不是，我要是太太呀，我就要宝姑娘，断断不能要那林姑娘的！"一个又道："太太也是没法子罢了，心里头，不定把林姑娘厌到什么地步了呢。可也是，外面看着，一个病西施似的，风吹一吹就倒，背着人竟做出那种事来！现在满府里谁不知道，袭人就是为了替他遮掩，才让撵了出去的！”一个道：“那又如何？太太可到底还是拗不过老太太去。”一个又道：“那可未必，要不是出了宝二爷这档子事，听说太太是要到宫里去请示娘娘的旨意呢……”

黛玉先是听呆了话，这时听了这席话，心中方渐渐的明白过来，登时五内崩裂，泪如泉涌，双眼一黑，仆然倒地。说也奇怪，那满园子的花儿登时噼噼噗噗的飘落了一地，满眼只见红翻香乱，花魂痴痴，竟都密密纷纷、荡荡悠悠的向着黛玉倒下的地方聚了过来。一时，那边走出一个人来，站在那里满口恨骂不绝，只叫：“春燕娘，死在那儿了，一点子小事，只管如此生根长苗的耗在那里！还不快着点呢！”山子石后面的两个人听见，方一起出来，几个一行拍打着满身的花絮，一行争争嚷嚷的去了。那黛玉就昏绝在咫尺，竟浑然无人知觉。

只说紫鹃取了衣服出来，只见漫天花雨靡弗缤纷，艳夺晨霞。却不见了黛玉，正满地里乱转，只见素云哭的满面泪痕走来，因赶上去问是怎么了。素云少不得流泪告诉了一遍。紫鹃听了时，好似半天里飞下霹雳，两只脚早已软了。怔了半天，忽想起黛玉来，便也顾不得哭了，一路踉踉跄跄的直寻至酴醾架下来。却一眼看见黛玉倒在地上，身体已半被落花掩埋，不禁吓的魂胆俱碎，忙扑上去扶起，千呼万唤，直舞了半日，那黛玉才昏昏惨惨吐出一口气来。紫鹃见他气息微茫，强睁双目，眼望着木石盟，嗓门发喘，似有万语千言，却只是握着他的手，紧紧的不忍释放。紫鹃一声声叫着：“姑娘”，因要扶他回去，又不敢轻举妄动，又不敢十分狠哭，唯有喉中哽咽。那时黛玉满脸泪点淋漓，口内只迷迷痴痴的道：“你好我自好，你失我自失；生为还泪而来，死为泪尽而去……”紫鹃看时，那眼里流出的，那里是泪，竟是斑斑血珠。吓的死命抱住，抚膺擗踊，那时只觉上天无路，入地无门，想来黛玉必死无疑了。谁知黛玉竟颤巍巍的执着他手，缓缓贴在自己的胸前，道：“好妹妹，我，化成了灰……也忘不了你……”紫鹃越发惨然大恸，那时只希望能将黛玉留住，哭着叫他千万多想想老太太，为了老太太，也该保重着些儿。黛玉喘微微的道：“无如，老太太白疼我一场……我唯有……来生……再报答了……”便再不能言，口内只剩出气，那眼里，也再没有一滴泪了。紫鹃直哭的悲声震天，却无人听见。唯有漫天花魂，香乱红翻，脉脉旋绕。

此际何止紫鹃，整个荣国府内外，皆已一片哭声震天。谁知黛玉这时，眼内竟忽然看见宝玉走来，远远自风中而来，恍惚似水际飘出。耳内，闻得一派檀板玄歌，悠悠袅袅，清婉欲绝，仿佛自山巅而下，恍若自天籁飘出。说也奇怪，黛玉登时竟如神仙附体一般，兀自立了起来，浑身似有了无穷的力量，恍恍荡荡向着前面的池塘去了，倒把紫鹃远远的甩在了身后。紫鹃在后拼命赶上来时，他直叫着：“宝玉，”整个人已经在水里了。

话说宝玉被那一帮强寇逼跌下江去，登时白浪滔天，随波滚去。眼看性命将危。忽然一阵狂风大浪，将他刮在一个山脚之下，也不知过了多少时，耳内听得叫道：“神瑛，快快醒来！”因恍恍惚惚的，竟觉的是在叫自己一般，乃悠悠的醒转过来。看时，却是两位仙子，但见仙袂飞扬，兰麝馥郁，一个皓质呈露，芳泽无加；一个发长七尺，光可鉴人。原来竟是警幻仙姑与度恨菩提。宝玉一见，慌的忙上来作揖。问道：“仙姑那里去？”警幻叹道：“绛珠泪尽，情债已了，我二人正欲前去接他回去，见你落难，特来相救。”宝玉那时虽浑然不知绛珠所系何人，却只觉椎心疼痛，口内竟连连奔出血来。警幻忙于袂内取出一丸药来，与他服下。复叹一声，道：

无根树，花正幽，贪恋红尘谁肯休？
浮生事，苦海舟，荡去飘来不自由。
无边无岸难泊系，长在鱼龙险处游。
肯回首，是岸头，莫待风波坏了舟！

言毕，携了宝玉道：“你与绛珠在尘世尚有一面之缘，快随我们一起去见他罢。”一阵风，就把宝玉提在空中。

宝玉在空中如云似雾，吓的紧闭双眼，顷刻间，就已来在大观园内。睁眼看时，只见黛玉的奶母、紫鹃、雪雁等人，正围着黛玉嚎啕大哭。宝玉上前看时，见黛玉面如白纸，浑身是水，千呼万唤，已不能言。不觉大哭一声，厥倒在地。不知宝玉性命如何，下回分解。

第九十二回

薛宝钗借词含讽谏　王熙凤知命强英雄

且说宝玉回来，见黛玉已逝，急痛迷心，大哭一声，厥倒在地。那时，黛玉的一缕幽魂，正飘飘荡荡，杳杳冥冥的随着警幻仙姑并度恨菩提一路如絮飞腾，忽然空中一阵风声，却是宝玉赶来。那时宝玉急痛直透三千丈，悲怨冲破五云端，上前一把扯住黛玉衣袖，道："妹妹那里去？不是说过，活着，咱们一处活着；不活着，咱们一处化灰化烟的吗？如何现在忍心把我抛撇，一个人就先走了？"一语未竟，口内又连连奔出血来。黛玉见状，悲不自胜，只觉心如刀割，意似油煎，眼里却再流不出一滴泪来。满心里纵郁结着万般缠绵不尽之意，却只道不出一个字来。警幻见事不谐，轻叹一声道：

三界无安，犹如火宅；众苦充满，甚可怖畏。
令识虚妄，深厌自生；知有涅槃，不恋三界。
是日已过，命亦随减；如少水鱼，斯有何乐？
当勤精进，如救头燃；但念无常，慎勿放逸！

江山易得，大道难求；人生易老，富贵难留。
轮回路险，世道堪忧；黄粱梦短，何必贪求。
妙法无边，信入得救；往生净土，光明自由。
真为生死，发菩提心；信愿念佛，求生净土！

言毕，遂于袂内取出紫金玄冥璎贝镜，抛于空中。登时只见红光四射，华彩腾霄，照彻天地。那镜乃是由蓬莱仙山顶上四时不谢之萼，八节长生之草，并群芳之蕊，百灵之髓造就，又有如意珠、摩尼珠、辟尘珠、定风珠、紫珊瑚、红玛瑙、夜明珠、舍利子重重嵌就，人在下面一望，前生五百世所行之事，尽现眼底。宝玉和黛玉在那镜下看的真切，原来，竟是一段“还泪”的公案。黛玉在那镜下不胜嗟叹，遍身冷汗淋漓，似有警悟之意。宝玉却全然不顾，仍旧死死拉住不放。口内只说：“好妹妹，别人不知道也就罢了，难道你也是不知道的？就连我的这颗心，都可以随时拿给你，不过前生惠你几滴甘露，还说什么还不还的！好妹妹，你我自来心同一处，志同一心，我每每恨不得魂附你体，魄代你身。怎奈徒有此心，没有此术，只落得妄想心痴，弄了一身的病！”又哭着去求两位仙姑道：“好仙姑，求你们大发慈悲，把妹妹还我罢！他这么走了，我岂能独活？你们若是一定要带他去，就连我也一起带了去！”

警幻摇头叹道：“痴儿竟尚不悟！”度恨乃道：“天下恩爱皆当别离。绛珠泪尽，与你的情债已了。你尚这般一味苦缠，究竟何益？须知，缘分看破了，不过就是聚散。你又何必苦苦执着？当初若不是你凡心炽盛，执意下界造历幻缘，又怎会勾出恁般风流冤家，一起下世历劫？说来说去，祸端皆因你一人而起！绛珠算是造化不浅，根基未脱，尚能及时返回，继续修炼。至于其他那些同去了的，若想再都回来，可就难如徒步登天，无异火中栽莲了！”宝玉仍旧只管充耳不闻，因一心要厚结其心，求他二人救拔。少不得磕头作揖，满嘴哀求，每说一字，呜咽一声。直哭的黛玉哀伤惨切，就如万箭攒心一般。千思万量，万般踌躇，真正进退两难。正乱着，只见半空中鹤舞鹿鸣，异香满地，遍处氤氲。却是一班仙娥美姬靡弗缤纷而来，瞬间便将黛玉裹在中间，飘飘荡荡的去了。宝玉再看时，早已飘的无踪了。只剩下漫天歌曰：

一旦无常至，方知梦里人，
万般带不去，唯有业随身。
世上光阴短，地狱噩梦长，
随缘消旧业，莫再造新殃。
爱河千尺浪，苦海万丈波，
欲免轮回苦，及早念弥陀！

宝玉在后稽颡泣血，百般呼求，意欲也跟了过去，谁知竟不能举步，耳内只听一声霹雳，犹若山崩海沸一般。宝玉大叫一声，嘴里直吐出多少水来，睁眼一看，只见面前白浪滔天，头顶巨峰耸峙，自己却在一个山脚之下。宝玉这时只觉心口犹如刀戳一般的疼痛，怔忡间，远远见有几个黑点飘来。一时竟越来越大，展眼的工夫，竟是焙茗带着一班人马叩迎到眼前。众人见了他，先是呜呜咽咽一阵笑，后又哽哽咽咽一通哭。随即纷涌上前，将他扶起，那时宝玉满脸泪痕，精神恍惚，满嘴里只道："把林妹妹还给我，求你们大发慈悲，把林妹妹还给我罢！要带走他，就连我也一起带了去！"又对众人纳头哭拜："快，你们快去替我把林妹妹给拦回来，若晚了，可就再不能见了！"一语未落，竟哭死于地。众人唬的个个失色，忙扯腰抱腿，将他抬上船去。

且说荣宁二府，已经一连多少天愁云卷结，哭声震天。谁知今日凌晨，灯花连爆，喜鹊齐鸣。贾琏被叫的不耐烦，满嘴里直骂："什么瞎鸟，眼睛也没有，连个喜丧也不知道，只管那里乱叫！把你爷爷叫上火来，连窝也给你端了去！"秋桐在旁听了，不免叹气道："何苦来，它叫它的，祥不祥的，自有它的道理，它长了嘴，难道叫它不叫么？"一语未落，见旺儿等人簇拥着焙茗，直奔进来。焙茗“扑通”跪在地中央，一叠声叫道：“二爷！给二爷请安，老爷和宝二爷回来了，打发小的先回来报信儿！”贾琏一惊非小，忙上前一把抓住问道：“宝兄弟？不是说……”忙又道：“他现在人在那里？到底怎么回来的？”焙茗泫然流涕道：“那天，我们的船遇上了强盗，我们几个正护着宝二爷逃命，小的眼见李贵为了保护宝二爷，让贼人打了闷棍，跌下水去。眼见那强盗又向宝二爷逼来，小的那时恨不得挖个地洞把宝二爷藏过了，小的那时只想，逃也是个死，不逃也是个死，倒不如死中求活，和他们拼了算了。所以就不顾一切冲上去了，后来也不知让那贼寇用什么打懵了，等醒来时，人已经在水里了。等爬上船来，满眼全是死人……”贾琏急的直跳道：“这个已经知道了，你只说是在那里，怎么找到宝玉的？”焙茗抹着泪道：“到底我们宝二爷福大命大造化大，竟一丝皮儿也不曾伤着呢。小的当时就觉的宝二爷一定还活着，只因四处找寻不到，小的只得连夜翻回老爷的寓所，据实向老爷禀报了，老爷便派了人，和我们兵分两路去找，后来终于在一个山脚下给找到了……”贾琏不等说完，一把将他提起，道：“快，赶紧随我去回老太太、太太去，救命要紧！再迟了就不中用了！”

只说贾母和王夫人闻得宝玉的凶信，皆已哭的几次死而复生，生而复死。如今虽还剩了一口气在，也都已是奄奄欲绝了。现在忽然听见宝玉就要回来了，登时病也没了，冷心肠也都又重新热了起来，一个个泪眼情伤，捉住焙茗只是不放，颠来倒去问个无休。

好容易盼到第二天晚晌儿，果然父子们平安回来了。见面时，少不得彼此悲欣交集，未免抱着大哭一场，又致庆慰之词。众人见宝玉精神恍惚，泪不能干，都还道是路上让贼人吓掉了魂，还没归窍呢！谁知宝玉一时略明白些，满眼里只不见黛玉，因要问，无奈却无缝插话，少不得忍耐着。幸而贾母怕他劳乏，因让麝月扶去歇着去了。宝玉这里才一得空，便忙不及的一路望潇湘馆飞走。麝月如何能拦的住，魂都不知那里去了。一时来至，满眼果见轩窗萧瑟，凤尾摇落。宝玉那时已泪下如雨，只是咬着牙不肯哭出声来，因望内直闯进去，映着灯光，一处处闪目细看，几将屋底掀翻，不但不见黛玉，就连紫鹃、雪雁等人也都一并杳然无踪。不过几个该班上夜的老妪，老的老，驼的驼，在眼前晃来荡去。宝玉此时心如死灰，一时想起那日梦中的情景来，顿如万箭攒心，不觉放声大哭："我这是在那里呢，这到底是不是在做梦？林妹妹到底那里去了？"因又伏在书案上哭道："妹妹，那日酴醾架下，不是说好了的吗？原以为，我这一回来，便可完结心愿，如何现在一句话也不说，就把我丢下，一个人到底那里去了？这些时日，那一天不想你到三更鼓，那一夜不念你到五更天，那一回不为你流泪到双眼枯！妹妹如何就狠心让我负此夙约！"直哭的喷出血来，气不能转声，仆然倒在地上。麝月等见事不谐，哭的摇天动地，一面七手八脚抬了回去，一面忙忙的去告诉王夫人知道。王夫人连日请了太医来诊脉，太医说是："急火攻心，血不归经"，遂于灯下开了药方，自去不提。

只说宝玉一连将养一月有余，仍只不见好转。兼之一连数日，茶饭不吃，精神恍惚，任凭众人如何问他，只不答言，翻来覆去的只是哭道："求你们大发慈悲，把林妹妹还给我，把林妹妹还了我罢！"又哭："我的姐姐妹妹们都到那里去了？袭人怎么也不见了？还有秋纹、碧痕，他们都那里去了？这里不是我的家，我家里有林妹妹，还有诸多的姐姐妹妹，你们死活拉了我在这里做什么？我又不是你们这里人，你们快放了我回去，让我去见林妹妹！"哭着，便又厥倒。去移时，苏而又哭。麝月等看去，只有一息奄奄，明知劝不过来，唯有守着流泪，天天三四趟去告诉王夫人。王夫人彼时虽急痛交煎，但好歹宝玉总算是活着回来了，还有什么事情再能大过这个去？因少不得咽泪强忍着。

谁知，这天宝玉正哭闹的大不象，恰逢宝钗进来望候。说也奇怪，宝玉每次一见了他，神志片时清楚。这时，一把拉住哭道："好姐姐，素日你和林妹妹最好，而今他往那里去了！还求姐姐告诉我，若晚了，我必再不能活！"宝钗心下惨凄，流着泪道："你放着病不保养，何苦尽说这些不吉利的话呢？你与林妹妹固然和睦，难道老太太、太太，他们就白疼你一场吗？老太太一生疼你一个，如今眼看已是这般年纪的人了，虽不图你的诰封，将来你成了人，老太太也看着高兴一天，也不枉了老人家一片苦心。太太更是不必说了，一生的心血精神只在你一人身上，你若有个好歹，他们将来怎么样呢？难道，你就丝毫都不顾他们吗？你可知道，你这一去，害他们替你担了多少惊怕沉重？万幸是你回来了，不然，他们也必定不能活的。”宝玉哭道：“好姐姐，我心里自然知道，老太太、太太疼我，但只我的这一片心，”说了这一句，更动了心，一时又怄出血来，几乎晕倒。慌的麝月等俱上来搂扶，问是怎样了，又要去回王夫人。宝玉只摆手说：“不相干。”因依旧只是拉着宝钗不放，道：“好姐姐，你不知道，我和林妹妹是说好了的。怎么我这一去，回来就再也看不见他了呢？我心里只是纳闷，若是他生我的气，故意躲起来不肯见我，似乎也不应该。你也替我想想，自那日一别之后，连面也不曾见着，再没有得罪他的去处了。但只如何现在竟一句话也不说，就把我丢下，一个人去了呢？我病成了这样，他也不来看我一看。”说着，泪下纷纷。又大哭起来，口口声声只要找林妹妹去。

宝钗见他又象要昏聩一般，少不得激出个“以毒攻毒”的法子来，因硬起心肠说道：“你好好的，我便实话告诉你。”宝玉闻言，立时收了泪，也不再闹了。宝钗道：“林妹妹一个月前，听说你在船上遇了劫匪的时节，就已经亡故了。”宝玉登时双眼一黑，喉咙里咕噜噜一阵响，立时神损气丧，哭死过去。麝月等惊气冲心，一拥齐上，搂腰的搂腰，扶背的扶背，掐的掐，灌的灌，哭个不了。半晌，宝玉气转回声，口吐痰涎，呼天捶胸道：“果真……已经……亡故了？”宝钗哀痛弥极，事在两难，忧形于色。半晌，只得重新硬起心肠，冷着脸说：“岂有红口白舌拿这种事情咒人的？只因老太太、太太知道你与林妹妹和睦，怕你听见他死了，自然你也不得活，所以大家才都商量了，一起瞒着，不肯告诉你。”宝玉不禁放声大哭道：“这么说来，那日我做的梦竟是真的了？”因叫一声妹妹，哭一声命。眼看又伏在床上，连气都将没了。麝月等一发痛怒无极，只恨说不出口。

宝钗便以手试他额，复软言抚慰道：“木已成舟，哭亦无益。你不为别人，就算为了林妹妹，也该振作些。”宝玉方“哎哟”一声，又哭出声来，便又拉住道：“林妹妹临走的时候，可曾说些什么话？可曾，给我留下书信？”宝钗垂了头，心下辗转惨凄。沉吟片刻，料难躲过，便从衣袖内将黛玉所作的《十独吟》拿出来，交与他。宝玉看时，见果是黛玉笔迹，早又涌出泪来，浑身战战兢兢，那几张纸接在手中倒象有千斤之重，每读一句，呜咽一声。满屋之人无不跟着泫然泪下。宝钗因趁机说道：“林妹妹本没什么大病的，都是因为用心太甚，伤了神。可知，只这一个‘思’字，万不可过甚的。你若是还能够明白道理，就该着实引以为鉴。就算你们兄妹再如何的和睦，而今，他已经亡故，便只是不把他丢过不提，便是情深义重了。若一味的只因他而沉靡不振，不但妨了大节，也不是理，倒让死者反为不安了。”宝玉闻言，不觉猛然触动前情，又是悲叹，又是心中暗暗道绝称奇。那时虽然依旧满脸泪痕，却也不再哭了，独自仰面朝天呆了一阵子，口内道：“乏”，便着枕睡去，一夜竟出奇的安静。麝月等人无不喜出望外，忙去禀报王夫人知道，不提。

且说凤姐如今好容易将养过来，正和平儿两个谈论黛玉之事。因止不住落泪道：“可怜我这妹妹这样命苦，小小的年纪，便没有了父母，如今，就这么做了北邙乡女！可叹我当日也正病的将死，竟未能到他跟前略尽姊妹之情。这竟是我一生的亏欠了。”一面说，一面止不住泪如雨下。因又问平儿他的后事如今怎样了。平儿说：“大奶奶已帮着分派料理完毕了。老太太虽疼的不行，无奈那时听见误传宝玉的凶信，那里还再顾的过来？如今时日已久，也只得罢了！倒当真那紫鹃丫头和林姑娘是前世的缘法儿，因执意哭着说，林姑娘去的时候，那满园的花儿，一时竟飘落了有大半园子！他寻见林姑娘的时候，见他几乎半被落花掩埋，且周围遍处异香氤氲，必是上天垂相，所以定要到庙里去为林姑娘诵经超度一百天，再扶柩回南去。”凤姐闻言，倒象触动一桩前事，再四寻思，却又无从捉摸。因又问宝玉的病势。平儿道：“听见说，幸而昨儿宝姑娘趁势说明了，为的是使其一痛决绝。麝月等人先还都暗暗的埋怨，只是不好说出来，谁知后来果见宝玉清明过来，太太今儿早上请太医进去诊视，说是‘脉气沉静，神安郁散’，这才都放心了。才又听见麝月过来说，现在越发好了，从早到晚只是静摄颐养。”凤姐点头道：“这竟是薛妹妹之大功了！”

一语未竟，见秋桐走进来，看见他，也没有话，自己寻了把椅子，便寂然无声的坐在那里。凤姐见他这般情状，便命平儿下去安排酒馔，因躺在那里问他：“有事？”秋桐沉吟半日，将一本《佛说长寿灭罪护诸童子陀罗尼经》恭恭敬敬放在桌上，道：“奶奶，地狱鬼神是真有的，我是亲见过的。”凤姐冷笑道：“那又怎样？”秋桐又是半日无语，良久，方道：“世人不信有因果，因果从来放过谁。奶奶可知，人身至为尊贵，得到人身，更是非常的困难。而且人当出生时，是有诸天的天神称庆，司命之神定算，可以说是惊天骇地，实在尊贵的难以形容！我见经书上说，世间有五种重罪，忏悔难灭。一者杀父，二者杀母，三者杀胎，四者出佛身血，五者破和合僧，如此恶业，罪难消灭。昔日有颠倒女人啼号悲泣，五体投地，踠转佛前，请佛慈悲救护。佛祖为其专演此经。又深附嘱‘未来世中五浊乱时，若有众生，造诸重罪，杀父害母，毒药杀胎，破塔坏寺，出佛身血，破和合僧，如是等罪五逆众生，若能受持此长寿经，书写读诵，若自书，若遣人书，犹尚罪灭，得生梵天，若更能殷勤忏悔，即得转于无上法轮，能度无边生死大海。’”凤姐听了，不觉冷笑道：“你白白的跟我说这些做什么？我一没杀父母，二没拆庙谤僧，三没杀子堕胎，你才进来时，不见我的巧姐现在出落的有多好么？”秋桐道：“有则改过，无则嘉勉。妹妹现在十分后悔从前行为，只一味的信邪倒见，骄奢使气，为争宠邀幸，使尤二姐声名受污，不能辩雪，至死挟冤，所以自己也伤了阴骘。足见冥镜明明，当头高照；恶有恶报，天理昭彰。就算是常言说的‘富贵草头露，人生瓦上霜’，这些也都正是为不作善的富贵者，豫卜消息。妹子今借圣人至言，苦劝一番。还望奶奶举事先存为众心，时时不忘积财布散，节俭恤贫为上。”

凤姐听了，幽幽的发出一股冷气来，忿声道：“我自己该如何行做，且用不着你来教导！若再无别事，速请就便！”秋桐只得起身去了，谁知尚未出门，凤姐便在后骂道：“什么淫妇！费尽心机装神弄鬼大半天，原来就是为了来谋算我，别做你娘的梦了！”骂声未绝，将桌上经书拿来便要撕，幸而平儿赶来，好歹劝止了。正乱着，只见贾琏一头汗进来道：“快，出大事了，先赶紧支五千银子出来。”凤姐冷笑一声道：“我竟不知国舅老爷和你那西屋里的，这是上演的那出！一个装神弄鬼的大半天，才走了，后脚你就赶来要银子了。难怪才嘴似淮洪一般，假借什么圣人之言让我积财布散呢，原来就是要让我把满府人的银子，都布散到你们的手里去！”

贾琏浑然不知所云，只说：“快别打岔，赶快支银子出来要紧！我可是万不得已了，才跟你开这个口。娘娘的事，眼下只有到内监里头打听去，没有银子是万万不行的。再者，前些时候，以死囚把薛老大换出来的事，如今也让捅出来了！加上大老爷、珍大哥的几件事，眼下处处都要使银子通融才行。”凤姐道：“我如今也是泥菩萨过河，一点银子也拿不出了。”贾琏焦躁道：“我这忙前跑后的，可不是为了我自己。我倒不知道那薛老大到底是谁的亲戚！前阵子为了救他一个，我们两府里的爷们那一个不是累的人仰马翻？要不是珍大哥到了想出了那么一条妙计来，他现在说不定早就身首异处了！谁知，到头来，为了他，竟中了忠顺王爷这老狐狸摆的一场绝阵计！可恨这老狐狸实在敢作敢为，机深计诡，大家俱落在他术中！你道那个替薛老大受剐的死囚是谁？竟是西海沿子和硕特部叛乱贵族的一个亲王。人家现在口口声声要人，不然就要再次举兵造反了。听说现在主上正在为此事震怒，目下正追查呢。你爱管不管吧。将来要是真倒了霉，大家吃挂络！”凤姐直气的两眼发黑，暗自寻思半日，不管不好，管又不甘。贾琏又道：“不是万不得已，我本不想说，今儿在衙门里还听见说，张御史今儿早上又参奏平安州：迎合京官上司，虐害百姓，包揽词讼，重利盘剥之事，你倒去好好想一想，这竟是谁干出来的好事罢！”

凤姐一听，两只吊梢子眼微微竖了一竖。满脸上堆着春风和气，冷笑道："依着二爷的意思，这个钱我是不拿也得拿了？但只这两府里头，谁的手里没有私房？平日里说嘴说的山响，怎么到了用银子的时候，就单寻趁上我？别人不说，难道二爷你也是没有体己的?"说着，便叫平儿，让去把里屋屉子里的拜匣拿来给二爷。平儿忙进来，应声去了。贾琏这里细细品度凤姐，不觉暗叹："好厉害的夜叉，越发有'卒然加之不惊，遽然临之不惧'的手段了。"

正在胡思乱想，见平儿手捧拜匣走来，放在他面前。贾琏打开看时，里面竟是一绺青丝。不禁倒吸一口凉气，暗自拿着一把汗，不住的拿眼去看平儿。平儿那里看见了，自己反羞的面红过耳，暗揣着一个鬼胎，头就要垂到地面上去了。凤姐满脸堆着笑容，只问："怎么这个天，倒出起汗来了?"贾琏一发羞愧难当，当时恨不得挖个地洞藏过了。凤姐勃然翻转面皮道："什么灯姑娘，多姑娘，伙嫖的粉头，聚麀的小老婆，都指着我替你了账！有钱换这几根骚毛，现在怎么就成了㦬头鳖了?!哼哼，包揽词讼，重利盘剥！我不包揽盘剥，如何养的你们脑满肠肥！有了银子，就都一窝蜂的来要，现在惹出事来了，别人还没怎么样呢，你就预先给我个碳篓子戴上了！既这么着，二爷还要银子做什么？有人来查，就把我推出去顶杠，千错万错都在我一人身上！再不然，合族觌面大家说个明白，痛快的给我一张休书，我就走！正是'生子一似浮云，恩爱付于流水，身死不如禽兽，冤枉无门可雪'，先朝就有的故事，还等什么!"

贾琏听了这篇言辞，竟一个字都回不上来。先时恨不得挖个地洞藏过了，这时又恨不能抢了银子就去。无奈却是计穷力竭，心灰肠冷，如醉如呆而已。不知后事如何，下回分解。

第九十三回

孤藕榭出家悟虚化　懦菱洲夭逝还真元

且说贾琏向凤姐要银子，欲盖目下之短行，谁知银子没要到，反彰露从前之劣迹，只得悻悻而去，另找贾珍父子商量不提。

如今只说贾政回家，众子侄俱来请安。贾母问了一回探春的消息，贾政少不得禀明一番。贾母年迈之人，想着小孙女远在异域他乡，一无亲故，心下不免伤感。贾政少不得安慰一番。然后弟兄相见，齐到宗祠行礼。众子侄都随同前往。拜祭罢，贾政于祠旁厢房坐下，叫了贾珍、贾琏等人过来，问起家中事务。贾珍拣可说的说了。贾政道："我初回家，也不便来细细查问，只是听见外头说起你家里更不比从前，诸事要谨慎才好。你年纪也不小了，孩子们该管教管教，别叫他们在外头得罪人。琏儿也该听着。不是才回家就说你们，因我有所闻所以才说的。你们更该小心些。"贾珍等脸涨的通红，也只答应个"是"字，再不敢多言。贾政也就罢了。回至西府，王夫人吩咐厨下整酒，与他接风洗尘。贾环、贾兰替另拜见。那些家人小厮，丫头媳妇，一齐俱来磕头。贾政见贾兰越发出落的面如满月，丰姿俊雅，深为欢喜。再看贾环，大是粗鄙暗昧，仍是先前模样，究竟不甚钟爱。歇息了半日，忽然想起一直未见黛玉，便问王夫人：“为何如今短了一人？”王夫人知是想着黛玉，前因家书未报，现又才到家，正是喜欢，不便直告，只说是病着。问宝玉时，便一力夸赞宝钗，说是幸而他的功劳，宝玉的病才日渐的好了。因撺掇贾政：“宝玉如今也不小了，是时候也该正经议亲了。若论模样儿，行事做人，宝丫头一概应是首选。”贾政迟疑道：“宝玉的亲事不比别人，只怕还要先问问老太太。”

正说着，见赖大一脸汗进来，禀道：“老爷，才听见信，史家被抄了！”贾政一惊非小，霍然起身，问：“究竟所犯何事？”赖大道：“定的是‘结交外官，外任亏空’。另外还有几件事。”贾政道：“快说。”赖大道：“有人告发东府里的珍大爷引诱世家子弟赌博，这一款还轻；前阵子，忠顺王爷因其是卓异的官，举荐说‘人品贵重，必能承担大业’。就着其署了关差的印。谁知如今竟反过来告其‘为利忘本，走到银子窠里去，索诈贪污，私弄手脚，扭曲作直，非刑拷打’，又弹劾什么‘一印数官’；还有一大款，咱府里的琏二爷国孝、家孝期间，强占良民之妻为妾，因其不从，凌逼致死。又还拉出一个姓张的来。只怕连都察院都有不是，为的是姓张的起先告过。”贾政不觉眼中流泪道：“不争气的畜生，番番撞祸！非要闹到家败人亡方算了事！”赖大抹着汗道：“还有，隐匿江南甄家和如今坏了事的史家的财物、人犯……”贾政跺脚道：“了不得了！”赖大又道：“还有，以死囚把薛家大爷替出逃匿之事；又有御史参奏平安州，迎合京官上司，虐害百姓好几大款。”贾政慌道：“那管他人的事！到底打听我们的怎么样？”赖大道：“说是平安州，就有我们，那参的京官就是咱家大老爷。说的是包揽词讼，重利盘剥，百姓受害，有冤莫诉，有苦无伸。”贾政不等听完，眼中簌簌流泪道：“大老爷也忒糊涂，东府也忒不成事体！”因急的即忙望宁府飞走过去。

谁知，气未喘定，一时又有周瑞家的慌慌张张的进来禀报：“太太，才孙家派人送了讣闻来……”王夫人豁然起身：“谁家？”周瑞家的颤声道：“孙绍祖，孙家。说是，咱家二姑娘殁了。”王夫人满眼流泪道：

"什么时候的事？怎么就殁了？"不等回话，便又喃喃垂泪道："我就知道，那孩子……活不长……"一语未完，只见凤姐泪光满面，扶着小红颤巍巍的进来："太太，这个事，可怎么回老太太去呢？"王夫人心如刀绞，泪下沾襟："这事瞒不住。你就过去实说了吧。"凤姐痛哭一场，凄惶而去。一时贾母闻知，痛的肝裂肠断，老泪纵横："多大个年纪，离了我才几天呢！"因让立即去把贾赦、邢夫人叫来，一面又痛哭道："我只朝他两个要人，作爹当妈的，不替孩子打算，生把个小命儿给断送了！"凤姐等生怕哭坏了贾母，忙收泪百般劝慰。谁知，贾母一时又想起黛玉来，想着府里如此连三接二，都是不如意的事，那里搁得住？心口疼的哭一声"肉儿"，叫一声"林丫头，二丫头"，道："怎么就忍心早早的把我抛撇下，就都这么去了！只留着我这老废物，在这里做什么！"一时贾赦、贾政、邢夫人等听见消息，纷纷过来，合力再三安慰，方止。众人俱守着贾母，至深夜方散。

只说贾政回来，因告诉王夫人，才在东府里听见说，薛蟠如今重又被捕回来，正等着重新治罪。王夫人心下煎熬，沉吟不语。半日，方垂泪说："他是自作自受，现在连老天也帮不了。"因趁便也将黛玉已死的话告诉。贾政唬的魂不附体，不觉掉下泪来，连声叹息。王夫人也撑不住，在旁痛哭一场，又细说了一番李纨当时如何一力操办的后事。幸有玉钏等人在旁百般劝慰，方勉强止住，重又说些喜欢的话。因就便说道："眼下老太太这样伤心，两府里又接接连连的诸事不顺，不如趁势把宝玉的婚事给办了，必要借喜气冲一冲，或许就好了，也未可知。"贾政道："才老太太也是这个意思。我还纳闷呢，怎么这个时候跟我说起这事来了。又说打卦的说，要娶个金命的人过来帮扶。又说有'金玉'的道理，婚是不用合的了，即挑了好日子，按着咱们家分儿过了礼。赶着挑个娶亲日子，就照南边规矩拜了堂。原来竟是这样。"说着，见王夫人又是一包眼泪，因又想到他身上，复又道："老太太这个年纪，既有这个意思，我那里还敢违拗？自然是老太太的主意，该怎么便怎么就是了。但只姨太太那边，不知说明白了没有？"王夫人拭泪道："姨太太是早应了的。只为蟠儿的事先前没了干净，所以这些时候总没提起。”

贾政道：“这就是第一层的难处。哥哥在监里，妹子如何出嫁？再者，我的起身日期，再不敢多耽搁，就只这几天，可怎么办呢？”因夫妻们盘算了一夜。第二日，贾母叫贾政过去，商量道：“你若诚心给他办呢，我自然有个道理，包管都碍不着。姨太太那边，我和你媳妇亲自过去求他。蟠儿那里，我另央人去告诉。如今府里如此连三接二，都是不随意的事，必要借喜气冲一冲，方可扭转。从此，一天好似一天，岂不是大家的造化？这会子只要立刻收拾屋子，供喜神，准备花烛，铺排起来。一概亲友不请，也不排筵席，只为冲喜。宝丫头心地明白，是不用虑的。内中又有麝月，也还是个妥当孩子。再有个明白人常劝着更好，他又和宝丫头合的来。再者，姨太太曾说宝丫头的‘金锁’也有个和尚说过，只等有玉的便是婚姻。可知这段姻缘，是早就注定了的。这么着，都赶的上。你也看见了他们小两口儿的事，也好放心的去。”贾政听了，不敢违命，勉强赔笑说道：“老太太想的极是，也很妥当。只是要吩咐家下众人，不许吵嚷的里外皆知，这阵子办这个事，总是有越礼处。姨太太那边若果真应了，也只好按着老太太的主意办去。”贾母道：“姨太太那里有我呢，你去罢。”贾政答应出来，心中好不自在。因赴任事多，兼两府里诸事连连，自然少不得各处夤缘请托，种种应酬不绝，竟把此事听凭贾母交与王夫人办理。

只说这夜，窗外唿喇喇刮起一阵怪风，刮的影乱灯昏。贾政连日内无来由的耳热眼跳，意乱心慌。这时只觉困倦上来，倒身便昏然睡去。恍惚间，只见元春浑身血淋淋的走来，眼中垂泪，口叫：“父亲。”贾政大惊，急躬身跪下：“娘娘这是那里来，如何竟这般形容？”元春滴泪道：“父亲，孩儿遭奸人陷害，可怜数载宫闱，敬修懿德，克谐内助，夙夜匪懈！如今被奸贼做害我一个大逆不道之罪，不能辩雪。孩儿怎肯贻羞父母，辱败宗社？而今，儿命已入黄泉。只因心里放不下父母双亲，故来相告。”贾政听见“儿命已入黄泉”几个字，唬的魂不附体，满面泪流，竟再也道不出一个字来。元春悲悲泣泣，泪下沾襟道：“从来富贵若浮云，吉凶倚伏信难分！但看古往今来那些豪门望族，无不是先祖们九死一生挣下家业，无奈膏粱的子孙，性情异样，安乐场中，并无善书入目，善言入耳，那肯效法祖先，培植后来的元气。终日妄行妄为，一朝生事则百计迎求，父为子隐，群小迎合，虽暂不罹祸网，而从此越加放胆，必至破家灭族方罢。何况宦海风波，险巇无常，无异袖蛇而走，抱虎而眠，还望父亲及早抽身退步为上。需知冰山不久，梦景无常，早寻觉路要紧。”一语未尽，只见烈焰腾空，直透九霄，元春踏起五色莲花，冉冉腾空而去了。

贾政举步相送，竟被绊了一跌，惊醒转来，已是一身冷汗淋漓。王夫人在旁亦醒，忙让点灯上来。贾政不住搓手嗟叹：“回京多日，几次使人进宫探听娘娘消息，无奈至今亦无音信。使我日夜不安，心神恍惚。”王夫人在旁簌簌落泪道：“我才梦见娘娘身穿血衣，拉着我大哭不止，未知有何吉凶？”贾政闻时，竟如顶梁骨失了真魂，再出不得一声。只是心内乱想：“怎么我和夫人竟同时做此恶梦？想是娘娘必有不祥之事，故我终日心神惶惑。”因不肯惊扰了王夫人，只说：“无妨。”便就安寝。只等天明再使人到宫里去打听，看是到底如何。

且说宝玉如今日渐将养过来，因便拄着拐，日日踱到潇湘馆、木石盟处徘徊瞻顾。因想着从前的欢笑盟约，今日之寥落孑然，后日相思熬煎的光景，不觉越添了怨痛积伤。又见那株石上仙柏，满树枝叶均已萧然剥落，树干却依旧冷逸凌云；石子后面的小竹细草，在风中摇摇落落，似有无限幽意隐隐。因伏在山石上大哭一场：“林妹妹，我只道送了三妹妹回来，便可完结心愿。谁知如今竟与你天人永隔！你如今到底是那里去了呀！你可知道，我如今真正是被逼的上天无路，入地无门！妹妹若在天有灵，就请来对面开示一语，告诉我，这场伤心，何日才能了结收场？”因又摇摇晃晃的走至潇湘馆去叩门，满嘴只叫：“紫鹃，开门。”却见苍苔露冷，院门紧锁，院内阒然无声。隔着门缝看进去，满眼只见落叶萧萧，寒烟漠漠，不觉更复泪如雨下，连又叩击数十下，只管伏在门前大恸不止。谁知麝月在后远远走来，见此情状，不觉停下脚步，掩面泣下。宝玉那里浑然不觉，仍旧扣门一声，哭喊一声："林妹妹，我来了……紫鹃……雪雁……快来开门!"麝月实在看不下去，哭着跑过来，扶起他道："二爷，快回去罢。老爷叫呢。才和老太太商量了，三日后，要给你和宝姑娘完婚呢。"

宝玉如闻惊雷霹雳，震的两眼睃睃睁睁，半日无语。麝月生怕他又激出病来，忙紧紧的拉着，一路去了。宝玉之病，原本尚未大愈。如今一腔深情正为黛玉不能解释，又听见要让他和宝钗完婚，因更加神出鬼没，不得主意。任人上前如何问话，只是不答。麝月深怕他旧病复发，因满屋里又点起安息香来，定住他的神魂，扶他睡下。谁知宝玉人在昏睡中，依旧满嘴里只是哭嚷："林妹妹，我如今要叫他们弄成了一个负心的人了！非是我负你，一死一荣端有谓，苍苍造化意何深!"

谁知惜春因接连情殇了黛玉，孽殁了迎春，不免兔死狐悲，凄惶自伤，终日似染怔忡之症，愈发与人隔绝了。可巧这日在地藏庵里看到一篇忏悔文：

弟子自违真性，枉入迷流。随生死以飘沉。逐色声而贪染。十缠十使积成有漏之因。六根六尘妄作无边之罪。迷沦苦海深溺邪途。着我耽人举枉措直。累生业障一切愆尤。仰三宝以慈悲。沥一心而忏悔。所愿能仁拯拔善友提携。出烦恼之深源。到菩提之彼岸。此世福基命位各愿昌隆。来生智种灵苗同希增秀。生逢中国长遇明师。正信出家童真入道。六根通利三业纯和。不染世缘常修梵行。执持禁戒尘业不侵。严护威仪蜎飞无损。不逢八难不缺四缘。般若智以现前。菩提心而不退。修习正法了悟大乘。开六度之行门。越三祇之劫海。建法幢于处处。破疑网于重重。降伏众魔绍隆三宝。承事十方诸佛无有疲劳。修学一切法门悉皆通达。广作福慧普利尘沙。得六种之神通。圆一生之佛果。然后不舍法界遍入尘劳。等观音之慈心。行普贤之愿海。他方此界逐类随形应现色身演扬妙法。泥犁苦趣饿鬼道中。或放大光明。或见诸神变。其有见我相。乃至闻我名。皆发菩提心。永出轮回苦。火镬冰河之地。变作香林。饮铜食铁之徒。化生净土。披毛戴角负债冤。尽罢辛酸咸沾利乐。疾疫世而见为药草。救疗沉痾。饥馑时而化作稻粱。济诸贫馁。但有利益无不兴崇。次期累世冤亲现存眷属。出四生之汩没。舍万劫之爱缠。等与含生齐成佛道。虚空有尽我愿无穷。情与无情同圆种智……

他本是有宿慧的，一见此言，当下便幡然彻悟，原来盛衰本是回环，万缘无非幻泡。为人在世，不过镜花水月。今正好借此清净之地，虔修来生，以脱金枷玉锁。因自此，索性住进庵来。终日动静尊严，意不散乱，屏息万缘；内心既寂，外境俱捐。入夜焚香趺坐净修，自摄其心。早朝夜晚，淡水蔬食，清静无为，倒也无荣无辱；暮鼓晨钟，一盏清灯，半床禅榻，更觉乐在其中。

贾珍、尤氏闻知，虽多次遣人前来访寻，无奈何，他执意不愿意再回俗尘。贾珍、尤氏虽然日日相互指责抱怨，也只得随他去了。不知后事如何，下回分解。

第九十四回

叹荣华恰似三更梦　恨无常还同九月霜[1]

如今只说三日后，荣宁二府按贾母吩咐，铺毡佃地，悬花结彩，为宝玉完婚。吉时一到，大轿进来，家里细乐迎出去，十二对宫灯排着进来，倒也别致新鲜。傧相请了新人出轿，宝玉见新人颤巍巍的蒙着盖头，喜娘在旁披红搀扶。因不觉又想起黛玉，心口竟如刀戳一般，眼里不觉溢满泪水。却因贾政在旁，只得勉强忍住。一时傧相唱礼，拜了天地。请出贾母，受了拜礼，后请贾政夫妇登堂，行礼毕，正要送入洞房。忽见赖大飞走进来道："老爷，不好了，有锦衣府堂官仇都尉带领好几位司官，说来拜望。奴才要取职名来回，仇都尉说：'我们至好，不用的。'一面就下了车，走进来了。请老爷同爷们快接去。"贾政听了，心中发慌。因想："和此人并无来往，怎么现在来了？留他不便，不留又不好。"正自思想，贾琏在旁道："叔叔快去罢。再想一回，人都

① 佛教把人类生存的这个世界称之为"娑婆世界"。世间万事万物，皆有其定数。作者认为此一章（贾家被抄），为高鹗续写之最精华部分，作者不能胜之。故略作整理，收至于此，以示敬意。

进来了。”

正说着，只见二门上家人又报进来说：“锦衣卫已进二门了。”贾政等抢步接去。只见仇都尉满脸笑容，并不说什么，一径走上厅来。后面跟着五六位司官，也有认得的，也有不认得的，但是总不答话。贾政等心里不得主意，只得跟着上来让坐。几个至近亲友也有认得仇都尉的，见他仰着脸不大理人，只拉着贾政的手笑着说了几句寒温的话。众人看见来头不好，也有躲进里间屋里的，也有垂手侍立的。贾政正要带笑叙话，只见家人慌张报道：“西平王爷到了。”贾政慌忙去接，已见王爷进来。仇都尉抢上去请了安，便说：“王爷已到，随来的老爷们就该带领府役把守前后门。”众官应了出去。贾政等知事不好，连忙跪接。西平郡王用两手扶起，笑嘻嘻的说道：“无事不敢轻造。有奉旨交办事件，要赦老接旨。如今满堂中筵席未散，想有亲友在此未便，且请众位府上亲友各散，独留本宅的人听候。”仇都尉回说：“王爷虽是恩典，但东边的事，这位王爷办事认真，想是早已封门。”众人知是两府干系，恨不能脱身。只见王爷笑道：“众位只管就请。叫人来给我送出去，告诉锦衣府的官员说：这都是亲友，不必盘查，快快放出。”那些亲友听见，就一溜烟如飞的出去了。独有贾赦、贾政一干人，唬得面如土色，满身发颤。不多一会，只见进来无数番役，各门把守，本宅上下人等一步不能乱走。仇都尉便转过一副脸来，回王爷道：“请爷宣旨意，就好动手。”这些番役都撩衣奋臂，专等旨意。西平王慢慢的说道：“小王奉旨，带领锦衣府仇仁来查看贾赦家产。”贾赦等听见，俱俯伏在地。王爷便站在上头说：“有旨意：贾赦罔顾圣恩，交通外官，违法弄权，虐害百姓，重利盘剥。着革去世职。钦此。”仇都尉一叠声叫：“拿下贾赦！其余皆看守！”贾赦吓得张口结舌，登时瘫成一堆。锦衣卫卷起袖子，将他从地上揪起来，除去了官衣官帽。彼时贾政、贾琏、贾珍、贾蓉、贾蔷、贾芝、贾兰俱在，唯宝玉这时已被贾母催入洞房。贾环本来不大见人的，所以就将现在几人看住。仇都尉即叫他的家人：“传齐司员，带同番役，分头按房，查抄登账。”这一言不打紧，唬得贾政上下人等面面相看。喜得番役家人摩拳擦掌，就要往各处动手。西平王道：“闻得赦老与政老同房各爨的，理应遵旨查看贾赦的家资。其余且按房封锁，我们复旨去，再候定夺。”仇都尉站起来说：“回王爷：贾赦贾政并未分家。闻得他侄儿贾琏现在承总管家，不能不尽行查抄。”西平王听了，也不言语。仇都尉便说：“贾琏贾赦两处须得奴才带领查抄才好。”西平王便说：“不必忙。先传信后宅，且叫内眷回避再查不迟。”一言未了，仇都尉家奴番役已经拉着本宅家人领路，分头查抄去了。王爷喝命：“不许啰唣，待本爵自行查看!”说着，便慢慢的站起来吩咐说：“跟我的人一个不许动，都给我站在这里候着，回来一齐瞧着登数。”正说着，只见锦衣司官跪禀说：“在内查出御用衣裙并多少禁用之物，不敢擅动，回来请示王爷。”一会子，又有一起人来拦住西平王，回说：“东跨所抄出两箱子房地契，又一箱借票，都是违例取利的。”仇都尉便说：“好个重利盘剥，很该全抄！请王爷就此坐下，叫奴才去全抄来，再候定夺罢。”说着，只见王府长史来禀说：“守门军传进来说：‘主上特派北静王到这里宣旨，请爷接去。’”仇都尉听了，心想：“我好晦气，碰着这个酸王。如今那位来了，我就好施威了。”一面想着，也迎出来。

只见北静王已到大厅，就向外站着说：“有旨意，仇仁来听宣。”说：“奉旨：着锦衣官唯提贾赦质审，余交西平王遵旨查办。钦此。”西平王领了旨意，甚实喜欢，便与北静王坐下，着仇都尉提取贾赦回衙。那些查抄的人，听得北静王到，俱一齐出来。乃闻仇都尉走了，大家没趣，只得侍立听候。北静王便拣选两个诚实司官并十来个老年番役，余者一概逐出。西平王便说：“我正和老仇生气，幸得王爷到来降旨；不然，这里很吃大亏。”北静王说：“我在朝内听见王爷奉旨查抄贾宅，我甚放心，谅这里不致荼毒。不料老仇这么混账。但不知现在政老及宝玉在那里？里面不知闹到怎么样了？”众人回禀：“贾政等在下房看守着，里面已抄的乱腾腾了。”北静王便吩咐司员：“快将贾政带来问话。”众人领命，带了上来。贾政跪下，不免含泪乞恩。北静王便起身拉着，说："政老放心。"便将旨意说了。贾政感激涕零，望北又谢了恩，仍上来听候。王爷道："政老，方才老仇在这里的时候，番役呈禀有禁用之物并重利欠票，我们也难掩过。这禁用之物，原备办贵妃用的，我们声明也无碍。独是借券，想个什么法儿才好。如今政老且带司员实在将赦老家产呈出，也就完事，切不可再有隐匿，自干罪戾。"贾政答应道："犯官再不敢。但犯官祖父遗产并未分过，唯各人所住的房屋有的东西便为己有。"两王便说："这也无妨，唯将赦老那边所有的交出就是了。"又吩咐司员等依命行去，不许胡乱混动。司员领命去了。

且说贾母、王夫人等正在里面听候消息，只听见邢夫人那边的人一叠声的嚷进来说："老太太，太太！不好了，多多少少的穿靴戴帽的强盗来了！翻箱倒笼的来拿东西！"贾母等听着发呆。又见平儿披头散发，拉着巧姐，哭哭啼啼的进来说："不好了！我正和姐儿吃饭，只见来旺被人拴着进来说：'姑娘快快传进去请太太们回避，外头王爷就进来抄家了！'我听了几乎唬死！正要进房拿要紧的东西，被一伙子人浑推浑赶出来了。这里该穿该带的，快快的收拾罢。"邢王二夫人听得，俱魂飞天外，不知怎样才好。独见凤姐先前圆睁两眼听着，后来一仰身便栽倒地下。贾母没有听完，便吓得涕泪交流，连话也说不出来。那时一屋子人拉这个扯那个，正闹得翻天覆地。又听见一叠声嚷说："叫里头女眷们回避，王爷进来了。"地下这些丫头婆子，正在乱拉乱扯，见贾琏喘吁吁的跑进来说："好了，好了，幸亏王爷救了我们了！"众人正要问他，贾琏一眼看见凤姐死在地下，又见吓坏了老太太，正回不过气来，急的再出不了声。还亏了平儿将凤姐叫醒，令人扶着。老太太也渐渐的苏醒了，又哭的气短神昏，躺在炕上，李纨再三宽慰。然后贾琏定神，将两王恩典说明。唯恐贾母邢夫人知道贾赦被拿，又要唬死，且暂不敢明说，只得出来照料自己屋内。一进屋门，只见箱开柜破，物件抢得半空。急的两眼直竖，淌泪发呆。听见外头叫，只得出来。见贾政同司员登记物件，一人报说。一切动用家伙及荣国赐第一一开列。房地契纸，家人文书，亦俱封裹。

贾琏在旁窃听，不见报他的东西，心里正在疑惑。只闻二王问道："所抄家资，内有借券，实系盘剥，究是谁行的？政老据实说了才好。"贾政听了，跪在地下磕头，说："实在犯官不理家务，这些事全不知道，问犯官侄儿贾琏才知。"贾琏连忙走上，跪下禀说："这一箱文书既在奴才屋里抄出来的，敢说不知道么？只求王爷开恩，奴才叔叔并不知道的。"两王道："你父已经获罪，只可并案办理。你今认了，也是正理。如此，叫人将贾琏看守，余俱散收宅内。政老，你须小心候旨，我们进内复旨去了。这里有官役看守。"说着，上轿出门。贾政等就在二门跪送。北静王把手一伸，说："请放心。"脸上大有不忍之色，因让快进去看视令堂，安慰宝眷。贾政连声称谢，魂魄方定，犹是发怔。贾兰便说："请爷爷到里头先瞧瞧老太太去呢。"贾政听见，疾忙起身进内。只见各门上妇女乱糟糟的，都不知要怎样。贾政无心查问，一直到了贾母房中，只见人人泪痕满面，王夫人宝玉等围着贾母，寂静无言，各各掉泪，唯有邢夫人哭作一团。因见贾政进来，都说："好了，好了！"便告诉老太太说："老爷仍旧好好的进来了，请老太太安心罢。"贾母奄奄一息的，微开双目说："我的儿，不想还见的着你！"一声未了，便嚎啕的哭起来。于是满屋里的人俱哭个不住。贾政恐哭坏老母，即收泪说："老太太放心罢。本来事情原不小，蒙主上天恩，两位王爷的恩典，万般轸恤。就是大老爷暂时拘质，等问明白了，主上还有恩典。如今家里一些也不动了。"贾母见贾赦不在，又伤心起来，贾政再三安慰方止。

众人俱不敢走散。独邢夫人回至自己那边，见屋门全被封锁，丫头老婆也锁在几间屋里，无处可走，便放声大哭起来。只得往凤姐那边去，见二门旁边也上了封条，唯有屋门开着，里头呜咽不绝。邢夫人进去，见凤姐面如纸灰，合眼躺着，平儿在旁暗自啜泣。邢夫人打谅凤姐死了，又哭起来。平儿迎上来说："太太先别哭。奶奶才抬回来，像是死了的。歇息了一会子，苏过来，哭了几声，这会子略安了安神儿。太太也请定定神儿罢。但不知老太太怎么样了？"邢夫人也不答言，仍走到贾母那边。见眼前俱是贾政的人，自己夫子被拘，媳妇病危，现在身无所归，那里止得住悲痛。众人劝慰，李纨等令人收拾房屋请邢夫人暂住，王夫人拨人服侍。贾政在外，心惊肉跳，拈须搓手的等候旨意。听见外面看守军人乱嚷道："你到底是那一边的？既碰在我们这里，就记在这里册上，拴着他交给里头锦衣府的爷们。"贾政出外看时，见是焦大，便说："怎么跑到这里来？"焦大见问，便号天踩地的哭道："我天天劝这些不长进的爷们，倒拿我当做冤家！爷还不知道焦大跟着太爷受的苦吗？今儿弄到这个田地，珍大爷蓉哥儿都叫什么王爷拿了去了，里头女主儿们都被什么府里衙役抢的披头散发，圈在一处空房里，那些不成材料的狗男女都像猪狗似的拦起来了。所有的都抄出来搁着，木器钉的破烂，瓷器打的粉碎。他们还要把我拴起来！我活了八九十岁，只有跟着太爷捆人的，那里倒有叫人捆起来的？我说我是西府里的，就跑出来。那些人不依，押到这里，不想这里也是这么着。我如今也不要命了，和那些人拼了罢！"说着撞头。众衙役见他年老，又是两王吩咐，不敢发狠。便说："你老人家安静些儿罢。这是奉旨的事，你先歇歇听信儿。"

贾政听着，虽不理他，但是心里刀搅一般，便道："完了，完了！不料我贾门一败涂地如此！"正在着急听候内信，又听外面说："请老爷，内廷有信。"贾政急忙出来，见是北静王府长史，一见面便说："大喜！"贾政谢了，请长史坐下，请问："王爷有何谕旨？"那长史道："我们王爷同西平郡王进内复奏，将大人惧怕之心、感激天恩之语都代奏过了。主上甚是悯恤，不忍加罪，着加恩仍在工部员外上行走。所封家产，唯将贾赦的入官，余俱给还，并传旨令尽心供职。惟抄出借券，令我们王爷查核。如有违禁重利的，一概照例入官，其在定例生息的，同房地文书，尽行给还。贾琏着革去职衔，免罪释放。"贾政听毕，即起身叩谢天恩，又拜谢王爷恩典："先请长史大人代为禀谢，明晨到阙谢恩，并到府里磕头。"那长史去了。少停，传出旨来，承办官遵旨一一查清，入官的入官，给还的给还。将贾琏放出，所有贾赦名下男妇人等造册入官。可怜贾琏屋内东西，除将按例放出的文书发给外，其余虽未尽入官的，早被查抄的人尽行抢去，所存者只有家伙物件。贾琏始则惧罪，后蒙释放，已是大幸，及想起历年积聚的东西并凤姐的体己，不下五七万金，一朝而尽，怎得不疼。且他父亲现禁在锦衣府，凤姐病在垂危，不免急痛怨忿。又见贾政含泪叫他，问道："我因官事在身，不大理家，故叫你们夫妇总理家事。你父亲所为固难谏劝，那重利盘剥究竟是谁干的？况且非咱们这样人家所为。如今入了官，在银钱呢是不打紧的，这声名出去还了得吗？"贾琏跪下说道："侄儿办家事，并不敢存一点私心，所有出入的账目，自有赖大、吴新登、戴良等登记，老爷只管叫他们来查问。现在这几年，库内的银子出多入少，虽没贴补在内，已在各处做了好些空头，求老爷问太太就知道了。这些放出去的账，连侄儿也不知道那里的银子，要问周瑞、旺儿才知道。"

贾政道："据你说来，连你自己屋里的事还不知道，那些家中上下的事更不知道了！我这会子也不查问你。现今你无事的人，你父亲的事和你珍大哥的事，还不快去打听打听吗？"贾琏一心委屈，含着眼泪，答应了出去。贾政连连叹气，因想："我祖父勤劳王事，立下功勋，得了两个世职，如今两房犯事，都革去了。我瞧这些子侄没一个长进的。老天那，老天！我贾家何至一败如此！我虽蒙圣恩格外垂慈，给还家产，那两处食用自应归并一处，叫我一人那里支撑的住？方才琏儿所说，更加诧异，说不但库上无银，而且尚有亏空，这几年竟是虚名在外。只恨我自己为什么糊涂若此？倘或我珠儿在世，尚有膀臂；宝玉虽大，竟是无用之物。"想到此，不觉泪满衣襟。又想："老太太偌大年纪，儿子们并没奉养一日，反累他老人家吓得死去活来，种种罪孽，叫我委之何人？"正在独自悲切，只见家人禀报："各亲友进来看候。"贾政一一道谢，说起："家门不幸，是我不能管教子侄，所以至此。"有的说："我久知令兄赦大老爷行事不妥，那边珍爷更加骄纵。若说因官事错误得个不是，于心无愧；如今自己闹出的，倒带累了二老爷。"有的说："人家闹的也多，也没见御史参奏。不是珍老大得罪朋友，何至如此。"有的说："也不怪御史，我们听见说是府上的家人同几个泥腿在外头哄嚷出来的。御史恐参奏不实，所以诓了这里的人去，才说出来的。我想府上待下人最宽的，为什么还有这事?”有的说：“大凡奴才们是一个养活不得的。今儿在这里都是好亲友，我才敢说。就是尊驾在外任，我保不得。你是不爱钱的，那外头的风声也不好，都是奴才们闹的，你该提防些。如今虽说没有动你的家，倘或再遇着主上疑心起来，好些不便呢。”贾政听说，心下着忙道：“众位听见我的风声怎样?”众人道：“我们虽没见实据，只听得外头人说你在粮道任上，怎么叫门上家人要钱。”贾政听了，便说道：“我这是对天可表的，从不敢起这个念头。只是奴才们在外头招摇撞骗，闹出事来，我就耽不起。”众人道：“如今怕也无益，只好将现在的管家们都严严的查一查，若有抗主的奴才，查出来严严的办一办也罢了。”

贾政听了点头。便见门上的进来回说：“孙姑爷打发人来说，自己有事不能来，着瞧瞧。说大老爷该他一项银子，要在二老爷身上还的。”贾政心内忧闷，只说：“知道了。”众人都冷笑道：“人说令亲孙绍祖混账，果然有的。如今丈人抄了家，不但不来瞧看帮补，倒赶忙的来要银子，真真不在理上。”贾政道：“如今且不必说他，那头亲事原是家兄配错了的。我的侄女儿的罪已经受够了，如今又找上我来了。”正说着，只见薛蝌进来说道：“姨夫，我打听锦衣府仇都尉必要照御史参的办，只怕大老爷和珍大爷吃不住。”众人都道：“二老爷，还是得你出去求求王爷，怎么挽回挽回才好。不然，这两家子就完了。”贾政答应致谢，众人都散。一时，贾政不放心，又进去瞧看一回贾母，见是好些，便出来传了赖大，叫他将合府里管事家人的花名册子拿来，一齐点了一点。除去贾赦入官的人，尚有三十余家，共男女二百一十二名。贾政叫现在府内当差的男人共二十一名进来，问起历年居家用度，共有若干进来，该用若干出去。那管总的家人将近来支用簿子呈上。贾政看时，所入不敷所出，又加连年宫里花用，账上有在外浮借的也不少。再查东省地租，近年所交不及祖上一半，如今用度比祖上更加十倍。贾政不看则已，看了急得跺脚道：“这了不得！我打量虽是琏儿管事，在家自有把持，岂知好几年头里，已就寅年用了卯年的，还是这样装好看，竟把世职俸禄当做不打紧的事情，如何不败呢？我如今要就省俭起来，已是迟了。”想到那里，背着手踱来踱去，竟无方法。众人知贾政不知理家，也是白操心着急，便说道：“老爷也不用焦心，这是家家这样的。若是统总算起来，连王爷家还不够。不过是装着门面，过到那里就到那里。如今老爷到底得了主上的恩典，才有这点子家产，若是一并入了官，老爷就不用过了不成？”贾政大怒，道：“放屁！你们这班奴才最没有良心的，仗着主子好的时候，任意开销；到弄光了，走的走，跑的跑，还顾主子的死活吗？如今你们道是没有查封是好，那知道外头的名声。大本儿都保不住，还搁得住你们在外头支架子，说大话，诓人骗人？到闹出事来，往主子身上一推就完了。如今大老爷与珍大爷的事，说是咱们家人鲍二在外传播的，我看这人口册上并没有鲍二，这是怎么说？”众人回道：“这鲍二是不在册档上的。先前在宁府册上，为二爷见他老实，把他们两口子叫过来了。及至他女人死了，他又回宁府去。后来老爷衙门有事，老太太、太太们和爷们往陵上去，珍大爷替理家事带过来的，以后也就去了。老爷数年不管家事，那里知道这些事来？老爷打量册上没有名字的就只有这个人？不知一个人手下亲戚们也有好几个，奴才还有奴才呢！”贾政道：“这还了得！”想去一时不能清理，只得喝退众人，早打了主意在心里了，且听贾赦等事审得怎样再定。

那时天已点灯时候，贾政惦记着贾母，正要进去安慰，只见林之孝进来禀道：“外面有个布衣，说有机密大事，必要面见老爷。”贾政心内疑惑，就吩咐让带进来。林之孝应声而去，一时果带了一位青衣小帽的书生进来。那人见了贾政，纳头便拜。贾政忙亲自扶起问道：“不知尊驾是何人？到此所为何事？”那人满眼垂泪道：“我乃皇贵妃娘娘的贴身侍婢，名叫丹珠。”说着，解下帽来，果然青丝跌落，竟是一个姿容水秀的女子。贾政大惊，忙问：“可是我家娘娘有事？”丹珠复哭拜于地：“正是。皇贵妃已于三天前，被奸人内外凌逼做害，屈死宫中了。”贾政闻言，大哭一声，厥倒于地。不知贾政性命如何，下回分解。

第九十五回

史太君寿终归地府　王熙凤性迷赴冥曹

且说贾政闻听元妃被害，大哭一声，昏死于地。幸被众人七手八脚救转过来。仍旧呜咽不绝，因让丹珠将前因后果细细道来。那时，丹珠泪如走珠，悲悲戚戚的道：“只因吴贵妃、周贵人等众嫔，一向觊觎娘娘尊位，竟联合其父兄，吴天佑、吴仁翊、周首覃并忠顺王爷等人，内外沆瀣，屡行触犯。娘娘生性仁爱好静，每事忍耐，故郁抑成病。谁知奸人恃宠而骄，并不肯就此甘休，终于做成奸计，竟以一名死囚，将娘娘的一个获刑的什么兄弟替出。谁知那名死囚，竟是西海沿子和硕特部叛乱贵族的一个亲王。圣上那里知道，那忠顺王爷原来私下里早与那西海沿子的贼首暗相勾结在一处，意欲大逆不道。忠顺王爷因趁机怂恿贼人兴兵，索要那名死囚。贼首岂有不从？因连日兴兵来犯，一路取了准噶尔、土尔扈特、杜尔伯特等地。三部首领仓皇率众逃往漠南乌珠穆沁一带，纷纷向朝廷告急，请求保护。圣上连日召集群臣，许以无数赔偿，一面责令贼首罢兵西归。无奈贼寇气焰嚣张，置之不理，反而率兵乘势南下，一并犯了乌珠穆沁，扬言定要将那死囚毫发无损奉还才肯罢休。圣上万般无奈，又不愿再起干戈。竟被吴天佑和忠顺王爷等人趁机进谗要挟，说眼下形势危急，众怒汹汹，只有将元凶缉回，当众枭首以平众怒。又说，元凶及其亲族之所以如此敢作妄为，藐视王法，全是依仗娘娘之势。因此将娘娘参为‘祸本’，请求立即处以极刑，以免后患。皇上于心不忍，万般无奈之下，因发恨大骂‘这群蛮夷也太凶狂！如此不把朝廷放在眼内！’因一面下令就地征集兵马，严行防堵，一面亲调兵将，准备御驾亲征。如此一来，正中忠顺王爷等人下怀，奸贼因极力举荐吴仁翊、周首覃为征远大将军并开路先锋，统领军兵四十万，立时征剿。谁知二贼一旦军权在握，立时翻转面皮，定要皇上就地将娘娘处以极刑，方肯出兵。皇上那时方知上当，无奈悔之晚矣，思想多时，只得连夜与娘娘诀别，因不忍娘娘受苦，遂以‘一滴血’赐死……”讲到这一句，不止贾政，里边诸女眷，皆已在屏门后听见，登时好似漫天飞霹雳，满门头顶失三魂，尽皆放声痛哭起来。王夫人早已疼死过去。里面越发哭哭啼啼，更觉悲声震天。

贾政那时痛裂肝肠，满脸泪点淋漓，并闻一阵血腥，直透脑际。以袖拂拭，竟是一腔热血，化作斑斑血泪。因哭一声“天”，叫一声“娘娘”，抚胸恸问：“娘娘现在何处？娘娘的小皇子，可尚安好？”丹珠饮泣道：“因不能入皇陵，当日即被送于陶然亭香橼园内了。娘娘临终前，料想娘家亲族必定不能免难，因而剖腑深嘱，托奴婢千万将小皇子秘密带出宫去，将他抚养长大，从此隐姓埋名，平安过此一生。”言毕，将帽复戴头上，起身再三拜别：“大人、夫人们且慢啼哭，奴婢九死一生前来送信，一则不忍娘娘如此枉死，亲族竟不知消息，不知其葬于何地；二则乃为提醒各位，千万小心忠顺王爷等一干奸贼，休被他们一网算尽！奴婢还有重任在身，就此别过。各位珍重！”里面宝钗、李纨等听见，忙一齐走出来拜谢不止。定要送出大门，无奈丹珠执意不肯。正乱着，只听见里面鸳鸯等人哭的呼天抢地，大叫：“老太太不好了！”众人惊的魂魄俱丧，立时又一起飞奔进去。丹珠趁着机会，便走了个无影无踪。

只说众人进去看时，贾母早已哭得神昏气惨，那时躺在床上，已然奄奄一息。半日，强启双目，眼望众儿孙，唯有气喘喉堵，满眼滚泪，却再也说不出一个字来。众人皆围在身边哭泣，不敢散去。挨至四更时分，见他脸上忽然一阵发红，合了一回眼，又睁开来满屋里瞧了一瞧。伸出手来，拉着宝玉、宝钗，紧紧的不忍释放。喉间略一响动，只说不出话来。半日，牙关已紧，一口气不来，呜呼哀哉，归西去了。众婆子急忙停床。众人都慌乱起来，哭的哭，忙的忙，一齐举起哀来。登时孝棚高起，从大门起至内宅门，扇扇大开，一片白漫漫人进人出。

王夫人那时心如油烧，霎时支持不住，一头栽倒在灵前。宝钗、李纨等唬的抖衣乱颤，一起放声大哭。又要为贾母守灵，竟首尾不能相顾。邢夫人吓的面无人色，在那里一阵使气乱叫，直把一院子的婆子、丫鬟们支使的满地乱转，不知南北西东。愈发乱麻一般。尤氏虽可照应，到底这边府里的事，不甚谙练。贾蓉、贾蔷的两个媳妇更不必说。内里竟无一人能支持，幸有玉钏、莺儿、文杏几个，悲悲泣泣的将王夫人抬回屋里去了。尤氏因想到凤姐身上，知他曾办过秦氏之事，必然妥当。正在筹划，谁知凤姐如今已然奄奄一息，因在屋里听见消息，少不得一路扶着墙，上下牙打着颤，散发披头直哭到灵前来。贾琏那时正带着贾蓉、贾蔷分派家人办事，此时一见凤姐，登时恶气冲破五云端，一脚赶上来，挡在面前，怒斥道："你不自去养病，现在又到这来里做什么？还嫌这个家没让你弄到命穷财尽怎的？"凤姐满面羞惭，簌簌流着泪道："老太太疼我一场，如今，这样去了，我身为孙子媳妇，岂有不到灵前哭一回，送一送之理？"贾琏啐侮道："正因为老太太素日疼你，才纵的你无法无天，酿到这步田地！正因为你懂的礼数多，处处机深智广，才惹得刀刀割自身，贻害满府呢！"凤姐听了时，心如刀割，泪流不尽："二爷忍心如此待我，我实愧而下泣！我自总理家事以来，虽不敢说为了这个家鞠躬尽瘁，殚心竭力，却也自问夙夜不遑，未尝少懈。纵管理严些，难免落人猜忌刻薄，也断不至到如此地步！就算如今，府里遭此飞灾，难道，我这心里是好受的吗？现在这个节骨眼上，只求二爷看在夫妻一场的情分上，不念旧恶，好歹让我在老太太跟前略尽些儿孝心，等办完老太太的后事，那时，要休要剐，凭二爷去！”

贾琏闻言，心中振奋，道：“既如此，不是我今儿在老太太灵前说句混账的话，不妨实对你说了，我正有此意！到时你可不要反悔！”凤姐一怔，禁不住泪下沾襟。半日，咬着牙道：“二爷小看了我。我什么时候，既说的出，就做的到。梦里也有三分的志气，决不后悔！”贾琏这才点头自去了。凤姐这里忍泪张目，缓缓来至灵前，一见了棺材，登时哭的气衰神竭。宝钗、李纨、尤氏等在旁陪哭。鸳鸯、琥珀伺候着烧纸。宝玉仍似有怔忡之状，一旦眼前无人，他才手抚棺材，独自潸然落泪。凤姐原仗着一身才干，满心打量老太太的这场丧事，应有一番作为。谁知贾政早已发话下来：“丧与其易，宁戚。”何况家门遭此灭顶之灾，那些众亲友知贾家势败，请也未必就肯来，所以竟未到各处报丧。凤姐那时满心委屈，想着老太太一生惜老怜贫，慈悲喜舍，何等的风光势派！如今竟走的这般形景凄凉，因不觉悲戚难忍，泪不能干。一时叫周瑞家的传出话去，将花名册取上来，一一的瞧了，统共男人府内当差的，只剩了二十多人，婆子几十人，余者俱是些丫头，连各房算上，也难以派差。因又叫将庄上的弄出几十个来，竟不敷差遣。叫了这个，指挥不动那个。

更兼赵姨娘此际不但不来协助料理，反到处说嘴称愿，各处散布凤姐已被贾琏休弃的新闻。因此，这个时节，居然有人胆敢狂妄欺心，撂开所掌之事，聚众挑灯夜赌起来。致使各处执事乱麻一团，互相埋怨不迭。因实在差派不开，凤姐只得命平儿连夜去托妙玉到庙里走一趟，请佛僧明日来开方破狱，传灯照亡，延请地藏王。谁知七八个上夜婆子，围坐着在那里挑灯酣赌，妙玉竟不得出门。报说是：“琏二奶奶吩咐过的。”众婆子竟一起笑倒，阴阳怪气的道：“原来是他吩咐过的，谁吩咐的，你找谁开去！”乃至后来竟连凤姐亲自支派，也有人胆敢怠惰触犯，公然不动。凤姐百般竭力挽回不暇，气得发昏，不觉怒上心来，发狠要严惩，那些仆妇男丁们听见，便齐声叫苦，男男女女一起号啕痛哭，哀声彻天。一时邢夫人、贾琏听见了，少不得折回身来将凤姐数落埋怨一通。凤姐直气的两眼昏黑，病情加重，无奈自知肩负甚重，无可旁诿，只得含泪忍着。众仆一发得了意，面前背后你一言，他一句，尖刻浇薄，大家越发肆无忌惮起来。乱着，只见秋桐捧着清茶鲜果上来，悄悄的对凤姐说："我劝奶奶倒不必再勉强那些人，这样事情，与其图外面的虚名好看，倒不如我们晚辈们自己净心虔诚。殊不知，世间万事万物，只一心虔诚，就可感格了。更应趁此时节，戒杀放生方可祈福。我见经书上说'阎浮提人，命终之后，慎勿杀害，拜祭鬼神，无丝毫之力，利益亡人。但结罪缘，转增深重。假使亡人，在生修善，应得超升，遇此阳眷杀生，反落恶道……'"凤姐满心炮躁，指着鼻子道："什么时候了！容你在这里神经五乱？还不下去呢！"谁知秋桐凭他如何诽谤，只是面不改色。一一的奉上清茶鲜果，便自己结跏趺在灵前，情切切，意哀哀，又是木鱼声，又是唪经声，却也一片祥和宁静。

正三日上，贾琏请来佛僧道士，拜忏拈香，法器声喧，开桥引真，神咒济苦，脱免沉沦，普接鸿蒙。秋桐竟能在旁帮着料理的件件整肃，十分成样。凤姐因此也就把那万分嫌恶之心，渐渐的淡了。这日，凤姐里面正在筹划思算，听外面说："请老爷，内廷有信。"贾政急忙迎出，见是北静王府使长史前来打祭，一面道喜："我们王爷进内复奏，报了大人丁忧。主上甚是悯恤，念及世代功勋，封诰仍然照旧。"贾政自是谢恩不尽。遂命贾琏换了吉服，随长史到北静王府叩谢，顺便求王爷照应哥哥侄儿。无奈贾琏过去后，打听得父兄之事不大妥，无法可施，只得闷闷转回到家中。谁知又有薛蝌来报，说薛蟠前日已被行刑。又有王家来人奏报，说，王子腾昨夜里中风亡故了。又有王夫人、薛姨妈染病，每日请医启帖，症源，药案等事，不可开交。又有绣橘连夜哭着偷跑回来，揭发孙绍祖的五奸十罪，说他意呆心毒，淫乱无仁，性喜流血杀戮，一天不杀生，就闷闷不乐。射不到猎物，就把小厮、婆子们剥光了，在肚子上画个箭靶子，杀人取乐。喝醉了酒，就召集所有的丫鬟排列成队，强迫左右侍从剥光衣服与其淫乐。迎春就是因为看不过去，才上前劝了两句，竟被他吊起来，活活打死……种种兽行，罄竹难书。

又兼发引在迩，因此忙的凤姐首尾难顾，坐卧不能清净。纵是三头六臂，铜心铁骨，也早已是神焦气枯，支持不住。又有紫鹃从庙里赶回来痛哭了一场。宝玉与他相逢，皆不能出一语，徒增悲伤而已。宝钗问时，紫鹃悲悲切切的说："回宝二奶奶，我要走了。"宝钗问："那里去？"紫鹃道："送林姑娘回南边。"一语未竟，宝玉不觉又痴了。任人如何问话，只是默然洒泪不止。紫鹃灵前磕罢头，翻身欲去时，他才"哎哟"一声，大哭出来。上前紧紧的拉住不忍释放，满眼泪如滚珠，半晌，呜咽道："我，去送你们。"

只说贾母后事才一完毕，凤姐早已支持不住，复又崩漏。平儿、小红正守着哭泣。王夫人颤巍巍的扶了玉钏进来瞧看。问："大夫怎么说？"平儿哭着告诉了一回。王夫人抚着心口半晌无语。良久，方垂泪道："如今接接连连的诸事不断，既这么病病歪歪的，也难顾周全了，不如索性好好养养再说。"凤姐听见，强启双眼，看着王夫人，只说不出话来。王夫人含泪道："家里的事你就不用操心了，先交给宝丫头管着吧。"说着，止不住自己也咳起来。玉钏忙扶着起身去了。二人这里前脚才走，贾琏便急咻咻的将一纸休书展在凤姐面前。那时贾琏走到床边，见凤姐奄奄一息，并无一毫怜惜留恋之情，满嘴冷笑道："天数有定，迟早有期。今日你接了这纸休书去，我和你的夫妻缘分，只到的如此。以你的人品心智，自然不难另选高官之主，从此一别两宽，各生欢喜罢。"凤姐那时魂消魄出，两只眼睛瞬间又流黑了。半日，方转过气来，因流着泪颤声道："二爷，事到如此，我自不敢再多言申辩，只是，还有一件心愿未了，必要告诉二爷知道。"贾琏冷笑道："托福不浅！这个时候了，就不要再说什么失时话了！你有什么心愿，你自带着去，另行施展了结去罢了，没的倒折得你乱语胡言，走投无路了！"凤姐满心纵有万句言辞，见他这般，也只得罢了。半日，因让小红出去好生照看巧姐，别让他到处乱跑。小红流着泪去了。凤姐这里泪流满面，道："既这么着，二爷可能容我把巧姐带了去，我们母女从此也可有个依靠。”贾琏道：“巧姐虽是女孩儿，终是我贾家骨血，如何能让你带了去！从今说过，你行你的，我干我的，再无他说！”凤姐见他这般绝情，便挣搓着翻身起来，双膝跪下，捧着衣袖，百般央告起来。贾琏大怒，满嘴里“扫把星”、“丧门星”的骂起来，道：“今儿索性跟你明说了，好呢，就与你好开交；若不好，我现在就过去把老爷太太请出来，合族觌面大家说清楚！本想给你存些体面，你自去便了，现在倒胡枝歪叶的缠搅起来！我就明白的告诉出来，你如何阴谋使乖，巧计暗取，先后绝了尤二姐和秋桐的两个胎儿的，我可都知道了！可知如今祸报一朝斩绝，不是天杀你，你自杀的，不是天绝你，你自绝的！善姐现在已经全都供认了出来，还有兴儿、旺儿和那个叫张华的，我也能随时叫到你面前来，大家三曹对案！还用我再往下说么？”

凤姐听了这篇言辞，登时支持不住，两眼一黑，厥死过去。平儿在旁大哭不止，一面喊人去叫大夫，一面向贾琏哭道：“如今他病的这样，就有不是，二爷也该怜恤，怎么想法子请个好大夫来，抓紧细瞧瞧才是，如何这时候还只是使气赌狠？”贾琏啐道：“呸！不要脸的蹄子，那有你插嘴的份！我的性命还不保，我还管他呢！”骂着，劈手掮下休书，扬着头，雄赳赳的去了。一时凤姐苏醒过来，止不住伤情凄惨，那眼泪直流个不尽，因想着自己事事争强，日夜兢惕，谁知如今竟是枉费心计，一生心血尽付流水，恩爱翻成浮云，只落得一身是错，没有下梢！因只得含泪吩咐平儿：“我如今要去了，有件未了的心愿须告诉你知道，日后你可去告诉老爷和太太，也是大功一件：幸而当年，我听了良言忠告，趁着那时富贵，悄悄将祖茔附近置办许多田庄房舍地亩，便是现在有了罪，这祭祀产业竟可不入官的。不是说句不中听的话，便是日后越发败落下来，子孙回家读书务农，也有个退步，祭祀也可永继，这是其一；其二，我这一去，知你可托，你替我好生抚养巧姐儿长大，教导他只以贞静贤淑为上，万不可象我一样，处处争强要胜，到头来，落得没有下梢。若能如此，我就是死了，在阴司里也感激你不尽的！”平儿听的满心凄惨，直哭的泪干肠断，口不能言。又恐凤姐寻了短见，只寸不步不离，紧紧守着。凤姐自是仰面瞑目，彻夜无眠。

第二天一早，因打发小红提前带了巧姐，到外面高高兴兴去玩，只不跟他说起家里的事。平儿悲悲切切的帮着收拾了几件衣裳裙袄，打点了些个金珠首饰，打成一个包裹，昭儿已让人叫了一顶轿子在门外候着。凤姐满心要去辞辞贾政、王夫人的，思想再三，又恐徒增伤悲。因想到薛姨妈那里才遭失子深痛，自己那时也未能到跟前略尽片心，少不得拔步前往。才出屋门，只见秋桐站在粉油影壁前，两眼含泪看着他，止不住伤情凄切，竟不能言。凤姐因盯着他看了一阵，上前道："你给我的那本童子陀罗尼经，我带着了。以前，竟是我错了。为了一个无良的呆人，白白的造了那些孽，结了无数怨，想一想，真是太不值得。如今悔亦无益了！"说着，洒泪自去。才出院门，顶头又看见赵姨娘和几个婆子站在那里指指绰绰的取笑。凤姐无肠理会，扬头照旧前行。赵姨娘在后冷笑道："哟，这时候还拿款儿呢！休书可拿好了没有？二奶奶日后要是高飞了，可别忘了补我们的月钱！"

凤姐分明听见，却并不回头，一径往薛姨妈那里去了。谁知刚至游廊，听见雕镂隔子里面有人说话，只听一个叹气道："咳，满心指望娶你过来，能跟着享些儿福，得些受用，两位老人家从此也可有个靠傍。谁知道竟接接连连的诸事不顺。你过门时，就草草微微的，让你受了无限委屈！如今更是三日两头的，白白叫你跟着担惊受怕。两位老人跟前也没得着我一丝儿的好处去，反累的二老不知道担了多少沉重惊怕去！"一个道："快别再说这样的话，既成了夫妻，就该有福同享，有难同当，这本是天经地义的事，倒说什么应该不应该的。你是见书上说过，还是听见过圣人有言，必定就该谁去享谁的福的？我可是听见人家说'恩爱亲昵，同心异形，尊奉敬慎，无骄慢惰，善事内外，称扬善名'方最是夫妇之道。"一个又道："话虽这么说，可我堂堂一个男儿，竟让你天天过的这个样儿，这心里面总是愧疚的。"一个道："岂不闻'能受屈抑，是大豪杰；肯受亏垢，受不祥，火气都尽，便能做出济世事业来'。目下虽说连连生事，但我眼见你清慎行善，慷慨救危；急难面前，务思善法；危苦之中，每尽仁心。我虽没读过什么书，却也深知‘济急拯危，必能裕前光后；常怀济物之心，定然厚福无疆’，因此实在心中欢喜不尽，身为女子，能撞着这般善缘，又怎能说不是我的造化呢?”

风姐这里听出是薛蝌和岫烟的声音，登时痴住了。因将他二人之言细细回思一番，顿觉耻挂眉额，痛缠心骨，也无心再去辞别薛姨妈，竟自落魄失魂的转身去了。

且说凤姐昏昏默默的折身回去，坐了轿，也不知走了多远，忽听见轿子外面哭声喧嚷，揭起轿帘看时，却是小红哭的满面泪痕，跪在前面。贾芸提着一个大包袱，旁边站着。凤姐忙叫停了轿，走下来问小红：“你怎么到这里来了，出了什么事？巧姐呢?”小红哭道：“奶奶放心，我把巧姑娘嘱托给莺儿了。”又抱着哭道：“奶奶就把我也一起带了去吧，奶奶素日待我恩重如山，这会子遭了难，身边连一个知冷知热的人也没有，奶奶就请带了我去，日后茶前饭后也有个照应!”凤姐簌簌流着泪道：“傻丫头，我都到这个地步了，别人躲还来不及呢，你怎么倒往上赶?”小红哭道：“那年我在怡红院，给宝二爷倒了一次茶，秋纹姐姐和碧痕姐姐骂我‘没脸下流，正经事情不做，专等着巧宗儿’；后来给二奶奶送了一次东西，晴雯姐姐又讥讽我‘爬上高枝儿去了’，如今她们都不在了，‘巧宗儿’自有麝月、莺儿和文杏几个，这个‘高枝儿’，就让我占了吧!”凤姐满脸泪如走珠，痛极难言。贾芸也在一旁跪下，道：“婶子就答应了吧，侄儿也情愿跟着一起去。等到了婶子那边，少不得还要求婶子疼顾，就把小红姑娘……”说着，不禁红了脸，半日，方搓耳揉腮的道：“求婶子就把小红姑娘许了侄儿罢。”那时凤姐正满心里苦不堪言，听了这话，不觉笑出声来。因啐道：“好不害臊，原来打的这个主意!”三人因各自拭泪相扶，看看已来至湖口，因弃轿登舟，径往金陵而去。

光阴迅速，非止一日。时值立冬前后，连日彤云密布，琼花飞舞。一日雪止云开，凤姐步出舱门，立于船头之上，凄然瞭望。满眼只见银帐高帆，濛濛残月，天光接着水光。耳内一派悲风习习，登时无穷心事，悉堆眼前，难以排遣。忽然听得天崩地裂一声响，举目看时，上流头十几只大战船箭一般飞驶而来，后面几十只小船，尾随而行。船上旌旗如雪，乱箭如蝗。直把下流行船上的这些掌舵的水手，吓得神哭鬼嚎，煞时溃散，乱走纷纷。口内叫嚷着："强盗来了!""快快逃命要紧"，登时掌跳的掌跳，投河的投河。凤姐那里正惊的魂丧胆亡，为首一只大船趁着风顺水顺，已撞将下来，登时将船撞翻，凤姐尚不及出的一声，便与一船人俱跌下水去随波漂流去了。谁知那群强寇一个个水性极好，因见水面上到处漂浮着箱笼财物，竟也纷纷跳将下去，双足一登，戏水如游平地。一行打捞财物，一行不知又把多少人生擒上船去了。

只说凤姐随波滚去，好似云里一般，耳朵内只听得呼呼水响，那里还敢睁眼。也不知漂了多长时间，睁眼看时，满眼只见怪石纵横，黑洞洞并无一些月亮，只有几点星光，却是在一座古庙旁。庙门上有个旧匾额，字迹均已剥落，两边门上的对联却仍看的出，乃是：

阳世间杀人放火任凭你
阴曹里古往今来放过谁

凤姐那时眼泪汪汪，浑身乱抖，心说："莫不是到了阴曹地府了?"又满眼不见了小红和贾芸，不觉心酸胆碎，又兼全身冷得钻心透骨，早已力尽神竭，连哭的气力也无了。因想着短短时日，奇祸接踵而至，种种煎熬折磨，苦不堪言。眼下又遭此大难，在滔天巨浪之中团团翻滚，逐上涌下，几生几死。可笑世人个个惧死怕鬼，殊不知世间之人远比鬼魅更加可怕可惧千千万万倍!因索性放胆走入庙门，只见里面黑洞洞的，也不知上面供奉的是何方神圣。凤姐那时冻的支持不住，因哆哆嗦嗦的四下里寻些枯草乱石将门掩住，一路摸索到神厨内，准备歇息。谁知双手竟触到一团软绵绵之物，忙摸起看时，竟是几件粗麻葛衣，虽然破旧，却可遮寒。凤姐这里喜出望外，也顾不得忌讳，忙向厨内将衣裳换了。然后出来望空合掌道："落难罪妇深荷神力保佑，若得平安返回金陵娘家，那时定然回来重修庙宇，再塑金身!"祷毕，只觉心畅意展，便歪身向神厨内睡着了。

第二天一觉醒来，外面已是红日盈窗，起身看时，竟是一夜大雪，装裹出一个无边的琉璃世界。凤姐那时已饿的头昏眼花，两脚发软，因扶着墙，挣挫到外面，拣了一根枯树杈，权为拐杖，一步一跌的往前去了。多时，方看见零零星星有了人迹，又前行许久，来至一座村落，名曰落凤村。正在疑惑，只见前面一群人，喧喧嚷嚷的在那里你挨我挤，看时，却是一个大户人家正在施舍粥食。斋棚内热气腾腾，七八口大锅里粥香四溢，等待施食之人络绎不绝。争细菜的你精我粗，争馒头的你大我小。凤姐此时身衰力疲，那里能挤得上去？那里看着，不觉满眼流下泪来，心中未免悔恨不已。一时，拣了一处闲地，歪身坐在那里。正在筹划，忽见那边一瘸一拐走来两个男女老花子，却生的怎般模样？那老乞头：

祖胸跣足不知羞，识尽人间只点头。
尚无余力收寒涕，更有新疮破面流。

再看那老婆子：

麻头烂眼双耳挛，历齿豁唇两脚歪。
酆都失了城门锁，跳出一个丑鬼来。

尚离着老远，气味就把人熏倒了。凤姐心说："好一对腌臜不过的花子，活把人腌臜死了！快离了他们罢，省得让他二人给熏坏了。"这里才要挣身离开，耳旁只听得那老乞婆满嘴有气无力的对那老乞丐说道："我实在饿的不行了，再不吃东西，恐怕熬不过今天去了!"老乞丐闻言，抬眼向前面斋棚看去，未免心下烦闷。说道："嫁汉嫁汉，穿衣吃饭。你跟了我这大半辈子，天天让你饥餐露宿，也算我没本事。罢罢罢，今天说什么也不能白白看你饿死！"说着，便一瘸一拐，径往斋棚内挤进去。看时，七八口大锅早已底朝了天，桌上的细菜馒头也尽皆被抢了个精光。

凤姐在后看的无趣，正要翻身离开，忽然听见那边震天的喧嚷，回头看时，见那老乞丐怀里揣着什么东西，一路飞奔而来。身后五六个乌衣短褐的男人猛追狂赶着，满嘴里乱嚷："站住！敢在大爷手里抢东西，这老乞丐岂不是个活瞎子！"一时赶上，将其掀翻在地，就是一通不顾命的拳打脚踢。旁边几个不醒事的小厮，又将些瓦块石头，没头没脸的往他身上打来。谁知那老乞丐凭人如何毒打，两只手只是紧紧抱住胸前，死也不肯松开。后来还是那家员外闻声，亲走出来，才算劝开。员外这里问明缘由，因命家人再回去重新拿了粥菜出来给他们。那时，老乞丐早已等不得，连爬带滚来到自己的老婆子跟前，从怀里将两个热气腾腾的馒头，直递到他手上，只让他快些吃。凤姐这里看的明白，先是止不住满眼泪花翻滚，忽然想起贾琏来，登时怒气冲天，泥丸宫一声响亮，眼睛里直要喷出血来，不禁仰天悲呼："老天爷，你为什么不睁眼！你对我王熙凤未免罚的太狠了些！想我自到他贾府门上，日夜兢惕，克谐内助，无一日不殚精滴髓、沥血呕心！谁知到头来竟是枉费心计，一生心血尽付流水，恩爱翻成仇恨，只落得两手空拳，一身是罪！到头来，竟还不如这么一个乞丐婆子！说什么天理昭彰，冥镜明明，分明天地有私，鬼神不公！老天爷，你既容不得世人机深刚强，又何必生我！"因捶胸顿足，一连叫了几十声"又何必生我"，恨声未绝，只听半空里一声响亮，轰隆隆一阵霹雳过后，凤姐仆然倒地，渺渺英魂，不知所向。不知后事如何，下回分解。

第九十六回

狱神庙忠仆慰旧主　沁芳桥寒塘渡鹤影

话说凤姐怒恨攻心，指天责骂，一阵霹雳过后，仆然倒毙。登时轰动一街人，喧喧嚷嚷的上去争看，乱纷纷那里讲论。当下有人报与那舍粥的员外：“老爷，千载怪事！晴天里震下霹雳，把一个妇人活活的劈死了！”员外即同了家人上来观看，见一个年轻妇人，被雷劈的发枯面焦，两眼怒睁，衣裙碎裂。因问两厢众人，皆无一人认得。员外兀自叹息一回，心下不忍，因随手丢过些散碎银两，吩咐两个下人，买一口薄棺来将其殓葬不提。

只说贾府目下虽有北静王爷与神武将军冯唐等人从中再三照应周旋，无奈贾赦罪大恶极，终不可救挽，因被数罪并论，处以斩首示众。出斩这天，不知惊动多少百姓，男男女女，挨挨挤挤，争看这虐害百姓、不作善之人的现世报应，那一个不说是天理昭彰，报应不爽！谁人不笑违法弄权者，最终依旧横里来横里去，只落得一身骂名，身首异处！贾珍虽脱了死罪，活罪难免，被判充军边地，终身苦役。名下财产全部充公归官，全家的妇人及未嫁之女，尽皆没官为奴去了。

如今只说行刑已毕，那监斩官正是仇都尉父子，二人忙来至忠顺王府复命。忠顺王爷听了只是点头，面上却并无一些喜色，道："目下虽说去了贾赦，殁了王子腾，发配了贾珍，褫革了贾琏和卫府一干人，细想来，终究还是不能放心大意。想那贾氏族人依旧枝蔓众多，怎么想个法子，彻底斩草除根，岂不了事？"仇都尉父子俱点头称是，三人计议。忽有下人满头汗来报："王爷快去看看罢，小王爷又在那里闹开了！"忠顺王爷听说，忙飞走出去。

来至后院，果见小王爷又与众奴才在那金刚树下非为胡作：那株宝树下面又已被挖开多大的一口深坑，坑内满是毒蝎毒蛇盘旋蠕动，此际，小王爷正命人将几个生了病的下人用棍子贯穿了抬至坑前，将其衣服剥光，用泥巴糊住面孔，正要推下坑去。忠顺王爷直气的面如金纸，大喝一声："畜生！我说过多少回了，凭你那里胡作去，只不许到这个地方来！怎么任凭说破舌尖，只不往心里记？"小王爷正在兴致勃勃，见父亲赶来，登时垂了头，一面悄悄的拿眼睛去瞪跟在王爷身后的管家。忠顺王爷气的浑身乱颤，一面命人速速将坑填平，一面指着小王爷的脸道："你母亲病的那个样，你也不进去看视，就知道整天在外游逛，不是晚上出去白天回来，就是白天出去晚上回来，回来又是这个样！疼也是白疼！"小王爷只得指指嗓子，依旧鸦雀无声的垂了头。旁边有奴才站出来代禀道："回王爷，小王爷得了伤寒，嗓子有恙，前儿太医才吩咐过，不可多说话的。"话音未落，倏的飘起一阵狂风，满树的摩尼果瞬时噼噼噗噗的掉落下来，砸的众奴纷纷抱头鼠窜。连管家头上的帽子亦被吹落下去，那管家一面捂了秃头，一面在风中四下里追逐帽子。小王爷见他秃的实在不堪，不禁拍手放声大笑起来，满嘴里直叫："好看，好看，那里找这秃驴去！"忠顺王爷听他声音清亮，分明无恙，因指着刚才那奴才大怒道："雌黄的奴才！原来他这样子，都是你们在旁帮着遮掩、调唆的！等我闲了，先揭了你的狗皮！还不给我远远滚了下去！"那奴才感激的响头触地，一时，翻身起来，与众奴簇拥着小王爷，一阵风走的无踪了。

忠顺王爷自顾仰头在那树下唉声叹气不绝。原来这株宝树乃是几年前，一个外路来的和尚，不远万里于印度菩提迦耶寺带回来敬献的，此树乃罕世珍品，身如金刚，干似琉璃，宝叶扶疏；又有摩尼为果，四季含辉发焰，殊祯绝瑞。实属罕有镇宅之宝，忠顺王爷满心指望着它来庇佑子孙昌盛，荣华不绝，谁知，偏自己的宝贝儿子每每来此造祸生殃，令他不胜烦恼。

一时回至堂内，仍与仇都尉父子窗下计议。仇都尉不胜踌躇，道："目今最难办的就是有北静王爷和冯唐这些人，把贾家一力护在里头，若要将贾家彻底斩草除根，必须使一奇计，先将这二人远远的调离开来，就好了。"其子仇彪站起身来，厅前踱至厅后，痴想半日，忽然冷笑道："这有何难？不是说，朝廷眼下正要派人到沙俄谈判边境问题么？王爷明日何不就上本参奏，就将他二人荐了去，也可免除心腹大患。"忠顺王爷沉吟半晌，道："不妥，需我再斟酌斟酌，怎么压服口声才好。"仇都尉忽然喜逐颜开道："怎么就把他给忘了？"忠顺王爷因问是谁。仇都尉道："贾雨村。"忠顺王爷听了，喜不自禁。仇彪如闻纶音佛语一般，喜的只说："正是呢！怎么竟差点就把此人给忘了！想那贾赦'索诈贪污，强霸民财'，多亏他举报出来。"忠顺王爷因笑迷迷的点兵布阵，设下圈套。又令他父子即刻去请雨村来见，父子俩疾忙领命而去。才出去，见跟来的人手里还提着锦匣候在那里，不觉拍手道："可是这一向事情多，丢三忘四，竟糊涂到这步了！"因命那人将锦匣呈上，便又翻身回去，一脸谄笑来至王爷面前，道："可笑那贾琏，痴心妄想，希图夤缘贿买下官，竟送了这么一个东西来。"说着，将锦匣打开，早有霞光迸射出来。忠顺王爷只觉眼前瑞彩迎眸，射冲四壁。看时，却是一件光彩莹洁的稀世珍玩：形如两掌合十，通体祥光迸射；仿佛甘露流津，膏雨洒润；有个名字叫做"腊油冻佛手"。忠顺王爷见这小小之物，竟可与自家后院那株金刚树媲美，不觉暗暗称奇道绝，只是面上却不肯露出。只道："可笑这狗才，父子济恶，如今虽侥幸脱罪，却仍只不思悔改，反痴心妄想贿买钦差，实在罪该万死。这才是'天堂有路他不走，地狱无门撞进来’！”说着，又冷笑道：“这也怪不得他，想他府上的那些人，那里晓得你仇大人原是个一尘不染之官！”仇都尉听了这般言词，登时轻飘飘不辩南北西东，酥软软如在云里雾中一般，匍匐在脚下再三谢恩不止。半日，父子们方狗颠一般出府去了。

且说如今王夫人抱病，宝钗等忙去请医就诊。大夫说是：“此病是从忧郁气恼上起的，无大碍，只需两服药就好的。”因写下方子，领了谢仪别去。宝钗即着人抓了药来，煎与王夫人吃。谁知恰逢人来报，说薛姨妈这两日忽然泻个不住，请姑奶奶速回去看看。宝钗因命文杏、麝月等好生服侍，自己去去就来，就与莺儿两个，慌张的回去了。偏巧赵姨娘在屋内听见，歹心陡起，因想着府中旧年制百解丹，尚有巴豆、麻黄之物余存，何不趁此时节悄悄的与他吃了，若果能就此将他绝了，明日这府里不怕不是自己的天下！因连忙的向屉内寻出，又将些蜈蚣、全蝎、白僵蚕等放在一起细细研碎，趁人不备时，故意使自己的心腹小丫头子，将看守药锅子的婆子喊出去说话。他自己则悄悄的进去，揭开药锅，将那些害人之物全部倒入汤药之中。也是皇天无眼，不佑善人，彼时竟无一人知觉，谁能知道？一时王夫人吃下去，不到片时，立刻泻个不住，至天明足足泻了几十次。他病虚的人，如何禁的如此？泻到天明，忽然昏厥过去。吓的一家大小哭成一片，赵姨娘心中称愿，外面假意慌张，哭喊着上去捧住王夫人的头，却反将手在他喉间一捏，王夫人双眼一张，登时气绝。却将一口恶气喷他一脸。

赵姨娘睖睁着两只眼，忽然看见多少赤发獠牙、恶相狰狞的夜叉鬼卒，持牌提索来捉他，登时毛发倒竖，口吐白沫，嚼舌惊死在地上。府中登时乱成一团，哭的哭，喊的喊，蜩螗沸羹一般。当下有人飞出报与贾政，彼时正有后堂院子传进一张揭帖来，贾政接过看时，登时气得面如金纸，一叠声叫：“快拿贾芹过来！”话犹未落，见有人跪倒呈报王夫人、赵姨娘之事，贾政犹未听完，忽见赖大飞一般来报：“老爷，不好了，仇都尉又带着锦衣卫来了！”贾政闻言，心慌意乱，正迎不是，站不是，在厅上干转，只见那仇都尉已带着人怒气昂昂的进来了。

贾政忙迎上接住，勉强赔笑："不知大人莅临，有失迎迓，还望恕罪。不知大人此番来，有何见谕?"仇都尉冷笑道："奉旨交办事件。"贾政如雷震一惊，直挺挺站在那里，再说不出话来。仇都尉吩咐左右司官："请各位带领府役把守前后备门，室内上下人等，一律不许走动!"众人如雷一应，各处动手封查起来。仇都尉上首端坐，冷面无言。忽见一司官来禀："大人，忠顺王爷和权知刑部的贾大人到了。"仇都尉忙立起，飞出去接了进来。贾政看时，果见雨村陪着忠顺王爷一起步入堂来，心下正在嘀咕，却见雨村朝他微微颔首，心内才略略的松了一口气。贾政这里跪着给忠顺王爷磕头，他只是洋洋不睬，却翻着眼睛问那仇都尉："贾琏、贾芹，这些人可曾都带上来?"仇都尉如此这般的与他转背回身的说话去了。雨村于是趁乱踱到贾政跟前，悄悄的携了他手道："老大人不必惊惶。我听见说是为水月庵里搜出许多武器来，这一款还可声明；又听见说什么'玷污尼僧'，在下官想来虽大，却也与老大人无关的；只是有一大款，听说老大人旧年间，曾作什么《姽婳词》，如今被上面弹劾，乃是诽谤朝廷的反诗。老大人可速速的想想，这些东西，如今可还收在府中？若还不曾灭迹，就请快快的告诉下官，现在收于何处，下官也可趁此机会进去，替老大人匿过，或可就此免祸，也未可知。"贾政听说，惊的魂胆俱落，想了一想，忙附耳与他说了。雨村听见，忙整衣疾步而去。

彼时贾琏、贾环、贾芹、贾兰、贾芝、贾菖、贾菱、贾荇、贾芷等人俱已被带上堂来。一时雨村出来，对面立定，暗与忠顺王爷一点头，忠顺王爷冷笑一声，因面南站定，吩咐贾政接旨。贾政等即向北跪下，听他宣旨：

贾政罔顾圣恩，不思君德最大，民命为重；膺位享禄，不坚臣节。已由御史参奏，作反诗《姽婳词》暗讽朝廷，外沽清正之名，暗结虎狼之属。又经弹劾，治家不严，纵容子侄横行，欺压良善，不顾民命。今查贾琏带私行贿，冒污钦差；更兼贾芹淫心包天，色胆纵横，于伽蓝之内，恣行淫欲，玷污尼僧，实属罪大恶极。再经弹劾，水月庵内私藏兵器，是为意欲谋反之佐证。着革去贾政世职，家产籍没入官。与贾琏、贾芹一齐扣押，交刑部严加议处。其妇女家眷等，全部收押狱神庙，听候查办。钦此。

圣旨宣毕，仇都尉一声命令，众府役早已蜂拥而上，替贾政、贾琏、贾芹去了冠带，上了刑具。贾政那时犹如五雷轰顶一般，却只拿眼去看雨村。却见雨村满府里进进出出，义形于色的指点箱笼，命令府役；急嚷之间，不暇检点，虎狼之心已昭然若揭。贾政此时方知上当，不觉心如火燎一般，虽恨不得身亡命殒，却只是心中自悔："可恨此贼机深智诡，外秉忠诚，内怀奸诈。想我对他可算深仁厚泽，不曾想他竟如此负恩昧良！罢罢罢，冥冥之中，看这奸贼受用到几时！"犹在思想，已被带下收监去了。

只说贾府众家眷如今监禁在狱神庙里，一个个呼天叫地无救应，愁眉泪眼苦伶仃。更兼宝钗、李纨、平儿、秋桐、巧姐、鸳鸯、琥珀、莺儿、文杏、麝月等人日日悲悲泣泣，泪不能干。眼见一个个樱唇红退，杏脸香枯，色陈颇颔，活象一群谪仙尘嚣受难。宝玉看在眼里，苦在心上，又因心中悬念着王夫人，不知他现在怎么样了，父兄们眼下的境况如何，因只是行来步去，痛极不语。禁子们听说他日常只惯在女孩儿身上做工夫，连正经书也不肯好好念，只爱花粉、胭脂之物，因不管闲乐，便攒聚在一处，只管拿他做把戏取乐；或是心里闷了，又或是受了上面的气，便愈发变着花样拿他来作醒酒汤，杀性子。又见他脸皮子细细白白，倒比那些姑娘们还娇嫩些，更兼一双手，竟生的水葱一般，便故意使他去扫粪，代做各种苦役。每日里呼来唤去，恣意凌辱，种种摧残折磨，也难一一赘述。

这日凌晨，狱卒一声呼喝，将女监里的人，全都带了出去。众人问是去那里，狱卒冷笑一声道：“不用急，你们的灾消难满了，要到大户人家里享太平福去了！”众人这才知道是要被拉出去转卖，登时哭作一团。狱卒喝道：“不许号丧！”一路推推搡搡的出去了。宝玉在后呼天捶胸，叫一声“宝姐姐，麝月！”唤一声“鸳鸯，巧儿！”只恨不能身亡命殒，换他们回来。却被两个禁子迎头上来，一顿棍棒，打的鲜血迸流，死去复醒。一时，又被支派在粪窑里去打扫，宝玉只得含着泪，一步一跌的去了。几个狱卒背后挤眉弄眼，一起跟了进去，见他一手撩着衣裳，趔趔趄趄，泼泼洒洒的，便嬉笑着围上前来，你搡一把，我推一跤，弄的他满身粪汁，一身奇臭不堪。那群人便一起抚掌叫嚷起来：“公子爷，不碍着，你回去让姐姐妹妹们给涂些个花粉、胭脂，就遮过去了！”“咦，你的那块玉呢？拿出来倒是再摔给我们看看！”宝玉趴在地上，心如火燎一般，那辛酸之泪如何禁的住？刚挣扎着要爬起来，又被众人轰笑着赶上来，连揪带踢掀翻在地上，将粪桶满满的盖他一身，登时两耳轰鸣，蛆虫乱滚。宝玉掌不住，“哎哟”一声，忙又吞声咽住，趴在地上其苦万状。众卒愈发欢欣叫嚷起来：“别哭啊，怎么就哭起来了？打疼了？快叫姐姐妹妹就不疼了！”正乱着，有人进来说：“有人来探监，快叫贾宝玉出去。”

众狱卒方一起将他拖了出去，因被狱官走来看见，冷着脸喝骂道：“你们这群猴崽子专会作死！我可提醒你们权且收着点，别忒作过头了！可是俗话说的‘百足之虫，死而不僵’，象他这样的身世人家，一旦难去福至，管必你们吃不了兜着走的！”骂的众狱卒默默无语，淡淡的走开的走开，散去的散去。留下两个，只得拉他去冲洗一番，重新换了衣服，送出来。只说宝玉回到监中，见是一个年轻妇人拎着一个大包袱候在那里。宝玉见他椭圆脸面，细长眼睛未语先笑，两边腮上微微的几点雀斑。只觉的面熟，仔细一辨认，却是茜雪。宝玉此时见了他，仿佛梦里一般，睖睁着两眼，且说不出话来。茜雪满眼含着泪，上前哽咽道：“二爷，才听见说，赶忙的就过来了。”说着，眼泪滚瓜一般跌落。半日，方哽咽着将包袱打开，一件件往外拿着：“这是才做的新棉袍，还不曾上身穿过。他身量恰好跟二爷差不多少，二爷不要弃嫌才好。这几件裙袄，虽是旧的，却也没大很穿，只我过门时候穿了几天，留着看给那位姑娘们换洗用吧。这一盒子是我才蒸好的热糕，这是一盒子松穰……”宝玉那时只眼不转睛看着他，早已悔的心伤肠断。上前携了他手，只问：“现在，过的可好？”一语未落，眼泪一发淮洪一般跌落。茜雪亦满眼泪如雨下，才要说话，只听身后有人叫：“宝叔!”、“宝二爷!”回头看时，竟是贾芸和小红。

宝玉见了他两个，一发惊的说不出话来。贾芸与小红“扑通”跪在面前，只管上来抱住宝玉放声大哭。宝玉因拭泪问道：“你们，是，怎么来的?”贾芸遂将如何同凤姐、小红一起前往金陵，途中如何遇难，凤姐跌下江去不知所踪，他和小红二人如何被贼寇捉回去，后来二人又是怎么九死一生，数次逃亡，数次被俘，拼着洒血断头，终于逃了出来，细细的告诉了一遍。宝玉直听的寸心欲裂。

旁边小红哭着携了茜雪的手，与他叙了一回寒温。又听贾芸说：“我和小红一回来，就听见了消息。因连夜赶了过去。谁知府门外早有兵役把守，是我百般央告，又悄悄的送些银子给那看守，才许我进去了。谁知刚至头门，觌面撞见两个兵丁抬着一具尸首出来，我赶上去细细的看了一回，好象是赵姨奶奶，又不能确认，可怜两只眼睛已经被老鼠吃光了。”宝玉听了时，轰然一声，不禁又滚下泪来。因一把拉住问：“你，可曾看见太太没有?”贾芸大惊，道：“没有。怎么，难道太太也?”宝玉痛极难言，满眼泪如滚珠，转身伏在墙上放声大哭起来。茜雪忙过去扶着劝慰道：“二爷快先别难过，说起这个来，我正要告诉二爷呢！可巧那天我在家里听见消息，因放开手里的活，跑过去哨探。偏生凑巧，在大门口遇见邻居王短腿，因他和那守门的兵役十分熟惯，所以竟让我趁乱进去了。也是天缘凑巧，偏又迎面看见两个人正抬了太太出来。那时，我见太太已经殁了，因问他们要抬去那里，那二人说要扔到乱葬岗子去，我就不顾命的求了下来，把身上值钱的东西都给了他们，求他们帮着买了口薄皮棺材来，又有王短腿在旁帮趁，叫了几个小子，帮着埋在白杨村的青枫林下了。”

宝玉听了这篇言辞，止了泪。只目不转睛的看着他，忽然双膝跪倒在地，响头不绝。直把茜雪吓的退前缩后的无处躲闪，忙喊着小红、贾芸，将他一起硬拉起来。宝玉那时满心愧疚，泪如走珠道：“自从遭难以来，多少亲朋故旧，避之唯恐不及。就连我先时的那些知交，都一个不曾来探视过一回。想当初，有多少人，受了府中多少恩惠去，如今，没象贾雨村那样恩将仇报、落井下石就已经不错了！倒是你这不但没受过一丝恩惠，反受了一肚子腌臜委屈去了的，关键时刻，竟能如此不计前嫌，义薄云天！”说着，那泪水越发流个不尽。茜雪拭泪道：“二爷说那里话，想当初我在府里的时候，二爷对我那一样不关照？先别说吃穿用度都和主子们一样，就说老太太、老爷、太太、奶奶们，对我们这些下人，也多是恩多威少的，就是那些平常寒薄人家里的小姐，也不能那样尊重的。就是后来出去了，也该怪我自己心里总没个成算，与旁人无关的。就是我如今时时想起从前在府里的光景来，也总要忍不住给主子们烧香的。”贾芸也抹着泪道：“原是一家子骨肉，叔叔就不要说两家的话了吧！”因转身去叫倪三，让他备办一桌子素席来。倪三答应一声，去了。宝玉看时，认出他就是那狱官。

一时备办整齐，四人桌前坐下，茜雪边给宝玉拣菜，边问贾芸道：“据芸二爷说来，那赵姨奶奶也殁了？怎么我那天进去倒没看见？我因见了太太的形景，就怕还有人也……所以，我还特意的向里面那些兵役们逐一问了一回，他们都说没有了。我因不放心，自己又挨屋进去看了一回，也并没看见。”贾芸说：“那倒不能怪你，我们也是听见那两个抬着的兵役，在那里咕嘟着嘴乱骂，才知道，那赵姨奶奶，当时不知道是让什么人给塞在床下的。直到发臭了，才被人找到。据我的糊涂想头，也是他不知因为得罪了什么人，所以才被人这样报复，也未可知。”说的众人都低了头，默默无言。半日，宝玉含泪抬起头，举起面前的杯子，道：“难得你们这一片情意，来，权且以水代酒，我这里先干为敬！”说着，一仰头，和泪全部吞下。贾芸、茜雪、小红三个，强忍着泪，也都陪了一杯。小红因哭着问巧姐，又问宝钗、李纨等人，宝玉洒泪告诉了一遍。三人听的惨切，不免又都洒下泪来。小红呜呜咽咽哭个不住，捂着脸道："都是我不好，当初不听二奶奶的话，把巧姑娘扔下，只管跟了奶奶去。如今，不但跟丢了奶奶，连巧姑娘也不得见了！我岂不成了一个罪魁了！"茜雪在旁解劝道："这怨不得你，你原也是一片真心为二奶奶好！快别难过了，只要人还在，少不得我们大家一起想法子，将来怎么把人找回来罢了！"小红才略略的住了，宝玉又垂了头，满眼泪洒不止。手里筷子虽夹着菜，只是难以下咽，早让眼泪盖满了。贾芸回头四下一看，转过脸来，一拳砸在桌上道："叔叔不必悲伤，我已想好了，就算豁出我这条命去，也要找朋友救你出去！"宝玉惨然道："普天之下，莫非王土。就算出去了，我又能跑到那里去？再说，家人都在难中，我一个人即便出去了，又有什么意思？"

三人听了，心下辗转凄惨，便又一起滴下泪来。茜雪哽咽道："二爷，我没读过什么书，那些大道理，我也不会说。只是从小听见人说'三贫三富不到老，''运大灾大'，又听见说'能受屈抑，肯受亏垢，受不祥，火气都尽，便能做出济世的事业来'，这阵子，我时常的想，二爷一下生，就和我们这些人不是一个样，现在吃这些苦，想是老天爷有意要锻炼二爷日后成就大事业的，也未可知。再者，人活一辈子，谁还不遇到个三灾五难的？日头还有个云彩遮住的时候呢。目下虽说诸般不遂，日后自有拨云见日之时，二爷就该越发振作才是，万不可因此一跌，就灰了心。"贾芸也道："叔叔放心，我天明就动身去找北静王爷去。我听说那忠顺王爷老贼，最忌惮的就是北静王爷。王爷这回奉旨到沙俄边境去，就是拜这老贼所赐，他的目的无非就是要支开王爷，自己好趁机作法施为！如果北静王爷知道叔叔在此受难，必然来救无疑！到时候，还怕那老匹夫没有报应的日子呢！"宝玉一把抓住他的手，道："那么远的路，你如何过去？再说，你走了，你母亲一个人如何过得？"贾芸道："路上的事，叔叔不必多虑！"因立起身来，将杯子斟满，向小红道："我自幼无父，全靠寡母拉扯长大，又且孤身，并无兄弟。那时知你随婶婶前去金陵，因怕你一去不还，少不得把老母托付给邻居亲朋代为照看。只为那时想的是，就同了你们过去，少不得一时求了婶子，还能就回来的。如今宝叔阖家尽在难中，不知姑娘可能不计世俗规矩，就先代我家去孝养侍奉高堂老母？若姑娘不计寒微，今天你我二人就在宝叔面前磕了头，全当是我和姑娘先完了婚，姑娘的深情厚义，容我日后补报！”说着，将杯子高高举过头顶。小红微微把脸红了一阵，道：“这本是我分内之事，何劳嘱咐？二爷只管放心前去，所有一切，都在我身上便是了。”说着，接了杯子，一饮而尽。两个又一起跪在宝玉面前，磕了头。宝玉和茜雪各自含泪将他二人扶起。

外边忽见倪三走进来，悄悄的在贾芸耳边说了几句话，贾芸连连点着头，少不得又再四拜托他日后多加关照。倪三抱拳道：“既是二爷的亲戚，不劳吩咐。”贾芸等因又彼此劝慰宝玉一番，各自洒泪别去不提。

只说这晚入夜，宝玉朦朦胧胧的，仿佛又回到了大观园内。初时只觉云山烟树，满眼氤氲，细看时，竟满坑满谷墓碑林立，蟏蛸满室。宝玉只觉阴森透骨，一路蹒跚走去，一处处闪目细看，眼前景物分明都是旧时的，却又都已面目皆非。行至沁芳桥时，临下一望，只见水底天心，万顷茫然。

忽然那边荡悠悠驶来一条船，舱内，铺陈灿烂，鼓乐声喧。一个年轻女子步出舱门，倚栏怅望，望空拜祷。风吹袂起，飘飘若仙。宝玉心中怦然一惊，擦眼再望，不是湘云却是那个！因在那里满嘴里大喊起来。湘云猛抬头，认出了他，因跑至舱口哭道：“爱哥哥！我可算见到你了！”又求掌舵的将船靠近。宝玉早忙的跳下水去，扑住船帮：“云妹妹，你这一向那里去了？只听说你去寻若兰兄弟，可曾寻见？”湘云伏在船上，泫然涕下：“可怜我寻找多时，历尽艰辛跋涉，却并无一丝消息！反在途中，遭遇歹人，将我堕在万丈泥坑之中！可是常言说的‘宁受冤家累，怕遭恩爱魔’，可怜我前无所往，退无归所，这急水滩头，借舍投胎一般，那里还容择拣？如今可好了，总算是遇到救命的了！爱哥哥快去和老太太、老爷、太太说去，好歹先把我救出去要紧!”一语未落，只听舱内有人向外冷笑道：“他如今自己还泥菩萨过河，自身不保呢，那里还管的了你!”湘云如闻惊雷，问时，宝玉少不得痛心疾首的告诉了一回。湘云直哭的五内崩裂，捶胸呼天道：“可恨那天杀的奸贼！我夫君父子拼身舍命在外杀敌，他却在背后阴谋使奸，不但害的我家破人亡，就连你们也一起跟着遭此飞殃！这场切齿深恨，何日能雪？女子一生，最重名节，一丝为定，万金不移！如今，我陷在这囚笼之中，一旦失节，玉碎岂能再完？我怎忍贻羞父母公婆，令丈夫耻挂眉额，痛缠心骨，供人传笑！爱哥哥日后若是能见到我夫君转回，就请替我转告，云儿为他全节了!”又望天悲呼道：“若兰，我等不得你回来了!”说完，“噗”的一声，便纵身向水里跳下去了，登时没了踪影，只见一个大黑圈将月影荡散复聚几次。

宝玉大哭一声，那里还能救的过来？矍然惊醒，却见四壁萧然，孤灯半灭。不知后事如何，下回分解。

第九十七回

忏宿冤茜雪感痴郎　偿孽债妙玉从枯骨

只说宝玉夜梦不祥，矍然惊醒，满眼只见四壁萧然，孤灯半灭。因神昏意乱，彻夜痴坐无眠。

天明时分，两个狱卒争争嚷嚷的走来，脸上好生无趣。这回只派他去洒扫庭院，修剪残枝，二人淡淡的吩咐了一回，便走开的走开，回去的回去，一时都散了。原来因有了倪三的关照，这些人便不敢再轻来欺他了。只说宝玉这里正含泪执帚，院墙外忽的飘下一阵冷风来，将满院落叶唰唰的吹散复聚几回，顷刻，又洒下一天的雪来。宝玉禁不住在那冷风朔雪中打了一个寒噤。回望前景，那辛酸的眼泪如何禁得住？此时方信：从来富贵若浮云，冰山难靠，梦景无常。人生一世，不过花开顷刻，转眼成空。可叹古往今来多少豪门望族，无不是先祖们九死一生挣下家业，无奈膏粱的子孙，那肯效法祖先，培植后来的元气？终日骄奢妄为，赌狠斗凶，一朝生事则百计迎求，父为子隐，群小迎合，必至破家灭族方罢。更有多少富贵豪族，气盛见逼，刚愎自用，从不知慷慨解囊，从宽救济；见人急难，漠不关心，重己财似金山，轻人命如鸿毛，为此水火盗贼，甚至子孙赌荡破散，或子受官刑，妇生怪病，或孙被人嬲，女被人淫，种种疾病横灾，必来报应。空为子孙做了蛇蝎，反败害了子孙，可谓一生辛苦劳碌，尽付东流。然利迷心窍时节，迷眩缠陷，那得醒悟？

既领略得如此之境，是以情不自禁，乃口占成一诗曰：

止水浮花梦亦真，平明搦帚破贪嗔①。
扫空扫相扫虚妄，除粪除尘除孽因。
万籁如吹顿悟法，诸缘了息渐安贫。
一心三谛原无二，难得此生味苦辛。

至此，倒也不再惭愧悲啼，自怨自叹。早朝夜晚，肱枕蔬食，屏息万缘，倒也无荣无辱；冬去春来，夏尽秋残，半盏孤灯，一床破榻，自觉乐在其中。

只说这日茜雪在家中忙着烹茶煮糕，抚儿逗女，忽见漫天大雪纷纷密密，比早间又大，须臾，平地已有三尺来厚。因心中记挂着宝玉，恐他在狱庙内受冷挨饥，正在悬念，见他母亲拄着拐杖，垢面蓬头，一身污秽的走了进来。忙下去接住，让他炕上坐了。他母亲低头看了一回两个小外孙，眼圈一红，禁不住哆哆嗦嗦的哭道：“人家养儿为防老，可怜你妈竟白白操了这大半辈子的心！养了两个儿子，一个比一个狼心狗肺！你可那里知道，你那两个砍头短命的兄弟，如今是越来越不象了，一天到晚就知道外头喝酒耍钱，把我和你那老不死的爹管也不管。输了钱，就回来在家闲寻气恼，好不好的就把家里乱砸一气。不是你妈如今有了年纪，嘴里絮叨心也变窄了。实在是我看见咱满村庄上的人家，那一户人家里的孩子们不是老老诚诚的，守多大碗儿吃多少的饭。偏这两

① 此诗为文怀沙先生原创，征其同意，录用于此。

个该死行瘟的，性情异样，大小家事，全不在眼睛里！早知道这样，当初倒不如留着你在跟前，倒许能多沾傍着些福气，多得些济呢。”一语未毕，恰好他女婿走进来听见，因没好气道：“你老人家当初倒也把他折变着卖了，现在终究也没少沾傍上呢！这会子又来说这些个不腰疼的话来了！”

茜雪见他回来，忙就炕上摆开桌子，端上热茶，又有两盘热糕，一盘芦蒿炒面筋，一碟子糟鱼苦瓜，一盘鹅油白糖蒸的饺儿，热烘烘摆在面前。他女婿炕上坐了，也不相让，自顾埋头吃个酒足饭饱，才又咕嘟着嘴，起身一路趿聒了出去。茜雪忙脚挨脚送了出去，把才做得的两个大棉耳套子，一边一个，罩在他耳朵上，笑吟吟嘱咐他几句，复又翻身回来。见他母亲含着两眼老泪，举着杯箸，只是难以下咽。少不得搜神刮胆的劝慰几句，因悄悄的塞些散碎银子给他，又备了些柴米衣物之类，让他拿去。自己却向蒸锅内拣了几块热糕、蒸饺，装好，回头嘱他母亲，先替自己照看一下两个孩子，自己去去就来。便匆匆往狱神庙里去看宝玉。

一时回来，他母亲已拿着东西去了。他女婿眼红脸青的坐在炕上，见了他，怒从心上起，指着鼻子骂道：“什么一家子老小忘八，吃喝惯了，如今越发惹动一窝风，都到这里打秋风来了！今儿你来，明儿他来，不知累我赔垫进去多少！再敢这么着只管来白拿白要，可不要怪老子不认得人！当初要是拿你当人，三媒六聘、陪金送银的把你嫁过来的，这么仗腰子也就算了，偏上有大，下有小，单单就把你给折变卖人为奴，换了现钱！如今倒好意思三天两头这么舔脸上门来讹！”茜雪不敢顶撞，满脸赔笑道：“你素日对外人都宽宏大量，救患扶灾的，这三街六巷谁不知你侠名？今天是怎么了？他们便有不是，总归是我的生身爹娘，如今过的这个样，那有个看着爹娘老子饿死的理？”一面说，脸上好生没趣，见两个孩子在那里啼哭不止，因忙上去哄。一时都哄住了，便忙出去给家禽六畜又都喂了一回饲料，又冒雪挑了一瓮水回来。便坐过去纺线搓棉，不一时，一团团穗子，便云朵一般，团团滚滚堆下一地。不觉已过了半日，看时，见那日头已经偏西，便忙又起身下厨去和面蒸糕的忙起来。片刻工夫，便将一桌子饭菜香喷喷摆在面前。

他男人在旁连说带闹了半天，饭也无心，不肯来吃。嘴里仍旧越说越气。茜雪便跪在地下，再三苦劝着安慰一会子，他才略消些气恼。翻身起来正要举筷，可巧有邻居来喊，便撂了筷子随他去了。才出去，便又折回来问要新棉袍子。茜雪因赔笑道："前儿不是和你说好了，先拿去给宝二爷穿去了吗？怎么就健忘到这个地步了？"他男人登时把脸一沉，眯眼回思片刻，只得咬牙去了。谁知到了邻居那里，酒席上不免被人打趣笑嘲几句："怎么我看你那媳妇，对狱庙里那位从前的主子，可比对你上心多了！三天两头的，又是吃的，又是穿的，尽往那里跑！"又有些长舌妇人，在旁添些言语在他耳内。茜雪的男人本就禀性愚犟，已经他心里便又气又恨，这时愈发愤怒无极，气得发昏。把那闷酒一杯接一杯，不知灌了多少。至晚间回来时，已经醉的人事不醒。见了茜雪，不容分说，登时毒龙扑海、鹰拿燕雀一般，将他从炕上扯将下来，一顿嘴巴子打的他攒蹄打滚。打着，又骂："你个天生的奴才贱人，当初在那府里，你想贴上去，怕是连边儿也挨不上，现在可算等着机会，向你主子献勤儿了？但不知你那主子都赏你些什么回来！"骂着，又捺在灰尘里打了几十下子，一时竟越打火越旺，便使尽平生气力，飞脚来踢，不想力太用猛了，倒把一只鞋踢脱了，正盖在炕上啼哭的儿子脸上。那孩子登时哭个气断，茜雪魂都惊出，疼的搓耳揉腮，一步一跌才要爬上炕去哄那孩子，怎奈他男人怒气填胸，又有酒盖脸，赶上去，一把抓住后鬓，硬又拖翻在地上，照着他兜心一拳，劈面几掌，便又混盖下来。满嘴里只骂："什么有脸的好人家，你那两府里的丑事坏名，早叫人听不上了！一个个外面看着光鲜，其实都是些猪狗不如的脓包败类！祖宗九死一生挣下的家业，如今毁成这个样子，倒不如撒泡尿自己浸死了！现在那里还有什么正经人去和他们这些人相与交结？偏你这让人家撵出来的贱奴才，倒是赤胆忠心一片！"正是：

一念嗔心起，百万障门开

竟越骂越气，越打越火，索性扯住，将他衣裳裙裤剥个精光，一阵乱拳打昏过去，精光赤条的拎起，不分好歹，丢进外面刺丛里去了。

幸而被王短腿的老婆走来撞见，登时气的两眼发黑，心如火燎一般，忙脱了自己的大衣裳把他遮住，一面喊了人来，抬回自己家里去了。一时将人散出，揭去衣裳看时，见他满身肿胀不堪，奄奄的只剩了一口气在。因一面在灯下给他挑刺儿，一面恨骂不绝："这个砍头短命的黑心忘八！咋就随了他那黑心的爹！这样个好媳妇，这样的人品，下这样狠手，怎么忍得！"茜雪趴在那里，满眼滚泪，心内又气又屈，讲又讲不得，说又说不出。又记挂着两个孩子，也不知道如今哭的怎样了。身上又如刀扎火燎一般，因呜呜咽咽直掉了一夜泪。

转天，他男人酒醒过来，见一对儿女在那里啼哭不止，没法处治，想起昨日之事，不觉悔上心来。又见王短腿家的小丫头子来叫，因问了一回，才知茜雪如今在他家里，只得抱了两个孩子忍愧前来。王短腿的老婆见了他，正欲数落，又见他怀里两个孩子哭的可怜，少不得深叹一口气，将孩子接过去，让他上去望慰茜雪。一时夫妻们见了面，不觉都凄惶惨切，泪如瓢倾。茜雪的男人满心愧疚，当着外人的面又不好说出，便越发尽力落了几滴痛泪。一时茜雪好些，便让人抬了回去。谁知当天夜里，浑身竟生起毒疮来，不上三五日，竟满身脓疮迸发，一命呜呼了！临闭眼前，两只手只紧紧的攥着自己的一双儿女，不忍释放，竭尽全力央求他男人道："好生看顾他们长大，看我薄面，千万不要打骂他们。我在九泉下，感你深恩不尽……"他男人大悔不及，抱持恸哭。无奈，已全无回天之力了。

且说忠顺王爷、吴天佑一干人，如今如愿铲除了贾府一脉，乃至平日稍与之有些联络瓜葛的亲朋故交，亦皆被其架捏诬害，陷于罗网之中。或被罢官下监，或被流刑充发，不能胜记。二人长养禁中，只知锦衣玉食，擅行夺权，不思经邦济世之道，全无拯危扶弱之心，兼枭獍为心，专起窜诛，私通敌国；蛇蝎成性，唯知紫阁之荣，暗结虎狼之属。那忠顺王爷因暗自忖度，估摸着，吴贵妃不日就将取代正宫，便亲自出面做媒，要与吴天佑结亲。谁知吴天佑家中未嫁之女，统共只剩了一个，平日百般珍宠。吴天佑如何不知忠顺王爷之子，凶行荒残，喜怒无常，怎舍得将爱女陷入牢坑？无奈又不好得罪于他，只随口应承而已。回至府中，心下忧惧，一筹莫展。正踌躇不悦，见他夫人走来，问是何事烦闷。吴天佑少不得告诉了一回，那夫人听罢，眉头一皱，计上心来，满口冷笑道："这有何难？半年前，府里新买来的一个丫鬟，因模样有几分和咱们女儿相似，所以竟让他去服侍了女儿。如今何不就将他认做义女，代嫁过去，以解燃眉之急？"一语戳动吴天佑，忙让人将那丫鬟唤出，见其形容举止，竟果与自己女儿大有几分相似，因少不得令夫人带下去，仔细调教一番。单等吉日一到，披红挂金，热热闹闹嫁了过去。

谁知这丫鬟，便是那贾珍府里的万儿，只因贾府势败，他被充至吴府为奴。因其模样与主人家的小姐有几分相似，便得小姐青眼，收在身边做了细用丫头。不期如今又被弄出这段事来，亦是自己意料不到之奇缘。只说这万儿，自嫁入王府，见家道隆隆，荣华富贵不绝，出入有金奴玉婢服侍，自是心满意足。一日黄昏大雪，临窗靓妆，簪花逗狗毕，扶小婢出庭中赏雪，忽闻门外声喧，遂偕小婢向外审视，却是小王爷与众豪奴进游乐苑时，坐下马匹忽然惊越，随从说是怨灵发怒示警。小王爷大怒，拔出佩刀，四处搜索鬼魂。找不到，便命人用草扎成人形，斩首于苑门外。内中有一位官员，再三劝阻不及。万儿见他腰金袍紫，直鼻权腮，甚是眼熟。举眼再看时，恰逢那人也正回头，二人彼此相视，皆不能出一语，默对时许，万儿不觉满面羞惭，心头乱跳，因再无心赏雪，闷闷的转回房去了。

半日，脸上犹红，心内仍突突不止。原来，那位官员不是别人，正是贾雨村。只因旧年，万儿在贾珍府中，与焙茗苟合，无意竟让雨村撞见。哼了一声便走开了。谁知，过了三五日，竟让人将他叫了去，以此要挟，立逼着他到贾政的书房内，把什么姽婳词拿来给他，从此便将他所做丑事，一概丢过不提。万儿如何知道事情轻重？那时只一心想着保全自己的名声性命要紧，因百般使心设计，悄悄的央告焙茗将自己带了进去。谁知情急之中，竟误撞在宝玉房内，因到处搜寻不见那姽婳词，慌乱中，竟将通灵玉误窃出来。因登时轰动满府，上下内外被层层严密盘查起来。万儿见事情大到不可收拾了，又想到宝玉素日待自己的好处，因怕果然应了那句“玉在人在，玉毁人亡”的话，将宝玉白白的害了，只得又百般做套扯谎，哄骗着让焙茗拿了去，神不知鬼不觉的丢在了穿堂，才未被暴露出来。谁知事情都已过去了这么许久，偏生冤家路窄，在这王府里，竟又遇见这闾阎小人！

万儿手托香腮，切齿谋思，盘算如何得一奇计，将雨村就此绝了去，自己的声名性命也可保全。这厢正在运筹帷幄，只见小王爷一脸盛怒的进来，箕踞坐下，破口大骂不绝。因问原因，小王爷道：“我前日在父亲那里看见一个绝色女子，正要跟父亲讨了来，谁知贾雨村那老狗偏在父亲面前大进谗言，说此女乃不祥之物，让父亲尽早放了去！可恨这老狗专门与我作对，他日必杀此贼，方泄此恨！”一语戳动万儿心怀，因笑欣欣的巧探一番，才知他口里说的那名“绝色女子”，竟是贾府里的妙玉。心内越发着慌起来，脸上却不肯露出。暗暗盘算多时，因道：“我在娘家时，便有耳闻，都说那贾雨村外秉忠诚，内怀奸诈。又闻当初贾府提拔他于风尘，他反将其一门尽陷罗网之中，可知此人蛇蝎成性，廉耻丧尽，实在是斗筲之器，闾阎小人！似我们这样人家，实应痛绝和这样人交结相与，不然，难保那天不害在他手里！”又道：“他如今这么急着让王爷把那妙玉放出去，想来必有缘故。谁不知那贾雨村专爱谋人妻妾？说不定，是他二人早有旧情，彼此河同水密的筹划好了，正要借此机会，做成圈套，单等着破镜重圆，也未可知。你难道不听见人都说那贾府里，除了大门前的两个石狮子，连那猫儿狗儿都不干净了呢！”小王爷听了，大怒道：“必杀此贼，王府才会整肃！”

一语未竟，怒气昂昂执剑而去。谁知才出院门，恰值雨村觌面走来，小王爷登时杀气冲破五云端，拔出佩剑就要斩杀。左右随从忙不顾命的拖住。雨村唬的面无人色，伏在地上响头不绝。小王爷见他腰宽背厚，面阔耳肥，伏在那里活象一头猪。因令人将其剥去衣服，盛在猪笼内，贯穿了，抬去秤前称量重量，竟有一百八十斤重。因命左右给他剃去胡须，又满脸糊粉涂脂的打扮一番，赐了个美名曰："媚彘"。遂使人以木槽盛饭，搅拌饲料，命其以嘴就槽吞食，不从，便绑其手脚鞭打棍捶。可怜那雨村被打的翻腾辗转，痛苦悲号。小王爷在旁看的乐不可支，啧啧称奇。谁知众随从中，有几个王爷的心腹，见闹的不象了，忙悄悄使人去报与王爷知道。

一时忠顺王爷赶来，气的眼都红紫，忙让人将雨村团团解释开来。指着小王爷正要责罚，忽有夫人使人来叫，只得跺脚去了。原来竟是万儿恐小王爷做事不能妥帖，因趁机进去下些话在王妃耳内，王妃纵是铜心铁胆，如今听见自己的儿子竟要和丈夫争夺一个女人，岂能容忍？立眼大怒道："我们何等人家，怎容的这等装妖作怪的贱人！"因即刻命人去将王爷喊来。忠顺王爷惧内，朝廷内外尽人皆知。一时来至夫人房内。那夫人早已气的歪在床上，喘声不绝，口内道："那个叫妙玉的女子，原是贾府里那个衔玉的公子的旧知交，想必王爷事先不会不知道吧？如今，他学了西施的样子，忍辱负重，到咱府上来，王爷倒是想没想过，他可是为了要完成什么使命而来的？象这种专会蛊惑人心的狐媚妖精，真真我要骂也骂不出口来！我只提醒王爷，倒去好好的想一想，为什么你那个半路上认回来的儿子，放着这么大的荣华富贵不享，却和自己的媳妇，悄悄的把那贾府里的一干罪人，救的救，赎的赎，眼看救尽了，他们却远远的逃匿了，这到底是为什么？难不成鬼上了身？亏我让人打听的清清楚楚，原来，这都跟这个叫妙玉的有关！王爷要是不信，不妨现在就过去试试他，如今贾府里那个衔玉的哥儿，不是还禁在里面呢么，王爷就过去问问，想必就是拿他的命去换，他也还愿意呢！这才好呢，堂堂一个王爷，这么打嘴现世！只是你自己丢人倒也罢了，就是不要让这妖精害的我们也一起跟着家败人亡!”

忠顺王爷听了这篇言辞，惊出一身冷汗来，心内十分不悦。当初，也是他见妙玉天姿绝色，因禁不住神魂飘荡，淫心紊乱，所以才百般作好作歹，将他强留下来，以图后来受用。不曾想，到头来，竟是“我本将心托明月，谁知明月照沟渠!”真正令人可恼可恨。因辞了夫人，转至大厅，命人将妙玉请了来。乃以百般言语探试，果然妙玉心向贾府，千般为之开脱。最后，竟双膝跪倒，满眼垂泪，求他将那衔玉的哥儿释放出来。忠顺王爷捋着胡须，只不动声色。道：“若说放他出来呢，倒也不难。只是，眼下我有一件为难的事，不得主意，先需和你商议商议：我有一个同朝为官的旧知交，如今胡子苍白，年龄老迈，很快就要告老还乡，谁知那日到府上来，偏就看中了你，因和我说了几次，我也不好推脱，所以问问你，不知你意下如何？若是你愿与他同去呢，也算替我解了忧，我便着人即刻放了那贾宝玉，料也无妨。”妙玉闻言，沉吟难言，心下煎熬。半日，含泪起身道：“王爷高居紫阁，德量巍巍，自是一言九鼎。妙玉既蒙王爷高友青眼，又何惜贱躯?”忠顺王爷听了，心如油煎一般，深恨不已。反外面端出嘻笑自在的光景来，一面令人传酒排宴，一面挥手让他下去了。

谁知一连过了三日，竟毫无动静。忠顺王妃按捺不住，因指桑骂槐，恣意凌辱，将百般言语都骂了出来。忠顺王爷听见，只推耳聋。那王妃大怒，乃让人放话出来，要将妙玉斩断手足，挖掉双眼，凿聋耳朵，丢进粪坑去。又赐下三尺白绫，立逼着让妙玉自裁。忠顺王爷才不得不于当晚，带了一个齿发稀疏的枯骨老朽进来，将妙玉带了去。妙玉那时心如死灰一般，百般谛思无计，只得含着一把热泪，面对狱神庙方向，怅望暗祷一番，忍痛去了。

且说这晚入夜，宝玉梦见妙玉掉进一个没边没际的大火坑内，上有风刀乱裹，下有飞戈攒簇，妙玉在那熊熊烈焰中翻腾辗转，痛苦非常。犹如一株红梅被烈焰灼炙，登时胭焦香枯……一觉惊醒，已是泪透衾枕。正在泪眼蒙眬，忽听见外面有人争嚷，不知后事如何，下回分解。

第九十八回

走穷途宝玉耐嗷嘈　得生路巧姐出鬼蜮

只说宝玉梦中惊醒，听见外面有人吵嚷。看时，却是倪三带着两个人走进监来。为首是个矮子，青脸黄须，眉浓虎目，自称是茜雪的邻居，绰号叫“王短腿”。身后那人长颈鸟嘴，醉眼蒙眬，原是倪三的二哥，绰号“醉金刚”的。

倪三因备了一桌酒席，四人一起坐下。王短腿两眼看着宝玉，只是不住的唉声叹气，宝玉问茜雪，他也没话，只顾自喝闷酒。宝玉心中怦然一震，一股凉气直浸心窝，两眼不觉滚下泪来。倪三在旁悄向他说道：“宝二爷，别难受了！如今倒有两大桩喜事要告诉你，你托我的事，我已经替你打听到了。到底还是圣上恩宽，把你们老爷杀头的罪，改判了流刑。虽说那烟瘴地面上苦，性命总算保住了！二爷很该好好想想，多大的恩呢？再有，我在外面听见说，府里的贵宝眷们，如今也多被忠顺王府里那个丑面公子赎救出去不少。如今都安排在二十里外的白杨村里住着呢！”倪二怒哄哄的拍着桌子道：“要是老贼没有这样一个儿子，我就骂他万代忘八！什么鸟官，好好的人家让他害的这样家亡人散！真是不积阴德。说来也奇，那忠顺王爷那样贪暴胡作，直惹得万口唾骂，怎么反得了这样一个儿子？大概他祖上的好风水，都叫他这儿子一个拔尽了。”

倪三道：“且不论什么阴德风水罢，我也算把这个世道看透了！只等芸二爷搬回那位北静王爷，把这位爷救出去，我也不恋这一点微俸，带了家眷，回乡去吃碗安逸饭罢了！”王短腿道：“都说‘鬼神无私，冥镜明明’怎么我成日里就只见好人不长寿，祸害活千年呢？就说这个什么忠顺王爷吧，外面百姓都是怎么说他的？”说着，把眼睛钉住倪三，连饮数杯。倪三便垂了头，只管默默饮酒。王短腿道：“不说也罢了。你也有你的难处，我也不害你。反正就是‘欺罔人主，残害忠良，通敌叛国，浊乱朝纲’一类的话了，按理说，这样的祸害，不灭他九族就已经算轻的了，可他现在偏偏就能腰金带紫，享尽富贵荣华。照这样看来，那鬼神倒在那里？还有更大的新闻，想必连你也还未必就知道呢！前阵子，我去江西贩马，谁知那一带正闹饥荒，那可真是饿殍满地，白骨成山！谁知那江西粮道一面自己大肆屯粮，一面站出来诏告百姓，让捕吃老鼠。那告示张贴的通衢越巷，说是省内仓库存放的谷物，每年高达一半以上都让老鼠吃掉了，因此民众都捉老鼠来吃，一来可以解决老鼠吃库存米的问题，为官府除害；二来，也可以解决穷人吃饭的危机；同时，如果倡导吃鼠肉蔚为风气，穷人家又可以靠捉老鼠养家生活；真正是件一举多得的大美事。吓的我在那里一刻也没敢多留，就又去了湖广一带。谁知那里又有虎狼为暴，青天白日的，成群的虎狼，公然结队在大路上出没，到了晚上，就去祸害民宅。说也奇，那些孽畜，不吃六畜，专门吃人。吓的当地百姓都不敢下地耕作，都躲在家里筑垒防患。听说不少地方官员奏请巡抚祭神禳灾。那巡抚却把两眼一瞪，说‘怕什么？野兽饿了当然要吃人，吃饱了自然就会停止。难道它们长了嘴，倒不叫它们吃东西？况且皇天不佑，正是因为犯罪的贱民太多了，所以才降下这样惩罚，让这些野兽助我把他们都除掉。你们这些人凡根浅器，知道什么，倒有什么可禳的？’咳，你们听听，象这种畜生不如的狼子，他们怎么就能做上那么高的官位去了？真正我想破了脑袋，也不能想明白的事！”

倪二大怒，道：“这样的鸟官，不为雷震死，不为人骂死，也该自己羞死！”倪三道：“我怎么就不知道？我还知道，为此，数万的百姓群情激愤，将那湖广巡抚的衙门围住，直打进去。其夫人、女儿们，逃躲不及，被众人扯出，登时乱拳打死。又把那巡抚和他儿子，咬掉了鼻子耳朵。可怜衙中抢得罄空，又被放了一把大火，烧得片瓦不存。那江西粮道的报应，也没好到那里去，说是一家老少，十个倒有八个被民众填进了粪池。这且不说，就连那湖广巡抚是忠顺王妃之亲，那江西粮道是吴贵妃之亲，我也深知的。”王短腿叹道：“咳，这才是国乱邦倾，精怪纷纷！”

倪二道：“管他精怪不精怪的，来来来，咱们且喝酒。”正举杯，忽见那边哭着走进来一人，看时，却是小红。小红上前来双膝跪下，叫一声：“宝二爷，”哭道：“我才听见说，忠顺王府有人把巧姑娘给赎了出去，起先我还只是不信，因到处打听，不曾想，偏意外的碰到了平姑娘。是他亲口跟我说，他和巧姑娘，原是被一个面目十分丑陋的人给救了出去的，问他名姓，那人只是不说。只让他们从此隐姓埋名，小心过活。平姑娘因想着自己吃苦倒也罢了，只是心疼巧姑娘小小年纪，不该跟着挨贫受饥的，因连夜就把巧姑娘送到金陵他舅舅家去了。谁知道，那个狠心的王仁，竟把巧姑娘给卖了！”说罢，放声大哭，众人无不如雷一震。倪二直跳起来，乜斜着眼睛才要骂，有人进来禀道：“又有两个人来探监。”

宝玉看时，竟是刘姥姥和一个半大小子。众人见他两个，浑身上下土神一般，知是路途跋涉，倪三等便都先行退出，好让他们说话。刘姥姥这厢看着宝玉，禁不住满眼老泪纵横，道：“才听见信儿，忙撂开手里活，就连夜的赶来了。”又忙让那半大小子上前磕头，抹着泪道：“这是板儿，亏有府里照看，这几年没冻着饿着，还念了点子书，学着懂了些个道理。这不，眼看也出息成个人了。”板儿听见说，便又趴着磕了几个头。宝玉忙一把拉起来，一边站下。刘姥姥因问老太太、太太、二奶奶等人，宝玉满眼垂泪，唯有喉中哽咽，半日，说道："都……死了……"刘姥姥如闻霹雳，嘴张了半日，泪如瓢倾一般。半日，哆嗦着问："巧哥儿呢?"小红听见，竟如被人摘了心肝一般，在旁放声大哭起来。刘姥姥见了这般光景，脚下一软，那眼泪越发流个不尽，只说："这孩子的名儿，还是我给起的。为的是'以毒攻毒，以火攻火'，或一时有不遂心的事，必然是遇难呈祥，逢凶化吉。却从那'巧'字上来，必定长命百岁的……"说着，嗓子里咕噜噜一阵响，跌坐在那里嚎啕起来。小红怕他有年纪的人，一时哭坏了，因哽咽着上去说："姥姥先别难过，我才听见说，是让他舅舅给卖了。"刘姥姥止泪道："什么，他舅舅给……卖了?"又一把抓住道："卖什么地方去了?"小红道："酒泉瓜洲。"刘姥姥满眼滚泪道："行啊，知道地儿就行，我去找！拼了这把老骨头不要，管必也把他找回来!"宝玉、小红听了，一起跪下，磕头不绝。刘姥姥慌的忙扯起这个，又扶起那个，满心里纵有千百样的言辞，却只说不出来。只回头让板儿把随身带来的包裹打开，拿出一件厚棉布袍来，道："这是新棉花赶做的，暖和。这个地方阴冷，记着换上。下剩的，还是那年从府里带回去的，只逢年过节拿出来看看，总没舍得穿。这回，也都带了来，原怕姑奶奶们没的换，谁知道……"滚着泪，却又勉强堆笑，说些宽慰的话。一时倪三进来，说时间不早了。刘姥姥听见，不由的又满眼滚下泪来，紧紧的拉着宝玉，百般不忍作别，呜呜咽咽的哭道："宝哥儿，好好的！男子汉大丈夫，吃些苦，遭点子罪，咬咬牙，就挺过去了！云彩还有个日头遮住的时候呢，菩萨在上面保佑着呢!"说罢，再三洒泪忍心别去。

且说刘姥姥和板儿回去，心怀巧儿，因连夜收拾打点了，翌日登程，望瓜洲而行。一路行色匆匆，改马乘车，舍陆从舟，非止一日。这日辗转来至瓜洲渡口。谁知夜间，风雪阻渡，舟不得开。水手将船湾泊，水底抛锚。刘姥姥心下煎焦，因立于船头，仰天嗟叹不止。见邻近一艘官船，兰桡画桨，锦帐丽帆，灯火辉煌。舱内吹弹歌舞，取笑声喧。值一女子推窗看雪，粉面鲜洁，飘飘然有凌霞绝尘之姿。刘姥姥错愕间，揉眼再看时，那女子已步出舱来，却是妙玉。刘姥姥忙移身上前，隔船向他喊道："对面可是栊翠庵里的妙玉姑娘？"妙玉闻声，忡然一惊，疾忙的行至舱口，于舱门上取下一柄灯笼，复转身回来，将灯笼高高举在眼前，再三含泪顾盼，道："那位是……刘姥姥？"刘姥姥道："正是，亏姑娘还记得我这庄户老婆子！那年，你送给我的那个成窑盅子，如今我还留着呢。怎么这般天缘凑巧，再不曾想到的，这个地方又碰见姑娘。姑娘一个人这是往那里去？"

一语戳痛妙玉，禁不住满眼滚下泪来。沉吟半晌，愀然攒眉道："姥姥这是那里去？"刘姥姥四下环顾，不得畅语，只得就简说了。妙玉闻言，寸心如割，道："这么说，宝二爷如今尚在禁中，并没有释放出来？"刘姥姥不胜流涕道："可怜好个孩子，如今也不知道，那罪，还要受到何时，才是了局！"妙玉闻时，痛割于心，流恨难量，口中直奔出血来，两眼一黑，几乎站立不住。正这时，船舱内摇摇晃晃走出一个鸡皮老朽来，齿发稀疏，面容枯皱，甩开两边搂扶的两个年轻女子，只目不转睛，淫心紊乱，色胆纵横的要来搂抱妙玉。妙玉那时只觉一股恶气冲破九霄，使尽平生气力，将那老朽一把推跌在地，向天骂道："可恨忠顺老贼，巧为谗说，害我名节，毁我清白，使我陷在这万丈牢笼之中，备尝羞辱！可恨我生不能雪耻，死后定为厉鬼取尔黑魄！"又转身对刘姥姥簌簌流泪道："我乃修道之女，本该屏弃万缘。只为救贾公子于囹圄，误被计骗，痴心顺从此贼，可怜明珠美玉，投于盲人；如今风尘困瘁，只有一死，向神明号申这切齿深仇！"那时，又羞又苦，便纵身向江心跳下。众人跳蹋捞救，却见雪暗江心，风卷波涛，杳无踪影。

只说妙玉一灵不灭，一缕怨魄，飘飘荡荡，杳杳冥冥，径往忠顺王府而来。值忠顺王爷正在饮宴观舞，忽然一阵阴风，吹的灯昏酒罢，乌天黑地，众人无不毛骨悚然。黑暗中，隐隐有丝竹鸣奏，又有一个身影，凌波蹈舞，呜呜咽咽，时哭时笑。将那些下人舞姬们唬的人人许愿，个个伏拜。忠顺王爷急令左右掌灯，几次皆被阴风扑灭。朦胧中，那黑影紧紧逼来，忠顺王爷借着邻近一盏微弱的灯光看时，竟是妙玉。却见他袅袅婷婷，荷衣蹁跹，越发似个神仙一般。正在疑惑，却见他一转身，现了一个青面獠牙的鬼魂模样出来，忠顺王爷吓的魂不附体，大叫一声，跌下高座，众人连忙扶起，送上榻去。谁知舌头拖出二三寸，两眼爆出，已死在床上。一时忠顺王妃听见消息，过来看时，大哭一场，满门举起哀来。

谁知，自此，每至更深夜重，那大堂之内便传出歌乐管弦之音，间或夹杂着无限悲叹哭泣之声，一时似在举行盛宴，一时又似大肆举哀。有胆子大些的，举灯前往察看，只见房内人影晃动，或歌或饮，或吟或哭，真正令人魄散魂飞。有一回被万儿撞见，登时吓成狂疾。府中连日请医荐神，不知服下多少良药神方，无奈皆不见效验。不多时日，竟浑身抽搐，嚼舌死在床上。

又值当今圣上因元妃之死，相思难禁，兼内忧外患不断，几下里气恼夹攻，不觉得了一个险症，百般请医疗治无效，不多几日，驾崩于养心殿内。三宫六院，两班文武，俱举哀戴孝，殡殓已毕，众大臣议立太子登位。只因遗诏中所立太子竑瞻，如今杳无音信，只得另行择选。那时有几位老臣，金殿一力举荐："先皇生前屡于人前嘉奖：'四皇子人品贵重，深肖朕躬，必能克承大统'。据此，拥立四皇子为太子，必能使群臣悦服，万民景从。"议计已定，红白诏书，颁行天下，在朝文武，尽皆加职。又值南安王爷上殿，朝见已毕，奏曰："陛下即位，今值国内多地灾祸频仍，叛乱不断。陛下正应广施仁政，率百官祭神禳灾，大赦天下。以保社稷久治长安，以固太平乐业皇基之福！"新皇闻言大喜，一并依奏颁行，大赦天下。

且说宝玉这日正在狱庙内仰面瞑目，感叹人世变幻，那边倪三一脸喜色走进来，连连抱拳道："恭喜宝二爷，如今可算灾消难满了，如今新皇登基，大赦天下，二爷今天就可以出去了。"宝玉听了，轰然一声，不觉满眼下泪。倪三一面令两个狱卒送出热汤，让他洗面，更换了，又送上滚茶、乳饼，别酒三杯，保重二字，便含泪替他收拾打点去了。趁人不备，悄悄的将几两散银塞在他包裹里。又将那块通灵玉递到他面前，道："这是从前下面的人，不知情，一时冒撞了宝二爷，还望宝二爷大人大量，不计前嫌才是。"宝玉深揖拜谢，泪流满脸。倪三忙携了他手，道："宝二爷快不必如此，在下不过因风吹火，谅区区何足挂齿？二爷如今灾愆尽净，这一出去，鸿程自是无可限量。"因一路送出门外，直目送他变成一个黑点儿，方洒泪转回不提。

只说宝玉如今重获自由，看眼前一切，竟都恍若隔世一般，仿佛是重新投胎，再生为人了。因心忙似箭，意急如云，又要转回家中探看，又要到白杨村去寻宝钗、麝月等人。心内众苦交煎，乱如麻团，竟不知该往那里举步。忽然，半空里几声鸦鸣，前面三五成群围上一堆人来，指指戳戳的讥讽嘲笑道："看看，这就是荣国府里的那个败家子，常日里听人说，成天就知道花儿粉儿的，书不好好念，本事都用在娘儿们身上了！"这个摇头叹息一声："咳，可怜祖宗九死一生，挣下那么大一份家业，如今毁成这个样子，还活个什么劲，倒不如撒泡尿自己浸死了！"一时竟越围人越多，群情激奋，争看这不肖子的下场报应。喧笑声中，宝玉被人群推来搡去。一个壮汉故意向人群里高喊："宝哥儿，你的那块玉呢？再摔给我们看看呀！"人群中哄然大笑起来："对，拿出来，摔呀！"有个无赖就地扭扭捏捏，扮作妇人的模样，尖浪着声音大叫道："人家这里才调好的胭脂，你倒过来吃不吃呀？"人群内又是一片欢声大笑。众人一窝蜂上来，也有手打脚踢的，也有从地上抓起乱棍树枝，直送到他脸上，身上去的，乱个不止。宝玉踉跄着跌倒在地，满脸泪滚不尽。内中一个妇人气狠狠的走到跟前，嚷道"快，快喊姐姐妹妹就不疼了！"宝玉听声音十分耳熟，抬头看时，竟是春燕娘。见他立着两个狼眼，凶神怒煞一般，站在面前。内中有个憨厚老者看不过，乃劝道："何苦来，不看僧面看佛面，好歹他从前也是你主子。就是如今落了难，不可怜也罢了，反倒这样么！"春燕娘叉着腰，劈脸一口啐下来："呸，我如今偏不认这主子，还怕粪草埋了我不成!”骂着，下死劲又啐了两口，转身恨恨的去了。人群内，那些个幸灾乐祸、冷心狠肠的，依旧不住口的调笑取乐；那些个憨厚有德的，不免惋叹：“可叹世人何苦财多业重，毒害子孙。愚的多财，定做歹事倾家；贤的多财，也要利令智昏，渐生骄奢。况子孙命中该富，虽无立锥，他也能富；命不该富，虽积金如山，也要荡然，此便是例!”叹息一阵，冷笑两声，摇头走开。

也不知过了多久，各种各样的笑声方渐渐散去。宝玉艰难的从地上爬起来，早已眼中再哭不出一滴泪来。因一步一跌，进入城中，见街市繁华阜盛，依然如故。一时来至荣宁街，远远的就看见街北蹲着的两个大石狮子。却见三间兽头大门外，皆是兵丁把守。门上那块“敕造荣国府”的大匾额，早已荡然无存。隔门向里望进去，一派寂静凄凉。宝玉那时，情思紊乱，只觉心如刀戳一般。眼前竟恍惚的看见黛玉走来，娉娉袅袅，风流宛转，似风中而来，若云端飘下：一时在花冢前呜咽落泪，一时在潇湘馆内抚琴惆怅，一时又在海棠诗社攒眉凝思……宝玉正在心痛肝断，抚墙恸哭，那边走来一人，将他肩膀一拍，宝玉唬了一个倒矬，抬头看时，却是单聘仁。

那单聘仁满心激动，因拉了宝玉，就近找了一家酒馆叙谈。说到眼下光景，彼此皆伤叹不已。单聘仁含着两眼老泪，叹气道：“爷，如今家亡人散，你以后，一个人可如何生活?”宝玉咬着牙，半日无语。忽然想起那年，他在府里盛赞自己的字写的如何好的话来，因道：“少不得自食其力，就靠卖字为生吧。”单聘仁惊的从椅子上直跳起来，跺脚叹道：“我的爷，好轻巧话儿，咱一不是名人大家，二不是高官……”说到这里，觉得后面的话难往下说，只得咽过，又道：“想靠这个为生，谈何容易，只怕要喝西北风去了!”宝玉心内疑惑，只呵气搓手的道：“那年，你不是说，把我的字拿出去，众人都说好，一下子就抢光了么?”单聘仁道：“我的爷，此一时彼一时！岂不闻‘江淮无涯岸之阻，亭壁无藩篱之固。天意人事，可以凄怆伤心者矣’?”之乎者也一通，摇头自去了。

宝玉默然坐在那里，如遭霜打一般。一时，只得忍泪出来，四处寻访白杨村。也不知历几何时，仍旧毫无消息，满眼只见路窄崖高，乱石磷磷。看看天色已晚，遥遥的见前面有一间草舍，少不得放怀前进，冒雪冲寒，战澌澌行过那巅峰峻岭。那时只觉又昏又饿，脚下无力，十分闷倦。见那柴扉，藤攀葛绕，便挨着坐下了。谁知，顷刻间，便是风狂雪怒，沉雷闪电，乒乒乓乓，一似地裂山崩。风雪中携卷着漫天肃杀之气，一路搏击掀发而来。头上天空方晴又暗，暗罢复明。一如两股正邪之气，适值相遇，即不相容，又复相妒，两难相下。挨到晚间愈甚，满耳只闻呼呼风响，骤雪怒雹，纷纷密密，更兼雷击电打，雨助霜摧。宝玉冻的支持不住，哆哆嗦嗦挨上前去敲门。只听“呀”的一声，柴扉响处，门内打开一条细缝，一只粗糙老手，擎一只油膻破碗，递出半碗残羹剩汤来。后面跑出一只癞狗，汪汪的乱吠。宝玉站在那里，呆了半日，里面见他毫无动静，便伸手回去，将门复又关上。宝玉冻的抱肩乱跳，只得又上去敲门。多时，里面“噗”的扔出一团东西来，复又将门紧紧闭上。宝玉看时，却是一块破毡，竟如得了珍宝一般，忙不顾命的拣起来，紧紧的裹在身上，转身向着柴草棚子里，不分好歹钻了进去。

且说刘姥姥和板儿两个，一路风餐露宿，舟车劳顿，这一日，总算来到瓜洲地界。不知费尽多少辗转艰辛，眼看盘缠也将用尽，仍旧一无巧姐儿消息。这日晚晌儿，祖孙两个在街边一人捧了一块烤薯，正在对坐愁伤，忽听见对面楼上悠悠扬扬的有教曲声儿传出，板儿抬头向里看时，也是天缘凑巧，正逢巧姐探头向下张望。四目相对，登时痴住。二人虽有二三年光景未见，巧姐模样一发出脱的整齐，然大概自是未改，因此板儿一眼就认出是他。当时惊喜过望，满嘴里只叫：“姥姥，快看！”因忙忙的和刘姥姥寻上楼去。

谁知这家的虔婆为财是命，见他二人又酸又穷，登时放下面皮，恶言冷语讥讽一通，面也不让相见，就要轰赶出去。任凭刘姥姥、板儿两个好话说尽，只是不应。又指着刘姥姥的脸，怒色满面道：“我们行户人家，养的女儿都是摇钱树，千生万活，钱帛成垛，般般都在这些女儿身上的！不看你这般年纪，千里迢迢从天子脚下找到这儿来，又苦苦说到这般地步，我是万万不能答应赎他出去的！你们若是心里有成算，就不要只管在这里歪缠，赶快想法子凑借银子，方是正经。我可把话撂在这儿，没有五百两银子，凭是天王老子，也不能的！快去吧，若晚了，可就接客了！”刘姥姥听了，心如刀戳一般，双膝“扑通”跪倒，响头触地，泪如滚瓜，苦苦哀求道：“求妈妈大发慈悲，先收过这些银子，权当我老婆子是把孩子暂且寄放在这里的，我这就家去，卖房子，卖地，只求妈妈超升！”虔婆眼瞅钱袋内的薄资，那在眼睛里，冷笑两声，便让人轰了出去。

刘姥姥再三不甘，仍要折身回去相求，两个龟奴站出来挡住，内中一个道：“不要啰唣，快去凑钱罢，一会子若惹的翻了脸，想赎也不成了！”板儿在旁又急又气，忍不住口内乱骂几句。那人气的把两只鼠眼一瞪，道：“好毛崽子，我是好意，替你说说明白，怎反伤触我？”一语未竟，板儿早扶着刘姥姥调头走了。

只说刘姥姥和板儿两个，一路忧戚酸苦不尽，见天色已晚，只得细心前行，不觉来至一座古庙前。板儿那时也无心再去投店，因扶着刘姥姥步入庙内。刘姥姥抬头，见神案上神像慈悲端严，不觉又放声恸倒在地。板儿自顾向里寻找可以栖身之处，谁知两脚踩在一堆硬物之上，站立不住，一跤跌倒过去。爬起来一看，却是神厨旁边放着一个大包袱，提在手中，十分沉重。打开看时，早有霞光迸射，却见几十只锦匣整整齐齐码放在里面。板儿好奇，揭开上面的一盒来，登时惊的吐舌不止，原来，里面竟是满满一盒子的金珠。又去揭下面一盒，也都尽是奇珍异宝。板儿那时惊的瞠目结舌，满嘴里只喊：“姥姥，姥姥！”刘姥姥过来看时，登时扑上去一把抱住，嚎啕大哭起来：“神天佛祖活菩萨！这是菩萨知道我们巧丫头有难，现出此等方便，让我们去救他呢！”说着，忙将包袱紧紧挽好，走过去望着神像梆梆的磕头不绝。而后，便挽着包袱，拉了板儿，要一起回去赎救巧姐儿。

板儿在后一把拉住，满脸踌躇道："姥姥，这么多的珠宝，想来还不知是什么人丢了的！巧姑娘如今这个样，姥姥自然心急，我更是恨不能一死相替。只是姥姥，不能咱们自己有急难，就不顾别人家死活不是？姥姥也该想想，那丢钱的人家，如今更该是何等样儿的着急？万一这要是一家子的救命钱，咱们岂不是为救一个反害了一家人的性命吗?"刘姥姥听了，干瞪着两只眼，只说不出话来。正这时，外面响起一阵脚步声，只听见一个声音凤鸣一般，道："说好我去问船，你在这里看东西等我回来，如何就敢连资斧也抛撇了，就去寻我?"一个却似龙吟一般，道："我左等不见人影，右等不见动静，苦苦等的实在心焦，想这个时候再不会有人到这地方来的，所以就去了。"说时，已双双走进门来，却是两个仪容秀丽，相貌稀奇的翩翩公子。

二人一见了刘姥姥和板儿两个，先就一怔，又见自己的包裹竟到他们手中去了，便一起道："巍巍神殿，菩萨在上，那包裹原是我们的。就请二位归还才是。"刘姥姥唬的如痴如哑，立在那里只是干哭。板儿虽说心中一块石头落地，一时想起巧姐来，顿觉索然无趣。因听他二人细细的把包裹内之物说了一遍，竟是一毫不差，只得双手奉还回去。二人再三作揖谢过，见刘姥姥那边哭的可怜，便问他可是遇到了什么为难之事。刘姥姥正在满心绝望，听见问，又见他二人十分面善，少不得忍耻说了一番。二人听罢，不禁攒眉叹息一番。两个因走到一边悄悄商议起来，一个道："世间好事，第一等便是救难恤贫，如今他们既遇此急难，你我二人就该轻财救济才是。"一个点头道："凡人生来的福有限，享一分便减一分，积来的福无限，密密做利济之事，则百福享用不尽。日行救济事，孳孳为善，深信天道，善根绵绵，常想难舍处能舍，钱财该轻之道，久久积累，便是神仙的境界，乐得一做。"计议已毕，折转身来，打开包裹，重重赏他几颗大金珠，笑逐颜开的别去不提。

只说刘姥姥和板儿两个，当时惊喜过望，只磕头念佛不止。一时两个回转过来，忙携了金珠，连夜过去把巧儿赎了出来。不知后事如何，下回分解。

第九十九回

青枫林下寒烟漠漠　白杨村里落叶萧萧

且说刘姥姥和板儿连夜把巧儿赎出，见面时，少不得彼此悲欣交集，未免抱着大哭一场，又致庆慰之词。当下心忙似箭，一路望家赶了回去不提。

只说宝玉一路四处寻访白杨村，谁知一连奔走多日，竟毫无消息。这天来在一个所在，却是一带林丘，满眼乱藤杂葛，烟霞尽绝。头上凶云隐隐，脚下恶气纷纷。真是个虎狼不来之地。再往前行数时，举眼一望，满坑满谷乱坟林立。宝玉心中惶悚，正委决不下，却见墟墓中有几间草房，蓬门柴扉，泥壁瓦窗。忽听见抚掌欢欣之声，看时，却见一人垢面蓬头，疯狂落拓，时而伏地痛哭，时而仰天长笑，突然间又跃起奔跑，鼓腹高歌，癫态百出。身后跟着一群顽童，笑嘻嘻的纠缠斗弄，戏耍模仿。宝玉正错愕间，那人已觌面撞将上来，两个都跌了个倒矬。爬起来，四目相对，宝玉见是个满头满脸的癞子，再看时，不觉吓的失色。那人笑嘻嘻的看他一眼，转身欲去，忽又回转过来，怔忡着双眼将他从头到脚打量一番，登时满眼泪如滚瓜一般，道："你，你是……

宝兄?”

宝玉听声音分明是卫若兰，只是满头满脸，癞的不堪。不但全无昔日丰韵光彩，连人形也不象了，更有魍魉之状。因满心疑惑，上前一把拉住，滚泪道：“若、若兰兄弟！你，怎么落到这步田地?”卫若兰握着他两只手，紧紧的不忍释放，那辛酸的眼泪如何禁得住？宝玉见他双手皴裂，衣衫破烂冷硬，只觉刀剜肺腑一般。正要叙谈，只见那边草房内走出几个披麻戴孝之人，恭恭敬敬来至近前，迎请卫若兰回去吃席。卫若兰因拭泪携了宝玉一起进去。原来主家正在办丧事，虽排场简陋，却也人进人出，哭声不绝。院中灵堂内，高悬着一张老妇人画像。听孝子谈论，宝玉才知，原是月前卫若兰到此，口渴难耐，向那老妇讨水乞茶。谁知昨日再经过时，这老妇人已经去世，卫若兰便向林间拣取黛石，追写其像。老妇人儿孙见画像后，满门大恸不已，乞而求藏。

宝玉听了时，不觉又满眼滚下泪来。那里顾得上吃饭？乞孝子带进一间空草堂内，二人忙忙相叙。卫若兰满眼垂泪道：“可叹我父子拼身舍命在外杀敌，不料忠顺王爷老贼，全然不思富贵已极，揆持百事，平成内外；反奸心迷暗，欺君罔上，通敌叛国，暗里与敌寇私盟，设毒计将我父子尽陷罗网之中。我虽九死一生，逃出命来，无奈半路上又惊动敌兵，被他们紧紧逼赶，那时上天无路，入地无门，只有投进江去。也不知在那江上漂流了多少时日，幸而被一户渔人救起。谁知寒湿入骨，大病了一场之后，竟满身迸发疯癞，满头满脸也生遍。待回到家时，才知，满门老少皆被以‘莫须有’之罪，充配云南。我便又千里迢迢寻至云南，不料一家子的人，已是病的病，死的死，所剩无几了！我因听见下人说，云儿在我走后未久，和翠缕两个，悄悄的装扮了，到西海沿子寻我去了。又打听见说，二人途中遭遇不测，险些被贼人坑陷牢笼，幸而被忠顺王府里那位丑面郎君给营救了出去，因又一路寻访至此！那知，寻了多少时候，竟全无一点下落踪迹！”又道，“只因如今新皇大赦天下，朝廷打算重新延请录用，竟派人追至此地。无奈我已看破官场仕途，才在外面，不得已装疯佯狂，为的是好在外头布散消息。从今往后，齑盐清梦，除一心寻访云儿之外，再不问人间酸咸。”

说着，那边已有孝子进来，将桌子打抹干净，端上饭菜粉汤，又有半坛子自酿的桂花酒。卫若兰和宝玉，那时五内如崩，虽各自擎了筷子，只是难以下咽，眼泪噼噼噗噗直盖了一桌子。宝玉遂也将自己这一向的遭遇，一顿一咽的与他说了一回。卫若兰听得肝肠寸碎，一发泪涌如泉。因想到那时在贾珍府里竞作诗钟的前景，竟恍如昨天一般！禁不住心中情思激荡，感叹人世万缘真空如幻泡一场！因不觉含泪吟道：

> 无定河边骨未销，春风入梦弄寒潮。①
> 功名自古如流水，赚得男儿尽折腰。

宝玉听罢，不觉伏在桌上放声大哭。半晌，便也一字一噎，吟道：

> 陈谢新荣天自栽，蕊寒香冷蝶难来。②
> 真情尚待感青帝，好与桃花一处开。

吟罢，两个持杯恸哭不已。饮过数杯，卫若兰忍泪道：“才听宝兄之言，贵伯母为义婢葬在青枫林下了？那青枫林离此不远，不如我现在就带宝兄过去，或许就能找着，也未可知。”一语戳动宝玉，因挥泪起身，与他一起，忙忙的去了。

前行不远，果见一带丘林，阴云垂地，黑气漫天，悲风滚滚，更兼连天衰草，林树焦枯，乱坟林立。卫若兰俯身拣起两棵干树杈，回身递给宝玉一枝，代杖引路，宝玉紧随其后。一时，二人在那些新旧坟前，控背躬身，一处处闪目寻找起来。也不知找了多少时，却大海捞针一般，毫无消息。正在愁闷，忽然西北角上刮起一阵怪风，直刮的满林衰木飕飕乱响，那些枯藤乱葛，登时鬼吟神啸一般，不知飞起多少。宝玉

---

① 此诗为孔庆东先生原创，征其同意，录用于此。
② 此诗为孔庆东先生原创，征其同意，录用于此。

和卫若兰吓的将衣袖蒙了脸。少顷，那风竟越刮越大，二人站立不住，一溜往那杂草麻藤里，不分好歹钻将进去。一时风住，二人睁眼看时，见眼前霍然耸立着一块石碑，上刻“荣国公冢贾门王氏夫人之墓”几个大字，宝玉见时，痛极欲绝，如在梦中一般，早已双膝跪倒。却见坟前祭礼齐备，有两堆才焚化过的纸钱印记，显然才有人拜祭过的。卫若兰那里正欲祭拜，忽听见身后有个声音嘤嘤哭诉道：“可恨那天杀的奸贼！我夫君父子拼身舍命在外杀敌，他却在背后阴谋使奸，害的我满门家散人亡！这场切齿深恨，不知何日能雪！可怜我寻找丈夫多时，历尽九死一生，仍旧毫无一丝消息！可是常言说的‘宁受冤家累，怕遭恩爱魔’，可怜我前无所往，退无归所，犹如羊触藩篱，进退两难！只怕是没命等得他回来了！”说罢，放声大哭。

卫若兰和宝玉忡然一惊，听那声音，分明是湘云无疑。因忙不及的巡声过去。果见湘云、小红和一个妇人，在旁边不远处的茜雪坟前，一行烧纸，一行啼诉。二人也不逊让，竟一拥上去，齐叫：“云儿”不绝。湘云、小红闻声，抬头望来，惊的魂胆俱碎。卫若兰喜极悲生，早奔几步，将湘云搂入怀中，放声大哭。道：“云儿，找你找的好苦也！只道今生今世再不能见了，谁知到底还有今日！”湘云唬的如在云端一般，听声音分明是自己的夫君，看模样却又大相径庭。问时，卫若兰少不得忍泪复说一回。湘云听得又悲又苦，既急且痛，一阵心酸，支持不住，不觉昏厥过去。慌的众人手忙脚乱救了半日，方悠悠的醒转。因扑入若兰怀中，放声大哭：“我那受苦的夫君，只道今生再不能见了！幸而天不负你我，总算还有今日！”众人在旁，无不泪下。二人抱着大哭了半日，湘云方立起身来，见过宝玉，彼此少不得又是一阵悲欣交集，泫然涕下。湘云哭道：“那年中秋，我和林姐姐在凹晶馆联诗，我记得，我的最后一句是‘寒塘渡鹤影’，林姐姐对了句‘冷月葬花魂’。谁知道，如今果然都成了谶语！才小红跟我说，林姐姐没的时候，满园子里的花儿，竟飘落了有大半园子，林姐姐几乎是半被落花掩埋的……而我，为寻找若兰，历尽无数艰辛跋涉，却并无一丝消息！反在途中，遭遇歹人，将我堕在万丈泥坑之中！那时前无所往，退无归所，急水滩头，借舍投胎一般，我因想着‘女子一生，名节最重，一丝为定，万金不移！一旦失节，玉碎岂能再完？我怎忍贻羞父母公婆，令丈夫耻挂眉额，痛缠心骨，供人传笑！因含恨投入江中……幸而后来，被什么忠顺王府的一个丑面公子救了上来，才得了一命！总算苍天开眼，再想不到的，今天，这个地方，竟遇见你们！”

宝玉悚然一惊，无限悲酸唏嘘，一时想起那日在狱神庙中所做之梦，竟也不知是梦是幻了。小红与那妇人在旁，不免跟着又哭又笑，又望天拜谢不止。一时大家哭定，小红指着那妇人说：“这位大嫂便是茜雪姐姐的邻居，亏有他不辞辛苦带路前来，我们才能在此相遇！”宝玉、卫若兰听说，便一起躬身向他致谢。那妇人唬的退前缩后，还礼不迭。因又含泪说了一回茜雪的故事。宝玉如雷一震，举步上前，手抚冰冷的墓碑，只觉五内如焚，不觉又满眼滚下泪来。

小红在旁拭泪道：“宝二爷，前儿，芸二爷把北静王爷找回来了。王爷知道咱们府里落难，连日修本上奏，请皇上赦回贾府充发人等，听见说，皇上已经恩准了，现已差人奉诏前去了。又听见说，北静王爷现在派人到处找二爷呢。还有，宝二奶奶、大奶奶和麝月还有平儿姐姐，如今都在白杨村里住着，可巧又碰见了袭人。幸而有他三日两头接济着，日子总算还过的去。宝二爷再想不到的，袭人如今嫁的那人，原竟是忠顺王府里头一个做小旦的，名叫什么‘琪官’的。我因听见袭人跟宝二奶奶说什么松花汗巾子，又是什么大红汗巾子的，又说什么‘可见人一辈子怎么样，都是有定数的’之语，倒好象一切都是老天爷提前就安排好了似的。早知道能在这里碰见宝二爷，过去同了他们一道来，岂不更好了？少了多少沉重惊怕呢。还有，刘姥姥和板儿到底把巧姑娘给救出来了，现在，巧姑娘能纺一手好线呢。真正神天佛祖保佑！”正说的心花都开，忽然眉头一皱，又苦着脸道：“只可惜的是，我那日听见刘姥姥说，在瓜洲渡口，他和板儿可巧遇见妙玉，妙玉一听见宝二爷那时尚在禁中，登时哭个不了，向天大骂，说是为救宝二爷出来，被忠顺王爷奸计所害，将他屈从一个鸡皮老朽。可怜明珠美玉，投于盲人；虽生不能雪耻，死后变为厉鬼也要讨还公道！因竟投江死了。”

宝玉先时听的快畅，又惊且叹。及至后来听到妙玉为救自己投江而死，登时如同轰了魂魄一般，满眼泪雨淋漓，坟前踱到坟后，神魂颠倒，如醉如痴。满嘴里颠来倒去，不知念些什么。一时竟丢开众人不顾，一个人昏昏默默的向前去了。

且说白杨村里正值风狂雪怒，满天阴云四合，六出纷霏，团团滚滚，密密纷纷，将一个村庄子盖的白茫茫，亮灼灼一片。宝钗正与平儿、麝月围炉叙坐，忽听见外头柴草响。因都猛然想起那年刘姥姥在府上讲的那个抽柴草的故事来，不觉说笑一回。宝钗那时只觉得耳热眼跳，心神不宁，因扶了麝月要出去走走。平儿在旁笑道：“宝二奶奶且慢行些儿，也等人家抽完了再出去。这会子忙忙的出去了，若觌面撞见，岂不是弄的人家贼名不保？”一语戳动了麝月，攒眉掬嘴的道：“可也是，我们二爷最喜保全人的贼名儿。”又唉声叹气道：“也不知二爷这会子究竟身在何处，这样冷天，不要外面冻着了才好。”宝钗眼圈一红，无可释闷，丢了麝月，自顾一径儿去了。

出得院来，果然好景致：大雪下的通天彻地，大地如天镜铺展，天空似银缕森森。天地相接，浑然一色。人走在皑皑积雪上，倒象行走在云端一般。宝钗无意回过头去，看见自己踩出的两行足印子，倒象是一群翩翩翻翻的喜鹊儿，不觉怔在那里。半晌，又听见那边大槐树下柴草堆旁嚓嚓作响，细听时，喊喊喳喳的，似有人在说话。因想：“若果然是过路的客人，抽些烤火去也罢了。只怕是落难之人，这样冷天，无处藏躲，若再无吃食，更或是个单薄女儿，岂不冻出病来？”正在思想，见麝月拿着一件半旧的石青棉袄赶了上来，因接在手中，偕他寻声走过去一望。果然见是两个眉目清秀，身体单薄的女儿。宝钗举目再看时，登时倒吸一口凉气。恰值那躲在柴草下面的两个人也抬头来望——那边是宝琴和他的陪房丫头，这边是宝钗与麝月。八目相视，一时竟不能出一语，默对许时，方上前抱在一起，放声哭作一团。

宝钗忙将手中棉衣，紧紧罩住宝琴，一直拉进屋去。平儿初见，也唬了一跳。半晌，才想起与麝月一起，送上滚茶，热饼，又拨旺炉火。宝钗见宝琴这样天气仍穿着七分旧的家常杏子对衿夹袄儿，软黄裙子上，污渍尽染。不由满眼滚泪道："这么说，梅家，也跟着遭难了？"宝琴一听此言，再也忍耐不住，掩着脸，又羞又苦，且悔且泣的呜咽道："那日在府中闻听荣宁二府获罪被抄，公爹脸色就不好看，直说'躲了几年晦气，到底还是没能躲开！'起先，我也并不知是何意。一天夜里，他和问鹤两个大吵了一回，问鹤一气之下，连夜收拾了，带着我和这个丫头，一起逃了出去。一路之上，不知受尽多少沉重惊怕，前有强盗拦劫，后面又有官兵追拿。月前，问鹤终于不堪重负，乃对我说出实情：原来，吴天佑早已中意于他，因他府里有一女未字，便欲择为东床快婿。无奈梅家早与我家有婚约在先。只得据实说明。那吴天佑听见，意兴索然，终究还是心有不甘，因再三怂恿梅家退婚悔约。又上本将梅家合家调离外任，谁知，终究还是没能将两家姻缘拆断。那吴天佑十分震怒，只因当时一心要治倒咱家贵妃娘娘和两府有职权的爷们，因此也只得暂时把这件事情搁开了。一旦他们奸计得逞，便又翻过脸来紧紧相逼，定要梅家将我或休或卖，逐出门去。我原以为，女子一生，既遇郎君，自然生死相随，白首不渝。又见问鹤为我，不惜触忤公爹，足见他对我之真情。谁知，他富贵娇养惯了的人，到底熬不住外面诸般苦楚折磨，那日竟对我说'吴贼奸计百出，圣上又十分信任。倘拂了他意，奇祸立至。如今他见我辞脱，必然恼羞成怒，或另生别计害我满门。想我梅氏一门，世代忠良，而今我父子皆金带垂腰，官居神武，难道为你一个女人，陷我满门于非命而不顾么？'因竟将我半途抛撇，一个人转回去了！"说罢，放声恸哭。在座之人无不掩面涕下。

宝琴又哭道："海枯终见底，人死不知心。我再想不到，关键时刻，他竟全然不顾念夫妻之情——瀚海同深，高天难比！如今一旦中道见弃，真正使我前无所归，后无所退，万种恩情，化为流水一般！我原本拼着一死的，只因已身怀有孕，又恐如此死去，不见分明。万不得已，只得忍辱偷生下来!”又抱住宝钗大哭道：“姐姐，为什么我的命会这么苦？每天里，我的心，就象被万千风刀乱裹，无数飞戈攒簇；满身如荷万斤铁枷，气都喘不上来！到现在，死又不能死，活着，又生不如死!”悲至极处，五内迸裂，两眼一黑，竟昏死过去。慌的众人又掐又灌，直舞了半日，方才救转过来。

众人这里气儿尚未喘匀，只见李纨神荡魂摇的走出来，满嘴里笑道：“好了，好了！才我梦见自己坐在金床上，头戴珠冠，身披凤袄，如同到了天宫一般样儿！这岂不是他日我兰儿要夺状元之喜兆也!”说着，忍不住掩口而笑，大无从前之态。正在心欢意美，忽然一跤摔倒，不省人事。不知后事如何，下回分解。

第一百回

青梗峰悬崖撒手弃凡尘　空灵殿转破情机悟情榜

且说李纨因得喜梦，欢欣已极，痰迷心窍，昏绝过去。宝钗、麝月、平儿几个，一发慌个不了，顾了这里，丢不开那里。正乱着，忽见小红哭得气噎喉堵的走进来，将他才与湘云在青枫林遇见宝玉、卫若兰之事说了一遍，宝钗听了，轰然一声，心口疼的立不住，身子直打起颤来。这里一并丢了宝琴与李纨，只管执了小红的手，满眼滚着泪问："他知道……我在这里，反自己走了？"小红哭着说："云姑娘已和姑爷追去了，着我先回来送个信。"宝钗脚下一颤，痛极无言。行来步去，一筹莫展。眼前所有皆忘了，一个人屋内走到屋外，见那漫天雪片仍旧翩翩翻翻落纷纭，竹篱密密舞梨花，茅屋重重斗纷霏。一发情怀抑郁，神魂颠倒，不觉热病复发，只觉火气蒸心，喘息沉重。

一时，竟越喘越重，好似雪狮子投火，不觉的都化去了。眼前只觉悠悠荡荡，杳杳冥冥，身子如在云端一般。耳内，一派笙簧箫管之韵。再看时，只见漫天神池浩渺，遍处氤氲。一班仙娥美姬香风馥馥腾空踏雾而来，携了他手，共乘云骈，一起飘飘荡荡的归天去了。

那时李纨早已奄奄一息，睖睁着两眼，竟仿佛又看见自己大婚时候，媚眼含羞，丹唇逐笑，玉琢金装，鸾带绣履，与贾珠双双立于花烛之下，美爱无限的光景……一时，又想起才刚梦里的情景儿来——自己气昂昂头戴簪缨，光灿灿胸悬金印，威赫赫爵禄高登。分明命中有诰命夫人之荣！如何目今却满眼只见四壁萧然，炉中火焰翻滚哀叹？不觉喉咙里叹息一声，登时神损气丧，溘然而逝。宝琴虽还没死，也已九分没气。麝月、平儿、小红哭的泪天泪地，乱窜窜忙了半日，忽不见了宝钗，一起寻出来时，只见院子西北角上，横着一个雪人儿，上去看时，竟是宝钗昏厥在地上，身子几乎半被雪片埋了。几个登时哭的气不能转，麝月搂腰，小红托肩，平儿抱腿，不分上下，一拥齐上。

可巧这时，袭人与蒋玉菡雇了车，运了满满一车的给养过来望慰。谁知人还在院外，就听见里面哭声，摇天震地。因忙忙的进来，登时唬的魂消魄灭，直奔过去，搂扶着，痛哭一场。因一面与众人商议如何料理。谁知麝月、平儿、小红听见，一发放声嚎啕起来。袭人不摸头脑，及被带进屋里去看时，才见里面同时还直挺挺的躺着两个。登时瘫在地上，直哭的奔出血来。蒋玉菡一见，慌的忙扶他炕上坐下，亲自煮了姜茶，捧上来，软言抚慰道："人已辞世，伤心无益。且商议如何料理要紧。里面的事你们商议着置办，我就去置备棺材来。"因出去命人先将车上的东西发放完毕，欲去时，又走进来对袭人再三深嘱："我去去就回，这里面少不得还要靠你，就该减些悲戚，也好料理指挥。"说着，深深一揖，忍不住泪流满脸。袭人不能答一字，唯有点头流泪而已。见他星驰而去，少不得强忍悲痛，与众人操持料理起来不提。

只说宝玉昏昏默默，一路信步而去，也不辨何处。满眼只见白茫茫一片，无涯无际。也不知历几何时，忽见觌面一队人马押着一辆囚车，官将吏兵，前遮后拥，一路恶狠狠鸣锣扬声，雄赳赳打鼓喝道。登时惊动无数百姓，把雪地塞满，笑语欢声，争先观看，乱纷纷讲论。囚车内那名犯人，面阔口方，直鼻权腮，形容委琐，气质苶丧。竟是贾雨村。

原来竟是那冷子兴，如今应了应天府之职，重审了当年那段葫芦案，治了雨村一个“因私废法，暗结虎狼”的大罪，将他投陷牢笼。

囚车过处，雨村与宝玉四目相视。雨村脸上止不住一阵抽搐，宝玉先时面无表情，一时，不禁仰天大笑起来。那笑声，越来越响，射冲天斗，漫天回荡。不知不觉，竟又来至在荣宁街上，正遥遥的望着自己家大门前的两个大石狮子发呆，忽见漫天大火，由内向外滚来。大抵是劫数该着，俄顷天变，漫天迅雷烈风，将那火刮的乱哄哄，越发势不可挡。接二连三牵五挂四，展眼竟将一条街烧得如同火焰山一般。彼时虽有军民百般扑救，无奈人力渺小，如何救得？众人眼睁睁看着直烧了一夜，方渐渐的息下，眼前只剩一片瓦砾场了。那些被牵连了的人家，一个个悲悲啼啼，叫苦连天。

宝玉痴痴呆呆立在远处，如历幻梦一般。正不胜嗟悼之际，忽见那边走来一僧一道，口内说说谈谈，喜笑有兴。道：

金枷玉锁何时脱，蝇利蜗名镇日奔。
生恶趣，惹客尘，胶胶扰扰只贪嗔。

一个又道：

浮生着甚苦奔忙？盛席华筵终散场。
悲喜千般同幻渺，古今一梦尽荒唐！

因一起上前抚掌笑道：“石兄这一番经历如何？离此方寸无家乡，因果历然，休再妄想；分明一片闲田地，受用自在，胡不归来？走罢！”遂一左一右，携肩搭背，三个一同飘然而去。宝玉只闻两耳呼呼生风，身体如云似雾一般，吓的紧闭了双眼。行多时，只听一人说：“已到幻境！”宝玉睁眼看时，见面前一大石牌坊，上书四字，乃是“太虚幻境”。两边又有一副对联，道是：

假作真时真亦假
无为有处有还无

正自品度，忽闻隐隐一阵环佩之声，看时，见是一位仙姑，仙袂飞扬，袅娜翩跹。竟是可卿。宝玉喜的忙去作揖。可卿还礼毕，向那一僧一道说："二位上仙辛苦，我奉警幻仙姑之命，在此等候神瑛使者归境。"二人遂将宝玉交与他，说说笑笑的去了。可卿乃携宝玉遍历幻境而去，满眼只见"朝啼"、"夜怨"、"秋悲"、"春感"之司，又过无数深阁琼楼，珠宫贝阙，忽有一座山峰阻住，可卿笑吟吟的命他将那块通灵玉解下，置于峰前。宝玉依言掷去。谁知此玉一落地，登时变大，须臾竟成一块高十二丈、见方二十四丈的大碑。红光四射，瑞彩腾霄，编述历历，字迹鲜明。碑首篆着《石头记》三个大字，右下角又有《情僧录》、《风月宝鉴》、《金陵十二钗》、《红楼梦》一行小字。宝玉乃从头看去，不觉痴倒。猛然想起数年之前，曾有一梦，今日碑记历历，宛然梦中所见。始知前程出处，皆由天定。一时倦极思睡，不觉倚碑而憩，恍惚入梦。复见秦可卿前引，走入一个境界。警幻仙子迎出，带他进入"空灵殿"，殿堂正面墙上高挂一面巨匾，上书"警幻情榜"。下悬数十木牌，每一木牌上，写着一个人的名字。为首的竟是"贾宝玉"，右侧有小字注曰："情不情"。下面排序数组，每组十二人，该榜所列如下：

警幻情榜

绛洞花主　贾宝玉（情不情）

金陵十二钗正榜

林黛玉（情情）	薛宝钗（情冷）	贾元春（情殇）
贾探春（情敏）	史湘云（情憨）	妙　玉（情圣）
贾迎春（情懦）	贾惜春（情空）	王熙凤（情孽）

巧　姐（情祥）	李　纨（情槁）	秦可卿（情淫）

金陵十二钗副榜

甄英莲（情呆）	平　儿（情俏）	尤三姐（情侠）
尤二姐（情悔）	尤　氏（情寡）	李　纹（情善）
李　绮（情怡）	秋　桐（情醒）	嫣　红（情祸）
夏金桂（情毒）	娇　杏（情侥）	卍　儿（情昧）

金陵十二钗又副榜

晴　雯（情勇）	袭　人（情贤）	紫　鹃（情慧）
鸳　鸯（情绝）	小　红（情豪）	金　钏（情烈）
莺　儿（情顺）	麝　月（情守）	司　棋（情魔）
玉　钏（情怨）	茜　雪（情恕）	彩　霞（情恨）

金陵十二钗三副榜

芳　官（情迫）	龄　官（情痴）	藕　官（情怪）
药　官（情鬼）	张金哥（情坚）	秋　纹（情挚）
碧　痕（情和）	翠　缕（情稚）	绣　橘（情苦）
四　儿（情冤）	柳五儿（情误）	瑞　珠（情忠）

后面又有诸如：待书、宝珠、雪雁、素云、入画、抱琴、宝蟾、春燕、葵官、蕊官、豆官、艾官、文官、茄官、宝官、玉官、二丫头、青儿、佳蕙、翠墨、彩屏、坠儿、琥珀、春纤、碧月、佩凤、偕鸳、靛儿、檀云、绮霰、良儿、丰儿、银蝶、莲花儿、蝉姐儿、炒豆儿、小鹊、小螺、臻儿、小霞、小吉祥儿、小鸠儿、小舍儿、傻大姐、善姐、智能儿、云儿、灯姑娘、鲍二家的和多姑娘等，不过多是些“情美”、“情恶”、“情多”、“情薄”“情妖”、“情魅”之类。

宝玉正不胜嗟叹，忽听见那边一个声音道：“女娲能补天，难补离恨天，天以石补，情岂能为之？天本无恨，离人心自有恨。天本无缺，离人心自有缺。顽石难补绛珠魂归之恨，石本无情，竟而为人，却又牵扯出许多幽情缠绵，伤心恨事。这情天到底是补得还是补不得？女娲补天究竟是补竟还是未补竟？也唯有情人可知了。”宝玉听见分明是黛玉声音，忙翻身过去寻时，竟一跤跌下无梁桥，淬在万丈迷津之内。大叫一声，矍然惊醒，似梦非梦，睁眼看时，竟是一座破庙，旁边坐着一个落拓僧人捕虱。宝玉便起身稽首相问：“此系何方？仙师何号？”那僧人只是洋洋不睬。宝玉再四相问，僧人笑道：“连我也不知道此系何方，我系何人。不过暂来歇脚而已。”宝玉听了，冷然如寒冰侵骨，幡然醒觉。由此因空见色，由色生情，传情入色，自色悟空，斩断情缘，跳出迷关，从此避尘远遁，不知那里去了。正是：

说到辛酸处，荒唐愈可悲。
由来同一梦，休笑世人痴！

2011 年 4 月 26 日 15 时 32 分

附录：

古典唯美　深闳简约

——评著名女作家温皓然《红楼梦续》

赵建忠*

代表着中华文化最高峰的《红楼梦》，两百年来一直有各个阶层的人尝试着对她进行续写，进入新世纪以来，“续红”现象又呈新局面，似有压倒前人的势头，而2011年似乎成了“《红楼梦》续书年”，仅上半年，就已经有多部续红之作面世：号称天津“小龙女”的温皓然所著《红楼梦续》由九州出版社隆重推出；此前一个月台州76岁老人柯元华所著《红楼再梦》也由中国文联出版社发行；而著名作家刘心武创作的《新续红楼梦》由凤凰传媒出版集团出版，高调面世后引发了巨大的社会反响，各路媒体纷纷报道、评论，再度引发了对“《红楼梦》续书现象”的争鸣。笔者应《中国艺术报》的约稿写了两篇这方面的评论①，并与旧版《红楼梦》电视剧编剧周岭先生一起去北京电视台做了一期关于“《红楼梦》续书”的节目。值得注意的是，这一年北京大学的自主招生面试题，竟是“如何看待《红楼梦》续书现象”，该校近年来在媒

---

* 赵建忠，中国当代著名红学家，中国红学会常务理事，天津师范大学教授。主要从事古典文学特别是红学的研究和教学工作，出版红学专著多部，并在各类学术刊物发表红学论文数十篇，累计近200万字。曾发起组织首届全国中青年和海峡两岸中青年学者红学研讨会，学术经历和成就入选《红楼梦大辞典》（增订版）“红学人物”和“红学书目”相关条目以及“国内外红学专家—互动百科”词条，《人民日报》、《文艺报》、《今晚报》以及《红楼梦学刊》、《文艺理论与批评》等媒体都曾予以报道。

① 赵建忠．红楼梦可以续吗？《中国艺术报》，2011.3；“续出原意难，续出原笔难上难”，《中国艺术报》，2011.4

体上颇为走红的著名学者孔庆东教授也在为温皓然所著《红楼梦续》序中详细阐释了“红楼梦续的文化意义”，他认为“《红楼梦》的阅读史一直伴随着续作史，原作与续作，如同一弯明月与满天星斗，同时出现在夜空，交相辉映”①，这个评价我认为是非常精准到位的，是对两百年来《红楼梦》续书史的最形象概括。

“明月”与“星斗”的关系，还不仅仅是形象比喻，它本身就蕴涵着价值判断。显然，《红楼梦》已经不是传统的“可不可续”的争论，而是如何去续以及如何具体评价续红作品的问题。作为一个“开放型文本”，这部名著是应该允许各式各样的续书存在的，谁为数目惊人的《红楼梦》续书景观再添一道靓丽的风景，本来都无可厚非，文学创作与学术研究是两回事，曹雪芹的残缺文本呈现出来的开放性可以调动任何人的参与性阅读，作为形象思维的创作特点更可以充分恣意想象，艺术理论中讲的这种“召唤结构”是不大讲究逻辑甚至是非理性的，倘用学术的标准和眼光去要求文学，显然违背了创作规律。

笔者于上世纪九十年代后期由天津古籍出版社发行的《红楼梦续书研究》一书，曾统计清代以降迄至民国并延及现当代的各类《红楼梦》续书已达百种，并将那些“续红”作品归纳为八种类型，即“程高本续衍类”“改写、增订、汇编类”“借题类”“外传类”“补佚类”“旧时真本类”“引见书目类”“短篇续书”等，但那只是侧重外在形态的分梳，若从作者的创作宗旨角度考察，我认为不外乎是以下两种情况：

第一种是“借题发挥、抒写怀抱”型。这类续书一般都脱离了原著规定的基本故事框架，对《红楼梦》的主要人物结局也不打算做出交代，而仅是借了《红楼梦》的人名去构建另一个故事体系，从而写出自己的人生况味。正如《红楼梦》续书的作者之一、晚清著名谴责小说家吴趼人讲过的一段话，说出了个中道理：“自曹雪芹撰的《红楼梦》出版以来，后人又撰了多少《续红楼梦》《红楼后梦》《红楼补梦》《绮楼

① 孔庆东为温皓然《红楼梦续》一书（2011 年由九州出版社发行）所作序，以下凡引孔庆东关于《红楼梦》续书的评论，均引自该书序言，不另注。

重梦》，种种荒诞不经之言，不胜枚举，看到的人没有一个说好的。我这个《新石头记》岂不又犯了这个毛病吗？然而据我想来，一个人提笔作文，总先有了一番意思，下笔的时候，他本来不是一定要人家赞赏的，不过自己随意所作，写写自家的怀抱罢了，至于后人的褒贬，本来与我无干。”吴趼人的话是有代表性的，其中“写写自家怀抱”，道出了这类续书作者的主要创作动机。寻波讨源，续书子群繁衍不息的生命力还是来自《红楼梦》强烈的悲剧意蕴，因为这种悲剧倾覆了人们崇尚圆满的一贯心态。贾宝玉的命运、与相爱之人难以厮守的憾恨，极其强烈地唤醒了世人悯人悲己的情怀和渴望圆满的天性，成为他们重补离恨天、续写《红楼梦》的直接缘起，而名著自身具有的张力，恰恰为这类续书作者的精神自由驰骋提供了空间。《红楼梦》包孕之丰厚、思想之深邃，也确实远远超过了中国古代的任何名著，人们称它为中国历史的“全息图像”，她提出的问题太多了，社会的、家庭的、伦理的、婚姻的、道德的、科举的……吸引着人们去解答这些问题，很多人正是在续书中糅进了自己对这些问题的独特看法。

与上述第一种情况相反，新时期以来，随着“文化热”在华夏大地的复兴，红学中的一个分支——“探佚学”也在悄然兴起。在这种历史文化新背景下，出现了张之、周玉清为代表的另一类《红楼梦》续书，我们姑且称之为“补佚类”，而“补佚类”续红作品的诞生，直接影响到旧版《红楼梦》电视剧关于原著八十回后情节的处理，足见其魅力。这类续书创作的前提特点是：作者首先是位红学专家或至少对红学有一定“前理解”，因而对《红楼梦》原著本身尤其是第五回判词及相关谶语有较深理解，对《红楼梦》古钞本系列的脂砚斋批语及八十回后佚稿也有相当研究，此外，还对清人有关红学的笔记、杂著进行过认真的钩沉和梳理并吸收了当代红学研究者的探佚成果作为参照。需要指出的是，这类续书尽管不同程度都朝着恢复“曹雪芹原意”的方向去努力，然而往往适得其反，也就是受累却不能讨好读者，“补佚类”续书中后来居上的作家刘心武就是最典型的一例。平心而论，他对红学史料也是下过功夫的，但总的来看，还是按照解读“秦可卿”的揭秘考隐和所谓“探佚”思路去续《红楼梦》，这就势必会导致对相关红学文献诠释过度甚至曲解，因为红学探佚如果不加以节制，就会走向误区，很容易与索隐派合流，而且离《红楼梦》原著和脂批提示的情节也越来越远。从根本上讲，还是个方法论问题，尽管刘心武的续书吸纳了考证、探佚、索隐派的一些长处，但最大迷误就在于执意要在文本意义诠释领域中进行“史料还原”，以为将清代某些历史与《红楼梦》中的人事“关合处”都坐实了才算能续好《红楼梦》。其实，不管曹雪芹这部作品中存在多少真实的历史信息，这些信息一旦进入作家的审美心理结构、进入小说艺术整体中，它们就必然会被天才的作家所整合，从而被构造成为新的意义单位。本来，作为一名优秀的小说家，刘心武应该懂得这个道理，但却深陷索隐泥潭而不能自拔，可见，传统的“文史合一”思维定式对后人负面影响有多大！

退一步讲，即使“补佚类”续书恢复了“曹雪芹原意”，恐怕也很难完全恢复“曹雪芹原笔”，这个道理，恰如钱钟书所说的“能列出菜单，未必就能做出好菜”一样。因为所谓恢复“原意”，主要是对曹雪芹前八十回中未完成的关键情节走向做出选择，但对最终要完成的续书作品而言，这还仅仅是科学性的还原构思而非艺术性的“复原”，艺术性的“复原”还要大体达到曹雪芹“原笔”的要求，并具备一定的清代特殊语境下的典章制度、民俗风情等文化元素。可见，要恢复“原意”、“原笔”是多么困难！当年，老一辈红学家俞平伯曾阐述了续《红楼梦》的特殊困难，因为“第一，《红楼梦》是文学书，不是学术的论文，不能仅以面目符合为满足。第二，《红楼梦》是写实的作品，如续书人没有相似的环境、性情，虽极聪明，极审慎也不能胜任。”总体而言，这番话可以说是深谙创作三昧同时又熟悉红学状况的甘苦之言，因为它深刻揭示了“新续红楼”的创作困境。

令人欣喜的是，“第三条道路诗派”的核心成员、著名女作家温皓然在《红楼梦》续书创作领域独辟蹊径，居然也尝试着闯出了“第三条道路”，这就是融合前两类续书模式之长并在此基础上有创造性发展，从而使得她的续红之作呈现出自己独特的文化品格：

一是温续“红楼”既充分尊重现有的红学文献又有自己的大胆创新。比如第九十二回的回目“薛宝钗借词含讽谏 王熙凤知命强英雄”即据脂批拟出，其他如九十七回“红颜枯骨”的情节安排也是据脂批铺叙展衍而成。此外，续书中的探春远嫁以及湘云嫁卫若兰尤其是结局构思中的“情榜”问题，也大体经得起红学成果检验而非向壁虚构。论者也许会问：既然是尊重脂批等红学文献，为什么温续是二十回而非脂批中一般常提及的“后三十回”？按，脂批中虽多次提及“后三十回”，但也有“此书百回”的批语，温续并非无据。记得1997年在北京饭店举行的国际红学研讨会上，研究叙事学的美国普林斯顿大学教授、著名汉学家蒲安迪就论证了这个话题。此外，也有根据脂批得出《红楼梦》原本为一百零八回结论的，如资深红学家周汝昌先生。温续还特别注意吸收当代红楼探佚学的成果，并创造性地借鉴了旧版《红楼梦》电视剧后七集的有关情节。比如对“金玉良缘”和“木石前盟”的处理，温续不仅概括了以林黛玉、薛宝钗为代表的红楼女儿“千红一哭”、“万艳同悲”的共同悲剧，还联系“寒塘渡鹤影”、“冷月葬花魂”等原著中的谶语诗句进一步完成了林黛玉的结局。顺便说，这里描述的林黛玉结局与旧版《红楼梦》电视剧的处理较为接近，但却有她自己的创新与突破。旧版《红楼梦》电视剧对于林黛玉结局的处理，虽探佚结果大体正确，但只有骨骼而缺乏血肉，没能把情节充分细化，编导反而还将宝黛爱情悲剧从复杂家族背景中淡出，使得这个悲剧不再成为家族矛盾的聚焦点，将宝黛悲剧与其他人物事件平分秋色，这就势必造成宝黛爱情悲剧内涵的单薄和黛玉魅力的随之削弱，从而淡化了本可以大放异彩的女主人公形象，导致“黛玉之死”很难给观众留下深刻印象；而温续恰恰弥补了这个缺陷，她根据前八十回内容并结合脂批以及探佚学成果大大丰富了有关情节。从这个意义上，也可以说探佚只是具有科学性的“复原”工作，这种“复原”不可能绝对精确，它只能勾勒出八十回后佚稿的大致轮廓，起一个指示“路标”的作用，而续书属于艺术再创作，续书作者完全可以而且应该插上想象的翅膀使探佚成果更加丰富、圆满和形象化。与此相联系，有一个问题在此还需讨论，既然旧版《红楼梦》电视剧在“黛玉之死”上基本恢复了曹雪芹“原意”，为什么反而不讨巧甚至还不如程高本后四十回续书感人呢？这是因为那位续作者是把“黛玉之死”作为续书中的“聚焦点”去处理，他苦思冥想的目的仿佛就是为了这个中心情节而去做足文章，也可以说“愚者千虑，必有一得”；后四十回尽管有不少缺陷，但已经得到了两百年来大部分读者的认同，这也是事实。按照接受美学的理论，《红楼梦》这部作品的意义，是它的文本含义与读者的前理解视野结合的产物，而从《红楼梦》的传播史、接受史来看，只有百二十回文本的含义，才能和读者的前理解视野融合成一个完整的作品意义。在这方面，温皓然处理得就非常好，她的续书九十一回的回目干脆就直接用了“苦绛珠魂归离恨天 病神瑛泪洒相思地”，足见其对程高本后四十回的重视程度。我很惊讶于一个70后青年女作家竟会对红学史料熟悉到如此程度，并且运用得如此老到、娴熟，这是需要对两百年的红学积淀下一番吸收消化的苦功夫才能进行再创造的。

二是温续的文史知识储备相当丰厚，如前所述，想要大体达到曹雪芹“原笔”的要求，就该具备一定的特殊语境下的典章制度、民俗风情等文化元素，尤其是续书形式上还应与原著的语言、结构等风格尽量保持契合统一，程高本后四十回作者毕竟与曹雪芹是同时代人，除了可能掌握一些佚稿线索外，最重要的是具备相同历史环境下得天独厚的条件；而距离曹雪芹两百多年后的当代续红者，在这一点上先就处于劣势，但翻开温皓然的续书，她清代文史知识之丰富也是令我惊讶的，你看她写官场各式仪注，写那个时代文人的“诗钟”游戏以及她对古诗的掌握程度并运用得如此熟稔、自然，她还能用骈文的笔法写出颇多绘景俪句，使得其续书的语言既有典雅清丽的书卷气又有当行本色的随物赋形功夫，可谓达到了炉火纯青的化境。

她的整部作品还充满了佛学旨趣和梦幻色彩并具有绘画的意境美。就佛学而言，刘浩锋先生在《天道美学》一文中早曾指出：

> 温皓然的后续之作摆脱了以往在小乘“有”里面深陷迷局无穷的心境，以宇宙智慧佛学续红楼梦，将文本灵魂“从空入色，又从色反空”实现了“自成一梦”又普遍有效的“大梦觉醒”、“自度度人”的大转折。以宝玉、黛玉、宝钗的爱情婚姻悲剧及大观园中点滴琐事为主线，以贾、王、薛、史四大家族由盛而衰历史为暗线，一方面展现封建社会消亡趋势的同时，一方面展现人物最终跳出悲剧历史因果循环的喜剧效果，获得生命精神的大自由之宇宙化境。

佛、诗、画、乐统一于一人，自古有之，唐代大诗人王维即为显例。他字“摩诘”号称“诗佛”，空山新雨，乐琴消忧，且诗画俱佳，因此，苏东坡才有那“诗中有画，画中有诗”的著名评语。文体是随时代发展变化的，古人的“诗”可以广义类比今天的“文”，何况在我的品读感觉里，温皓然的《红楼梦续》本来就是一部“诗画（化）小说”，同时是一曲有韵律的音乐诗。你看第九十一回她对黛玉相关情节的描绘：“只见漫天花雨靡弗缤纷，艳夺晨霞”，“黛玉倒在地上，身体已半被落花掩埋”，“漫天花魂，香乱红翻”，此类彩笔，可谓触处皆是。这是温皓然深得红楼神髓秘法的一个重要侧面，《红楼梦》原著中如“芒种饯花”、“秋窗风雨”、“黛玉葬花”、“琉璃世界白雪红梅”等本来就是一幅幅画境，而“隔花人远天涯近”则是画境与诗境的完美融合，温皓然对此是颇为会心的。此外，她续书中对“梦”与“酒”的多角度点染生发，也绝无闲笔。吕启祥先生在《艺术的开拓与酒及梦之关系》一文中曾具体分析了“梦”与“酒”对开拓《红楼梦》生活容量的作用①：

---

① 吕启祥．艺术的开拓与酒及梦之关系，载中国社会科学院文学研究所主办《红楼梦研究集刊》第十二辑，上海古籍出版社1985年出版。

> 常言道，“醉生梦死”，是说醉后言行梦中经历，恍恍惚惚，扑朔迷离，不足凭信。相对于清醒时的“常态”，这往往是一种“失态”或“幻觉”。然而从心理学的观点看，它往往是现实的折光，是潜意识的流露。因此，对于艺术家来说，由描摹醉或梦，可以开拓出崭新的艺术天地，获得极大的抒写的自由，从而在一定程度上突破时空常规的束缚而窥探心灵，回溯往昔，预示未来。

温皓然《红楼梦续》中的“梦幻”色彩自然也与她艺术创作的需要有关。作为后现代古典主义文学流派的奠基人之一，温皓然的文笔是古典幽美、深闳简约的，同时她又“转益多师”，从其作品局部还能品味出“魔幻现实主义”的风格，比如第八十一回描绘的幻境“忽然一阵怪风，吹的满天云翻雾滚，一个衣衫褴褛的骑士，挥霍骂天，仆然倒毙街头，身旁只一条癞狗相伴。一阵惊雷过后，又是水澄珠莹，云散天明了”，这分明有马尔克斯《百年孤独》的笔调，同时又能看出《红楼梦》开篇“女娲补天”神话的影子。可以说，如同《百年孤独》关于种族记忆的形象揭示一样，《红楼梦》更是关于我们民族历史最深刻逼真的记忆的文化想象。

三是温皓然的续书在追寻曹雪芹“原意”、“原笔”的基础上，最难能可贵的是她对《红楼梦》终极精神价值的探索，也就是创作主旨的普世化构建。传统红学诸如索隐派、考证派、探佚派和社会历史批评派都只能告诉人们《红楼梦》中“有什么”，但“有什么”是不能等同于“是什么”的，正如刘小枫在《拯救与逍遥》一书中所强调的①：

> 我打算来讨论的，并非“红学”中的探佚派与百二十回本辩护派论争的问题。即使俞平伯晚年反悔与胡适“腰斩”红楼，承认程

① 刘小枫．拯救与逍遥，上海三联书店，2001 年版。

高续梦有功，仍然无法回避这样一个问题：程、高的意图不是曹雪芹的意图。但反过来，即使撇开程、高的续梦，仅据前八十回及脂评中的佚稿痕迹，曹雪芹的红楼梦世界究竟是怎样的，并非就不成其为一个问题。探佚派想要尽力搞清这一问题，但已命中注定离不开索隐。带着曹雪芹家族身世的历史故事走进“红楼”世界，领略其中三味，却不一定碰触到“红楼”事件涉及的思想史上事实的问题。我要问的是：曹雪芹为什么带着深切的悲情走进“红楼”世界？究竟是一种什么生命感觉使得曹雪芹要构想这个世界？这个世界构想所展示的精神过程是如何发生的？《红楼梦》必须作为中国精神史上的重大事件来看待，真正的探佚应该是带着精神史问题的索隐。

刘小枫一下子就抓住了红学中最本质的核心问题，可以说，真正优秀的作家无不关注人类的生存价值与意义，无不充盈着对人类命运的形上追问与思考。其实，《红楼梦》并不像我们后人理解的那么晦涩，曹雪芹实际上提出了每个人都要回答的切身问题，这就是——

一、爱与不爱的问题

二、干与不干的问题

围绕着这两个人生问题，或者说“永恒的主题”，曹雪芹用他那生花妙笔写出了贾宝玉的“爱博而心劳”，写出了他的从“苦恋”到“苦悟”，写出了他的“拯救与逍遥”，写出了“痴、怪、狂”的传统人文思潮在他身上的百折不挠，写出了理想之梦的幻破，写出了多么折磨人而又使人眷恋的“富贵闲人”般的红楼生活……

文学不同于科学，“心灵文本”单靠所谓恢复“原意”、“原笔”是难以笼罩的，从这个意义上说，温皓然的《红楼梦续》就没有带着镣铐跳舞，刘浩锋先生《天道美学》一文分析得很深刻，认为她“真实的文学历史运动位置是介于西方后现代丧失精神尺度之极地面临大转型，与正处于东方中华文化复兴引领世界文艺新形式与审美在全球整体层面上的重新发轫之间，在西方文艺衰落与东方文艺勃兴的辩证运动关系中承前启后开辟世界文艺新天地”，“无论是作品形式与作品灵魂内核，都是红学与时俱进演化入时代极致的回归与世界新文艺的可贵探索”，孔庆东也认为，她的续书，能在“螺蛳壳里做道场”，展示出“自己的红楼自己的梦”，而且在不违背已有红学研究成果的前提下，“续出了时代意义和主体精神”，所有这些都表明：《红楼梦续》是温皓然生命中的“不能承受之轻”，她的续红之作，毫不夸张地说，我认为是两百年来《红楼梦》续书史上最优秀的一部。

论《红楼梦》的新时期续书创作（硕士论文节录）

——以女作家温皓然为考察中心

熊立娟*

今人为《红楼梦》作续，除了要在红学家们多年研究的基础上续写，符合基本的红学常识规范外，也会面临网友、媒体等多种隐形读者的评价，故而要续出切合原著本意，又能文采斐然、好评如潮的续作就更是难上加难。新生代作家主要代表人温皓然的续作则是其中较为突出的，她的续作以至情至性、丰厚的国学底蕴著称，赢得了极大的关注。作为70后实力派作家，她被北大教授、著名文化学者孔庆东亲切地称为“天津小龙女”，著述颇丰，主张“第三条道路”的诗歌创作，是中国作家协会较年轻的成员和后现代古典主义文学流派的奠基人之一。由于作者奇异变幻而又犀利的笔锋，温续便有了超越前人的独特的文化意义，正如当代《红楼梦》续书研究的拓荒者赵建忠教授所评价的：“《红楼梦续》是温皓然‘生命中的不能承受之轻’”，“是两百年来《红楼梦》续书史上最优秀的一部”①。由于作家本人信佛，故而她的续红作品中就有种看破红尘的飘渺感，体现出时代与传统并重的特点，并且诠释了《红楼梦》新的文化含义，作为新时期续书的典型作品，值得认真研究和深入探索。

---

* 熊立娟，天津师范大学中文系研究生。

① 赵建忠．古典唯美 深闳简约——评著名女作家温皓然的《红楼梦续》[J]，河北广播电视大学学报，2011.3（p1）

新时期以来，《红楼梦》续书的创作大概可以分为三类：第一种是“借题发挥、抒写怀抱”型，以著名作家刘心武为代表；第二种以“探佚学”的成果为前提，对红学有一定研究的张之、周玉清可为代表，这类续书的出现影响到旧版《红楼梦》电视剧对于原著八十回后的处理；第三种则是融合前两类续书模式之长并在此基础上有创造性发展，以温皓然续书为代表。她的续红之作呈现出一些新特点：充分尊重现有的红学文献又有自己的大胆创新，下面试作分析：

作为特立独行于当代文坛的著名女作家，温皓然的《红楼梦续》曾在北京植物园中的曹雪芹纪念馆里朗诵，又有众多文化界知名人士评论，影响较大。她的续作好评如潮，如高原水萱曾这样评价：“神驰幻境的过程中，在神秘莫测的迷人意境里，读那些似曾相识的人物对话，那些似曾相识的故事情节，感受那些经天纬地、妙笔生花的美妙文字，体验着比现实还更真实的虚幻世界和现实生活里所得不到的精神享受，竟觉得这不是温皓然续写的《红楼梦》，而是曹公在那里正襟危坐，将书中人物的命运娓娓道来……”① 等等，毫不夸张地说温续是继承了曹雪芹《红楼梦》的精华，又传达出自我遗世独立的情怀，尽管《红楼梦续》的主要内容基本也遵循了考证、探佚的规范，然而却体现了作者独特的创作手法，创作主旨是普世化构建，因而她的作品更具有深刻形而上意味。

就形式而言，《红楼梦续》又兼具绘画美、音乐美和建筑美。在艺术旨趣上，“温续红楼”具有佛学梦幻色彩与诗才画笔意境。她那古典幽美、深闳简约的文笔为读者展现了一个魔幻而又真实鲜活的“红楼续梦”。温续所执着追求的叙述风格又是古典文雅中透着犀利敏锐，所谓“倚天照海醉颜红，叶绚三秋傲碧空。赢得丹诚清耿在，贞姿羞列百花丛”，② 她笔下的人物也同时被赋予了鲜活的生命，同时也为宝玉和黛玉

---

① 高原水萱．独具匠心续红楼——读温皓然新作《红楼梦续》http：//blog. sina. com. cn/s/blog_ 5349592901017qik. html

② 此诗乃文怀沙先生赠温皓然之作。

的爱情找到了诗意的栖居地，在似梦非梦中给予世人独特的悲剧之美的体验。

文学语言的绘画美在于语言的形象性，而语言形象性关键在于对象具体化，意念的知觉化。体现绘画美的语句，使我们在经验记忆基础上，再现出客观事物表象，使一幅幅生动的图画浮现在我们眼前，使我们产生莱辛所讲的那种“逼真的幻觉”,① 从而将我们带到广漠空间之中，温皓然的续作正是巧妙地运用文学语言的绘画美，为我们再现了“红楼”大结局，故而温续透出浓浓的诗意之美，文本字里行间洋溢着对大观园儿女的疼惜，也在诗情画意之间犀利地折现出对于人生悲剧命运的哲思。以走诗歌创作“第三条道路”著称的温皓然发挥了其专长，以一幅幅绚美多彩的画面展现故事情节发展和人物的坎坷命运。通读全文，不难发现作者以其厚重而又空灵的文笔展现了多变的画面，阐释了乐极生悲、否极泰来的哲思，其中描述元春喜得龙胎之后贾府喜气满堂的画面正是如此：

> 看不尽玉女调金鼎，天妃捧玉盘；杯凝红琥珀，袖拂碧琅玕……忽然之间一阵怪风，吹得满天云翻雾滚……一阵惊雷过后，又是水澄珠莹，云散天明了。

这里以三幅画面诠释了宝玉的心路：第一幅是展现了皇上的恩赐，奇珍异宝和荣华富贵的极力渲染，荣国府上上下下欢声笑语，但在这幅极度富贵而人人欢喜的画面之下则是宝玉的无心眷顾，“转眼都丢在了身后”；第二幅画仅仅几个字再现了山雨欲来风满楼的紧张之势，展现了爱博而心劳的宝玉偷偷溜出家门前往水月庵看望芳官的迫切心情，为了安慰佳人风雨无阻；第三幅则是雨过天晴，胜利在望。即将到达目的地，宝玉心情大好则是用“水澄珠莹，云散天明”点出，借用绘画中的

① 张灵敏．浅谈文学语言的绘画美［N］，载《读写算（教育教学研究）》，2010.7

构图和透视，以多彩的画面展现主人公的内心世界，没有浓彩重墨和精雕细琢，寥寥数语却能调动读者丰富的想象力并给人以强烈的美感，又传达了“一花一世界”的佛思，足可见作者的写作底蕴。

温续自问世以来便受到极大瞩目，不得不提的是文本所选的诗歌作品。作者本人便是一位诗人，她的诗歌清新脱俗，在极具张力的结构下展现悲天悯人的情怀。读其诗如品茶清香沁脾，在画面的切换之时留下不可磨灭的印记，如《滴水观音》中：“一滴水，莲花盛开；两滴水，慈航普渡；三滴水，穿透人间佛国；她名叫滴水观音，她就是滴水观音。”在不经意之间传达了作者的理念，这是作者的高明之处，《红楼梦续》中的诗歌更是体现了作者唯美和哲思并具的特点，其中以林黛玉诗作为最优，择优者摘录如下：

蝉声断续悲残月，萤焰高低照暮空。（蝉．萤——潇湘妃子）
急雪乍翻香阁絮，轻风吹到胆瓶梅。（急．风．絮——潇湘妃子）

首句是引用唐代杜甫的诗歌《新秋》，以描写新秋物候气象，抒发诗人对年华易逝的感叹。作者借此佳句为读者展现一幅带着哀怨的秋景图，暗合黛玉的身世之感和对命运的不可把握的惆怅。次句则是引用纳兰性德的《饮水词》中的《梦江南》，哀感顽艳的词风却是符合黛玉的情思，安意如曾评价这首词：“此词可解作闺情词，是女子在冬日黄昏时思念心上人。然解作容若思念意中人也未尝不可，他本就多情如斯。”温续选用此句正是恰到好处的表现出黛玉思君不得君的心情，同时以“急”字写出冬日凌厉萧杀之气，这轻若飞雪的杨絮却着急起来，黛玉一个深闺女子唯有轻叹，独自哀伤；后半句，则是急转而下，微风懂得佳人的心事，不忍伤其心，只轻轻吹着，便撩动了胆瓶中梅花的一丝暗香。如此轻盈，又怎能不勾起“断肠人在天涯”的感慨。此句前疾后缓，前张后弛，两幅不同的冬日之景却是极有镜头感。

千年烟水泣枯鱼，泪尽更深修尺书。斑竹一竿情意重，娥皇泉下亦唏嘘。

忧怀郁郁不能眠，锦瑟昏昏廿五弦。徒自肠中愁九转，尘埃蔽野更笼天。

海蚌生珠珠含水，朝霞润玉玉生香。升帘怅望月孤起，忍泣难堪泪两行。

（见黛玉《十独吟》）

这是楚辞大师文怀沙为温皓然亲自执笔修改的诗句，87 版电视剧本也曾有《十独吟》，不过是以李清照、冯小青为命名的诗歌，网友也有附和之作，但诗歌的旨趣大大异于曹公，宝玉本是“古今不肖无双”的封建家庭的“孽根祸胎”，诗歌却把他塑造成专会讲些好话来“讨老太太的喜欢”的孝子贤孙，这种“大不近情理”的续貂文字，正是与曹雪芹之意不可企及也。温皓然所作《十独吟》则力求贴近原意，再现了黛玉的真情实感。

在画面建构上诗歌也是独具风采：被誉为宝玉的娥皇的黛玉是用尽一生的泪水来报恩的，千年的烟水也不能安慰河里的枯鱼，潇潇斑竹里的哀诉让人神往，哀叹人间难得的是有情人终成眷属，这是一幅清幽斑竹图，传达的是无限的绵绵相思和感知悲剧命运而无法改变的无奈；第二幅则是借用李商隐的纯美之锦瑟典故，传达黛玉的明洁之心，尘埃落定却是伊人独自等待。这是一幅深闺女子辗转愁肠，渴望蔽野的天空却不可得的调琴图，这里已可以从人生对于自由的追求哲理层面来理解；第三幅以海蚌和朝霞绝美的景物起笔，海蚌生珠要历经多少肉体的折磨才能孕育出光彩夺目的珍珠，而朝霞润玉又非俗品，故而作者为我们展现的是一幅晶莹纯净的美玉彩珠图，但正是这种纯净如水的光彩却隐藏了情路坎坷和艰辛，接着便是月光下的独自幽咽，在夜深人静的时候方能一展情思，都说“春心莫共花争发，一寸相思一寸灰”，然登高独立之后便是永远的孤独。

荆棘蓬榛生户牖，诼谣謑诟出屏帷。芙蓉花下芙蓉诔，红泪偷潸无所依。

君行万里草凄凄，桃叶桃花半委泥。天地人生若飘絮，芭蕉不展恨芳菲。

芳心自鉴命何孤，不改痴情守玉壶。鼓漏已然三更尽，此心长是梦桑榆。

（见黛玉《十独吟》）

在欣赏在水一方的独自等待的伊人画面以后，作者进一步展现了荆棘蓬生、物是人非的哀婉，第四幅画展示的因感念晴雯的逝去而悲叹自我命运，对于生命中所可预示的生无所依、老无所养的惧怕。荆棘满布的房屋、挡不住的流言蜚语，唯有在芙蓉花下吟唱绝世祭文，这样悲痛的画面没有一字是“独”，但给读者的画面却是孤独守灵者的独舞；第五幅则是和续书故事情节相联的思君之情，宝玉被官派离京，在日日思念宝玉的同时又饱受“金玉良缘”的困扰。在花谢花飞花满天的画面中，感叹人生若飘絮，找不到前进的方向，只有“人面不知何处去，桃花依旧笑春风”的悔恨。这幅图则是独对桃花芭蕉思君图；第六幅图以清冷三更的敲钟声，传达黛玉矢志不渝的情思。生本孤独，桑梓难得再回，遥远的家乡能有一抔黄土来埋葬芳魂吗？这是一幅深夜思乡图，深深的孤独和寂寞让人不得不为之神伤。

枝头明月惊翔鸟，耿耿无眠魂自随。艰苦生涯心似噎，潇潇风雨泪沾衣。

一轮明月出山阿，飞镜磨光去许多？斫去镜中桂花树，清光如水濯娑婆。

袅袅秋风木叶霜，沉吟往事泣残阳。病容仿佛月光瘦，吹落飞红上碧苍。

飞雪乍翻香阁絮，落花如梦路难归。蓬莱遥远知何处？一入蓬莱便忘机。

（见黛玉《十独吟》）

心比比干多一窍的黛玉又是何等的聪明灵透，上苍赋予她独特的才情，必然也给了她多愁善感的性子，爱湘云者就不能妄自评论。第七幅画便是展示黛玉悲泣的画面，展示了黛玉独自站在风雨中哭泣，紧接着第八幅画慨叹年华易逝、流年似水，而这梳妆镜又抹去了多少蹉跎年华。第九幅秋风图，因误听宝玉沉船消息的黛玉已然是病入膏肓，然岁月带不走的则是佳人的最后的红颜。这幅绝美的“病西施”的图画尤为让人动怜。最后一幅图画则是梦里水乡，梦非梦、仙非仙，逃不过的是今生命定的承诺。落花如梦、蓬莱难觅，在这样梦幻的场景中孤独地寻觅着，此间种种辛酸无奈表露无遗。

全诗切合题目的“独吟”，以十幅不同的画面来展现冰清玉洁的才女闺秀的吟唱，谱出黛玉内心所想，恰是大观园里真实的黛玉。同时，又以梦幻而又真实的画面赋予黛玉新的内涵，凸显红楼女子的孤苦无依如同浮萍般的人生。

再看：

无根树，花正幽，贪恋红尘谁肯休？浮生事，苦海舟，荡来飘去不自由。无边无岸难泊系，长在鱼龙险处游。肯回首，是岸头，莫待风波坏了舟！

（警幻仙子之语——借用张三丰的《无根树》）

温续中这一段乃是黛玉仙逝，临终与宝玉梦中相会，警幻对于人世间无常的感叹：滚滚红尘多少良辰美景，纵然是“三径幽花香自在，四园修竹影交加”，也逃不过“荡去飘来不自由”的命运。这幅图画以警示世人的风景图为黛玉和宝玉的恋情作结，也暗示了宝玉的佛缘和未来的坎坷命运。可谓伤心而悟道之语。因诗句是警幻仙子所叹诵，故而又是站在一位世外仙人的角度来阐释人世间茫茫诸生的贪恋红尘，以致烦恼无尽、苦海无边。告诫世人需“肯回首”，莫待疾风大浪坏了舟，便悔之晚矣。

温续中为读者展现的多彩变换的画面无不震撼着人的心灵，在梦幻的天国和现实的生活中交织，无论落花流水还是明月珍珠都在悲伤地泣诉着，阐述着亘古不变的哲理，仿佛游走在大观园里，感受着书中人物的悲欢离合，可悲可泣。在绘画理论上则是巧妙地运用色彩作为独特功能的表意抒情符号，选用具有色彩独特意义的词藻和具有色彩感的物象名词，向读者发出抽象的色彩信号，唤起了读者有关的唯美伤感的画面，形成明晰的艺术联想和想象，从而完成诗情画意的完美组合①，在这方面作者可以说是借鉴了徐志摩的浪漫主义的诗风，哀痛也可以美到心醉。

好的文章如同好的音乐一样可以“余音绕梁三日不绝”，温续继承了曹雪芹诗意的文笔和中国古典诗歌独有的音乐美，用动听的旋律娓娓诉说着红楼儿女们的谜一样的故事，别是一番滋味在心头。此外，作家本人崇尚佛学，因而温续又以神秘独特的视角，为读者弹奏出了一首繁华落尽见真纯的“呦呦鹿鸣”之曲，实现了“教外别传，直指人心，不立文字，顿悟见性”的佛学要义。同时以其空灵飘逸、柔美流丽的语句，创造出一片永恒的精神世界。在这片纯美的世界里，她委婉地弹奏着一曲令人魂牵梦萦的天籁之作，在曼妙的意境里深深打动着读者，将读者情不自禁地带入到那情思澎湃的世界里。② 既有王维和徐志摩的灵动飞扬，又兼杜甫和穆旦的凝重深邃，传统与现代并重，从而在跳动的字符中一吐心中之块垒，值得读者细细品听。

首先文章借助自然界音响来组合音乐美，进而更好地体现出书中角

---

① 陈靖宇．论徐志摩诗歌的绘画美［J］，江汉论坛，2011.7

② 李建民．飘逸灵动的美质：徐志摩诗歌的独特［N］，廊坊师范学院学报（社会科学版），2008.1

色的情感变化；[1] 文本中描写湘云攀树一幕，生动再现了一首雏鸟归巢的亲情之歌，这首动听的乐曲正是湘云的思念父母之歌。湘云为了一只雏鸟，不顾大家闺秀的身份，奋力挽救，只为一睹幼鸟重回母亲怀抱的刹那。且看文本描述：

> 大鸟倏忽抖开双翅，飞落地上，在幼鸟身边唧唧喳喳一阵后，又嗖的一翅，冲天而去。幼鸟抬头看看，一跃一跃，跳到树根下，急抖两翅，却只扑腾了几下，飞不到两块砖高，就又掉了下来，险些淬在旁边一口深坑内。大鸟唧唧喳喳一阵乱鸣乱叫，急抖翎毛，复又一翅飞下，再做示范。幼鸟抖动稀疏的羽翼，一试再试，还是无法飞上去。

这里着重描写了大鸟在雏鸟掉下树去后的急切姿态，以母子间的鸣叫声和一连串的动作描写营造出极度紧张的氛围，小鸟离开母亲的惊慌在“唧唧喳喳”、“扑腾”等词语中生动形象的展示出来，让读者仿佛身临其境，不禁为小鸟担忧起来。而这对于湘云这个“襁褓之间父母违”之人，又怎能不感同身受呢？于是她“索性解衣绾袖的走过来助力”，甚至不惜爬树送幼鸟还巢：“凝神一路向上攀爬，又似乎怕那大鸟飞来叨了手，时而藏头缩颈，百般小心，花蝶簪叮叮乱颤，玉步摇摆摆摇摇，腰间环佩呤呤乱鸣。”通过湘云衣饰的响动，鲜活地展示出其救鸟心切的急迫心情，又从侧面折射出了她为人的真淳可爱。鸟儿母子团圆，也正是湘云内心的渴望，在一段急促转缓的音律中，湘云内心的惬意与读者内心之惬意，巧妙自然地融为一体。

其次这一幕又以节奏的回环往复来创作出音乐美，开始是湘云和宝琴听见一阵“尖锐的鸟鸣声”，勾起读者的好奇心；接着是看到大鸟和小鸟“一上一下对望着呼啼”，湘云忍不住前来帮忙，却招来了大鸟的

① 吴淑元．论中国古典诗歌的音乐美［J］，现代语文学刊文学研究版，2008. 4

叼啄，节奏又开始拉紧；趁大鸟不注意之时，湘云一把夺过小鸟，一路攀爬而去，众人则是看得“心惊胆丧”，如同弹奏一首流水击石，乐曲到了高潮便是此时无声胜有声。众人屏息静待，湘云安全着地又是欢声笑语。如同听一首古典名曲《梅花三弄》，开首的一段是低音曲调，传达出来肃穆深沉的情感，深邃的音调仿佛破空而来的天籁，直入人心，好像冬天雪地的阴沉、寒冷浸透了人的心扉；接着乐调徐徐展开，声音渐趋空灵，人的感觉也逐渐的轻盈虚飘，幽美隽雅的乐声，让人进入了优美而庄重的超脱境界；再后来，清越的音色、简洁的旋律，在反复中透出变化，余味无穷。①可谓是一唱三叹，通过回环往复的节奏展现画面的转换，实现了乐中带画、画中有声的功效。声声感叹之后，便是寂静的思索，这便是温续独有的魅力所在。

总之，温续在很大程度上借鉴了诗歌中的清透委婉、抑扬顿挫，和节奏的回环往复，体现出空灵的音乐美，为读者弹唱出一曲红楼女儿妙绝千古的乐曲，如同箜篌引一般动人心弦、绕梁不绝。文中通过描写平凡的闺中女儿嬉戏的小事，充分发挥丰富的想象力，将极力的夸张和浓艳的色彩结合起来，再现了大观园里的复杂的感情变化，继承了曹雪芹的伤感唯美，也在有意突破传统结构模式，使文章的内在结构奇崛灵动，语言瑰丽新奇。温续在继承《红楼梦》多线并进的叙述结构上也有所创新，以独特的叙述结构创造出宏伟的建筑之美，形成“声音的和谐”与“视角的调和”的相得益彰，达到视觉美与听觉美的统一，构成音乐美与建筑美的统一。② 众所周知，《红楼梦》开创了中国古代小说的独特叙事艺术，主要体现在叙事者显隐有别、叙事空间以建筑架构故事、叙事逻辑循环往复、叙事结构三线并进等等。温续巧妙地继承了曹公多线叙述结构，同时以其过硬的文笔又开拓出自我新的风格。

首先罗列了时空的多种可能性替代传统的单一线性逻辑，形成曲径通幽的梦幻建筑结构。既和原著多线并进的叙述结构相联，又加入新时

---

① 王敏英. 中国传统音乐与诗歌的节奏和意象 [J]，艺术百家，2010.7

② 章肖玮. 汉语诗歌语言的建筑美 [J]，现代语文学刊理论研究版，2007.7

代后现代化的魔幻艺术，走入温续红楼如同欣赏一座宏伟高大的佛塔，美轮美奂又让人醍醐灌顶。温续中不再局限黛玉和宝玉的情感纠葛，而是着力塑造了贾府的衰败，这不同于以往续书中贾家得罪皇上导致衰亡，而是因为朝中的奸臣陷害，元妃也不再是弃妇形象，皇帝在元妃薨了以后也因思念元妃郁郁而终。且看文本中描述薛蟠再度惹祸和元妃被害之事：

> 贾琏浑然不知所云，只说："快别打岔，赶快支银子出来要紧！我可是万不得已了，才跟你开这个口。娘娘的事，眼下只有到内监里头打听去，没有银子是万万不行的。"

文本巧妙地借用贾琏之言阐述四大家族面临的极大的困境，为救薛蟠中了忠顺王爷的诡计，恰恰这时元妃的生死难测。贾府生死存亡这样的大事，作者却以贾琏和王熙凤的吵架轻轻透出，举重若轻却给读者带来别样的欣赏感触。

其次是梦叠梦的嵌套结构。如同建筑的空间序列，是由石、亭、台、柱等构建组成，它们的组合便形成一定的节奏，如苏州园林最大的特色是营造戏剧性的气氛，有时是昏暗压抑，而后又豁然开朗。有时刚感觉四周景物小巧精致，而后又突然转入怪石嶙峋古木参天之处，移步异景，错落有致。温续中以独具特色的梦境组合成理想的国度，给人以哲理的启示。正如闫立飞所说："从某种程度上说，温皓然在现代的镜像中创造了新的'太虚幻境'和幻想的'大观园'。无须考证其现实性特征，单单这样的繁复纷纭、色彩绚丽的'想像的花园'就足以让人感叹其工程的浩大和运思的奇异。"① 文本中较为精彩的是史湘云情定卫若兰之绮梦、秋桐悔过念佛之奇梦、宝玉魂牵潇湘之惊梦，以及元春冤魂劝说贾政之噩梦。"假作真时真亦假，无为有处有还无"，以诸多的梦境

---

① 孔庆东．红楼梦续的文化意义［J］，河北广播电视大学学报，2011.3（p1）

展示了红楼的辉煌不过是过眼云烟，黄粱一梦，发人深省。作品借助了建筑结构的有机组合呈现出一个精彩绝伦的红楼美景，为红楼残梦补上完美的一笔，让红楼票友们一饱眼福的同时又为红学创作再创高峰。且看文本中秋桐之梦：

又有无边孽魂冤魄，脱皮露骨战兢兢，折臂断筋血淋淋，上有神将夜叉击顶锥面，下有无数毒蛇恶怪争抢分食……只见那镜台高有一丈，镜大十围，碧沉沉琉璃造就，光闪闪灵丹炼成，面东悬挂，上横七字："孽镜台前无好人"，一时多少恶魂厉魄，无须加刑，只往镜前一照，皆已自败从前行迹。

以秋桐之所经历的奇幻的梦境，展现了作者心目中的"地狱"之苦，大有告诫世人之意，"生前枉费心千万，死后空持手一双。万两黄金带不来，而今唯有孽相随"。在结构上作者采用多重对比、夸张描写，以及层层递进的渲染的手法，读来气势强烈，给予读者的震撼也就如同过山车一般，在相当魔幻的惊悚之后达到情感和价值观的飞跃。总之，温续以其独有的诗意文笔，为读者展现了一幕有声有色有型的红楼完美的一梦，在梦幻和真实交错的意境中，使人得到深刻的启示，这是温续独有的魅力，众多红学家也为之称叹。

赵建忠在谈到《红楼梦》续书创作问题时有段话讲的非常到位："曹雪芹的残缺文本呈现出来的开放性可以调动任何人的参与性阅读，作为形象思维的创作特点更可以充分恣意想象，艺术理论中讲的这种'召唤结构'是不大讲究逻辑甚至是非理性的，倘用学术的标准和眼光去要求文学，显然违背了创作规律。"① 正是《红楼梦》这种类似"维纳斯的胳膊"一样的残缺美，引起广大"红迷"的猜测推想。新时期《红楼梦》续书呈现出异彩纷呈的局面，但就具体内容和艺术风格看还

---

① 赵建忠．古典唯美　深闳简约——评著名女作家温皓然的《红楼梦续》［J］，河北广播电视大学学报，2011.3（p1）

是鲜少有能称得上优秀的作品，温续以其独有的叙述风格起到了方向标的作用，代表并引领了新时期《红楼梦》续书的方向，在历史叙述的缝隙中纵横驰骋、大展身手，创作才华得以充分发挥，突破了原著的“锁链”束缚，在“螺蛳壳里做道场”，展示出“自己的红楼自己的梦”。同时不违背已有主流红学研究成果的前提下，续出了时代意义和主体精神。

在文学艺术风格上，温续则展现了浓浓的诗情画意，在绘画美、音乐美和建筑美上都得到充分的展示和运用，一方面吸收了中国传统诗歌的多重意蕴之美，含蓄蕴藉而又富有佛思哲理；另一方面则展现了对于新时期后现代主义的时空交错、魔幻主义和蒙太奇的手法，为读者展现了一个似梦似幻的红楼世界。在轻风细雨中开始演奏一首大家族的挽歌，以悲壮凝重的手法演绎出浮生的种种悲欢离合，用空灵超脱的乐音构筑难分彼此的人、鬼、神三界，宏大之美表现得淋淋尽致。

独具匠心续红楼

——读温皓然新作《红楼梦续》

高原水萱*

曹雪芹的《红楼梦》一经问世，就成了人们口中不朽的话题。两百多年来，这本未完待续的旷世奇书引得无数文人竞折腰，考据、评论、续作……观点层现，文章迭出，在中国文化史上蔚为大观。

近来，著名作家刘心武和70后实力派女作家温皓然相继推出《红楼梦》续作，在网上引起热议。笔者未曾拜读刘心武的《红楼梦》续作，故不敢妄言，但对温皓然的《红楼梦》续作，却很有一些想说的话。初拿到温皓然的《红楼梦续》，刚翻了个开头就不舍得放下了，索性诸事不理，一气儿将它读完。在神驰幻境的过程中，在神秘莫测的迷人意境里，读那些似曾相识的人物对话，那些似曾相识的故事情节，感受那些经天纬地、妙笔生花的美妙文字，体验着比现实还更真实的虚幻世界和现实生活里所得不到的精神享受，竟觉得这不是温皓然续写的《红楼梦》，而是曹公在那里正襟危坐，将书中人物的命运娓娓道来。

笔者以为，温续首先吸引和打动人的，是语言。毋庸多言，曹公的前八十回里，其出神入化的语言文字比比皆是，令人目不暇接。更有诸多学者认为，简直就是人类写作之颠峰。而令笔者尤为叹服的是，曹公常在看似不经意之间，只那么三言两语，便为读者描摹出一幅幅婉缛明丽的风景画面，令人拍案叫绝，过目难忘。毫无疑问，这得益于作家本

* 高原水萱，女，原名龙丽红，1999年7月毕业于贵州师范大学中文系，现居北京。

人深厚的书法和绘画修养的积淀。如《红楼梦》原著第二十五回的描写：

> 却说林黛玉……倚着房门出了一回神，信步出来，看阶下新迸出的稚笋，不觉出了院门。一望园中，四顾无人，惟见花光柳影，鸟语溪声。林黛玉信步便往怡红院中来，只见几个丫头舀水，都在回廊上围着看画眉洗澡呢……

这是何等传神的文字！只这“惟见花光柳影，鸟语溪声”，寥寥10个字，就将一幅明媚的《春光图》，栩栩如生的展现在了读者的面前。而那“只见几个丫头舀水，都在回廊上围着看画眉洗澡”的闺中女儿乐事的画面，相信，无论如何，都在读者的眼前再也挥之不去了。原著中，类似这样美妙传神的文字描写，简直不胜枚举。不过令人可惜的是，在高鹗续书的后四十回里，读者就很难再读到和欣赏到这样优美绝妙的语言和明丽传神的画面了。而在温续中，则又让人重新读到并感受到那种久违的期许。如温续第八十三回中，描写凤姐与贾琏吵架一节，就大有曹公遗风，颇为可观。又如“芳官扫雪”、“竞作诗钟”、“啜茗调琴”、“湘云攀树”、“酴醿花语”、“妙玉沉江”等诸节，抒情叙事，文美思巧，真可谓尺水生波，抑扬尽致，勾魂摄魄，力透纸背，堪称神来之笔。这就难怪有网友会对温续做出这样的评论：“简直就是曹公附体，看着和前八十回的感觉几乎一样啊。”

有作家曾说过：“作家的高标准，讲求语言功夫，要上三个台阶：第一，写真；第二，传神；第三，创新。”温续则兼而有之。温皓然在很好的承袭了曹雪芹文风的基础之上，也有自己独特的创新。如原著中，曹公描写贾宝玉被烫了脸，又遭了马道婆的镇魔法，贾府上下众人：“当下七言八语，有的说请端公送祟的，有的说请巫婆跳神的，有的又荐玉皇阁的张真人，种种喧腾不一。也曾百般医治祈祷，问卜求神，总无效验……”至于道士、巫婆等是如何作法，又是怎样卜神，却无实写。而在温续的第八十六回中，贾宝玉丢失了那块通灵玉，温皓然却为读者续接出这样的场景：

谁知乱嘈嘈闹了一天，仍旧毫无影响。众人都急的立脚不住，在那里乱纷纷讲论。有的荐端公送祟，有的说请巫婆跳神。一时又有尤氏婆媳将一擅扶乩的师婆带到，当时将众人散出，摆开桌子，明晃晃点起蜡烛，焚起一炉香来。登时氤氤氲氲，遮天掩地，渺渺蒙蒙，蒙山蔽海。一时书符念咒，立眼怪舞一回，说了些胡言疯语，去了。又有岫烟的母亲请了玉皇阁的张真人来，抖擞威仪，指挥停当，只听一声磬响，擎玉简，摇金铃，伏章申表；朝三清，叩玉帝，舞蹈尘扬；执令牌，烧符檄，步罡拜祷。金铃摇的呼呼风响，玉简舞的乒乒乓乓，令牌耍的戛戛有声。满眼只见昏雾朦胧，浓烟叆叇，揭瓦翻砖。直舞至半夜，满嘴里天花乱坠、地涌金莲一番，众人听的如坠万丈迷雾一般，那真人全然无心理会，领了谢金，义形于色的去了。

这段文字，令人叹服作家慧心兰质之余，一下子就想到了曹公原著中描写秦可卿去世的那段文字来：

这日乃五七正五日上，那应佛僧正开方破狱，传灯照亡，参阎君，拘都鬼，延请地藏王，开金桥，引幢幡；那道士们正伏章申表，朝三清，叩玉帝；神僧们行香，放焰口，拜水忏；又有十二众青年尼僧，搭绣衣，靸红鞋，在灵前默诵接引诸咒，十分热闹。

这两段文字的描写，可谓有着异曲同工之妙，甚至大可以假乱真。掩卷而思，曹公生于18世纪，而温皓然处在21世纪，其间相去已两三百年矣，且世事变迁，语言异化，以今人之笔续古人之作，当是如何艰难不易，而温续中，诸多文字章节几乎都可与曹公笔法乱真，足见作家对原著的了熟于心和她本人的才气之厚。温续不仅在语言上令人折服，在情节安排、刻画人物上也独具匠心。书中主线人物宝、黛、钗的遭遇大致是：南安王兵败，宝玉送探春和番，归途中遇险，险些死于非命；黛玉惊闻变故，深受打击，悲撰《十独吟》后撒手人寰；宝玉脱险归来，物是人非，肝肠寸断，后在家人安排下与宝钗完婚；但未及入洞房（个人以为，此为作家对宝钗不如黛玉之佐证也），贾府即遭蒙难，两人颠沛流离，天各一方，直至宝钗殁于白杨村，二人也未能见上一面。其余诸人的下场、遭遇也都可悲可叹，如王熙凤遭雷劈，妙玉投江，史湘云千里寻夫，卫若兰装疯，宝琴柴下避难等等。个中人物命运令人不胜唏嘘，欲罢不能。

在人物塑造方面，温续接曹公余笔，将一个个清爽如水的女儿形象，刻画得惟妙惟肖，活灵活现，如矿出金，入木三分。钗黛自不必说，司棋壮烈殉情，袭人代主受过，茜雪舍身救主，小红有情有义，妙玉为情毁清……或缠绵、或悱恻、或忠贞、或刚烈，色色性情，跃然纸上，使读者如见其境，如闻其声。如妙玉沉江一段：

且说刘姥姥和板儿回去，心怀巧儿，因连夜收拾打点了，翌日登程，望瓜洲而行。一路行色匆匆，改马乘车，舍陆从舟，非止一日。这日辗转来至瓜洲渡口。谁知夜间，风雪阻渡，舟不得开。水手将船湾泊，水底抛锚。刘姥姥心下煎焦，因立于船头，仰天嗟叹不止。见邻近一艘官船，兰桡画桨，锦帐丽帆，灯火辉煌。舱内吹弹歌舞，取笑声喧。值一女子推窗看雪，粉面鲜洁，飘飘然有凌霞绝尘之姿。刘姥姥错愕间，揉眼再看时，那女子已步出舱来，却是妙玉。刘姥姥忙移身上前，隔船向他喊道："对面可是栊翠庵里的妙玉姑娘？"妙玉闻声，忡然一惊，疾忙的行至舱口，于舱门上取下一柄灯笼，复转身回来，将灯笼高高举在眼前，再三含泪顾盼，道："那位是……刘姥姥？"刘姥姥道："正是，亏姑娘还记得我这庄户老婆子！那年，你送给我的那个成窑盅子，如今我还留着呢。

怎么这般天缘凑巧，再不曾想到的，这个地方又碰见姑娘。姑娘一个人这是往那里去？”

一语戳痛妙玉，禁不住满眼滚下泪来。沉吟半晌，愀然攒眉道：“姥姥这是那里去？”刘姥姥四下环顾，不得畅语，只得就简说了。妙玉闻言，寸心如割，道：“这么说，宝二爷如今尚在禁中，并没有释放出来？”刘姥姥不胜流涕道：“可怜好个孩子，如今也不知道，那罪，还要受到何时，才是了局！”妙玉闻时，痛割于心，流恨难量，口中直奔出血来，两眼一黑，几乎站立不住。正这时，船舱内摇摇晃晃走出一个鸡皮老朽来，齿发稀疏，面容枯皱，甩开两边搂扶的两个年轻女子，只目不转睛，淫心紊乱，色胆纵横的要来搂抱妙玉。妙玉那时只觉一股恶气冲破九霄，使尽平生气力，将那老朽一把推跌在地，向天骂道：“可恨忠顺老贼，巧为谗说，害我名节，毁我清白，使我陷在这万丈牢笼之中，备尝羞辱！可恨我生不能雪耻，死后定为厉鬼取尔黑魄！”又转身对刘姥姥簌簌流泪道：“我乃修道之女，本该屏弃万缘。只为救贾公子于囹圄，误被计骗，痴心顺从此贼，可怜明珠美玉，投于盲人；如今风尘困瘁，只有一死，向神明号申这切齿深仇！”那时，又羞又苦，便纵身向江心跳下。众人跳蹋捞救，却见雪暗江心，风卷波涛，杳无踪影。

读这样的文字，怎能不让人凄伤惨切，热泪如雨而又沉醉痴迷呢？而在温续中，这样精彩绝妙的文字，几乎处处可见。并且，其他人物也多有传神绝妙之处，如原本“玉在椟中求善价，钗于奁内待时飞”的颇有才华和抱负的贾雨村及忠顺王爷和万儿等人，温续将他们的丑陋行径刻画得入木三分，颇有警世意义。而原著中着墨不多的翩翩公子卫若兰，温续则丰满了他的形象，并使之与湘云成就了一段令人艳羡而又可歌可泣的姻缘。而更为令人叫绝的是，同样的一个人，温续既可将其写得富贵煊赫，闲适快意，又可一转笔锋，将其变得饥贫逼人，窘困愤懑。如同样是写宝玉，温续八十一回里这样描写道：

一时府中内外，洋洋喜气摆案祭天，言笑鼎沸人进人出。看不尽玉女调金鼎，天妃捧玉盘；杯凝红琥珀，袖拂碧琅玕……一时宝玉来至贾母门外，满眼只见瑞雾迷珠箔，祥烟绕画栏。屏开云母莹，帘卷水晶寒。一层层琼楼贝阙，散宝花，喷真香，声奏玄歌雅乐，舞蹈霓裳翩跹。廊前檐下看不尽花簇簇你朝我贺，乱哄哄人进人出。里边摆酒排宴，走斝传觞，觥筹交错；优伶作态，舞姬弄姿，唱唱舞舞，锦瑟频弹；看不尽那魍魉魑魅，率舞盘旋，马面牛头，神鬼乱出。宝玉见热闹到这般不堪的地步，不过到贾母跟前略应了一下卯，虽贾母十分留他，他却懒心无肠，得空便又翻身溜了出来。

九十八回里这样描写道：

宝玉默然坐在那里，如遭霜打一般。一时，只得忍泪出来，四处寻访白杨村。也不知历几何时，仍旧毫无消息，满眼只见路窄崖高，乱石磷磷。看看天色已晚，遥遥的见前面有一间草舍，少不得放怀前进，冒雪冲寒，战澌澌行过那巅峰峻岭。那时只觉又昏又饿，脚下无力，十分闷倦。见那柴扉，藤攀葛绕，便挨着坐下了。谁知，顷刻间，便是风狂雪怒，沉雷闪电，乒乒乓乓，一似地裂山崩。风雪中携卷着漫天肃杀之气，一路搏击掀发而来。头上天空方晴又暗，暗罢复明。一如两股正邪之气，适值相遇，即不相容，又复相妒，两难相下。挨到晚间愈甚，满耳只闻呼呼风响，骤雪怒雹，纷纷密密，更兼雷击电打，雨助霜摧。宝玉冻的支持不住，哆哆嗦嗦挨上前去敲门。只听“呀”的一声，柴扉响处，门内打开一条细缝，一只粗糙老手，擎一只油膻破碗，递出半碗残羹剩汤来。后面跑出一只癞狗，汪汪的乱吠。宝玉站在那里，呆了半日，里面见他毫无动静，便伸手回去，将门复又关上。宝玉冻的抱肩乱跳，只得又上去敲门。多时，里面“噗”的扔出一团东西来，复又将门紧紧闭上。宝玉看时，却是一块破毡，竟如得了珍宝一般，忙不顾命的拣起来，紧紧的裹在身上，转身向着柴草棚子里不分好歹钻了进去。

不得不说，温续所创造出来的艺术世界，隐藏着一种不可思议的魔力。古往今来，有多少执着艺术之人，为构建具有魔力的“文学世界”呕心沥血，最终堪称语言艺术大师者，能有几人？语言艺术大师的文字，千古不朽。

总之，温续《红楼梦》，不但语言驾驭出色，情节设置可圈可点，人物塑造逼肖传神，更为可贵的是，她在延续曹公原著中的浪漫色彩的同时，更倾注了自己惩恶扬善的本质情感。正如孔庆东先生在为本书所作的序言中的概括：“立足红学，忠实内心，施展才艺，面向时代。”衷心期待温皓然以过人的才力和笔力，为文坛带来更多的盛宴！